Mar fantasma

Cuatro novelas breves

Seix Barral Biblioteca Breve

Pedro Ángel Palou

Mar fantasma
Cuatro novelas breves

Diseño de portada: Liz Batta
Fotografía de portada: © Marta Ostrowska / Trevillion Images

© 2016, Pedro Ángel Palou
c/o Schavelzon Graham Agencia Literaria
www.schavelzongraham.com

Derechos reservados

© 2016, Editorial Planeta Mexicana, S.A. de C.V.
Bajo el sello editorial SEIX BARRAL M.R.
Avenida Presidente Masarik núm. 111, Piso 2
Colonia Polanco V Sección
Deleg. Miguel Hidalgo
C.P. 11560, México, D.F.
www.planetadelibros.com.mx

Primera edición: marzo de 2016
ISBN: 978-607-07-3296-6

Impreso en los talleres de Litográfica Ingramex, S.A. de C.V.
Centeno núm. 162-1, colonia Granjas Esmeralda, México, D.F.
Impreso y hecho en México - *Printed and made in Mexico*

A Indira. Treinta años el mundo ha estado amueblado por tus ojos y se ha hecho más alto el cielo en tu presencia

... mar fantasma en que respiran —peces del aire altísimo— los hombres.

JOSÉ GOROSTIZA, *Muerte sin fin*

Prólogo

Mar fantasma reúne cuatro novelas breves hoy inconseguibles en librerías y cuyas vicisitudes me han acompañado durante mucho tiempo. Se trata de un regalo curioso por mis cincuenta años de vida; se trata también de una galería de espejos literarios a veintisiete años de publicado mi primer libro, *Música de adiós*, y a treinta y tres de haber asumido la literatura como mi compromiso vital, mi forma de respiración. Otros libros de cuento —uno juguetón compuesto por fábulas, *Amores enormes*; otro de relatos crueles, *Los placeres del dolor*; y uno más, que fue finalista en el Premio Ribera del Duero, *Demonios en casa*— siguieron mis incursiones por un género que es, siempre, de excepción. A lo largo de una vida, a lo más se conseguirá un par de cuentos capaces de entrar en la antología, que perduren en la memoria de los lectores. El cuento exige la perfección y requiere una forma de la respiración que es casi una apnea. Pronto me empecé a sentir cómodo con la novela. Una breve, política, *Como quien se desangra*, y otra que quedó en el cajón, *Vivir es inventarse*, son la prueba de esa temprana incursión en la forma a la que he dedicado mi vida literaria casi en exclusiva. Veinticinco novelas más tarde, mis dedos, aún en las teclas, lo atestiguan. Gabriel Sandoval y Carmina Rufrancos son, como desde hace tanto tiempo, los ángeles hermanos de este hermoso obsequio. La literatura ha sido, para mí, fuente inagotable de sorpresas y felicidades.

La novela breve, ese género híbrido entre el cuento o el relato y la novela misma, posee su propia forma, es un animal

11

distinto. En la tradición hispánica, la novela lírica de las vanguardias o la prosa de intensidades han permitido, además, abordarla con rigor y autonomía. André Gide, en su diario maniático a la escritura de *Los monederos falsos*, afirma una y otra vez que la composición de una novela exige la resolución de una serie de problemas progresivos que deben ser estudiados y resueltos solo en el momento en que se presentan. Pero también sigue siendo un asunto de perspectiva: un tema que los pintores estudian a fondo (o al menos los de antes, los hoy vilipendiados dibujantes), pero que los novelistas transitan poco. Narrar desde cerca puede ser de una enorme dificultad técnica, pero dota a las cosas de una verosimilitud enorme. Nunca escriba a más de metro y medio de distancia de sus personajes, aconsejaba Rulfo. El lector no ve al autor, sino que mira con la visión de aquellos a quienes les ocurren los hechos. Gide afirma que lo que le molesta de Tolstoi y de Martin du Gard es que solo pintan panoramas, no la que para él es la suprema valía del arte: cuadros fijos, minuciosos, detallistas. Es un asunto de perspectiva plástica: «Primero estudia la fuente de luz, todas las sombras dependen de ello. Toda forma descansa y encuentra soporte en su sombra. Hay que admitir que un personaje que está saliendo solo puede ser visto por detrás», dice Gide con precisión. Por ello, más adelante, el 9 de julio de 1912 para ser exactos, dice que lo primero que debe hacer el novelista es establecer el campo de acción y suavizar un poco el espacio en donde edificará el libro. Poner las bases: las artísticas (en el caso de *Los monederos falsos*, el problema del libro será visto en gran medida a través de la meditación de Édouard, en su diario, de hecho, intercalado), las bases intelectuales (el tema de la composición misma, la *mise-en-scène* tan manida después de Gide), las bases morales (la subordinación filial, la oposición de los padres).

Todos esos asuntos de perspectiva se vuelven más agudos en la novela breve. La necesidad de concentración, la destilación, exige un tipo de escritura, no solo un apego a cierta forma. Quiero decir que no se trata meramente de un asunto de extensión, puesto que nadie puede definir el límite exacto en el que una *nouvelle* se vuelve novela, o en la que un relato, digamos *El perseguidor*, de Cortázar, sigue siendo cuento.

Mi combate contra el adjetivo y la descripción literaria como cliché, el realismo lírico del que habla James Wood, me llevó a intentar una novela exenta de toda ornamentación, donde solo hubiese intensidad de lo sentido y acción dramática, *Demasiadas vidas*. Es una historia con fantasmas, no de fantasmas. Hay un puerto mexicano, podría ser Manzanillo, un faro en el que vive un poeta exiliado de Europa, una mujer, la pesadilla del abuelo. Una indagación cruel en la melancolía y la imposibilidad del hombre, Horacio, de llenar el hueco que significa estar vivo. La memoria no basta, por supuesto. Ni siquiera el amor redime.

Tampoco los cuerpos, y de ello parecen percatarse, en medio de la destrucción y el combate mutuo, los protagonistas de *El infierno es el cuerpo* (antes *Qliphoth*, por su idea del más bajo de los *sephirot* de la cábala, el del deseo y la carne). Es un homenaje no velado, por supuesto, a Juan García Ponce, en el que Andrés intenta rescatar su relación con Mónica a través de la escritura y del recuerdo puntual del acto sexual. Pero ni siquiera esa meticulosa arqueología del deseo permite recuperar el vacío. He dicho, con plena conciencia, que un novelista escribe un solo libro a lo largo de los variados volúmenes que urde. El mío es el de la desilusión amorosa, política, de la amistad, la religiosa como exploración de los límites del iluso, del fanático, del loco. Esta pequeña novela juvenil no podía ser la excepción.

He tenido siempre una imagen de la guerra, la de una historia contada en casa de mis mayores, en la que una mujer cruza la frontera y escapa de la zona de combate con una maleta. Dentro lleva el cadáver de su hijo. Esa atroz versión del horror me ha asaltado siempre. La mujer madura Adriana Yorgatos y la adolescente Maia viven, en *La Casa de la Magnolia*, una historia de iniciación amorosa para la última y de dilución de toda pasión para la primera. Es el amor como forma de la aniquilación. Maia regresa a aquel verano crucial de su vida para aprender que se puede morir varias veces la misma muerte.

Es una brevísima novela que puede ser leída como una elegía. La dulzura del encuentro rememorado por la ahora madura Maia, quien entonces cumplía quince, pero ahora ha llegado a la edad que su amante tenía ese verano, es tocada, o trastocada, por la amargura, el dolor. Un instante basta para entender una vida. Lo demás es ceniza.

La amistad es más cruel que el amor porque dura más, piensa el protagonista de la novela corta que cierra este volumen, *La profundidad de la piel*. Fue escrita a mano, intentando regresar a cierta lentitud de la escritura que era fundamental para encontrar el tono. Una pintora, la amiga del cuello largo, le escribe a su viejo amigo para pedirle que venga a ayudarla a resistir la muerte en vida que significa la separación de los amantes, como quería Igor Caruso. Él, un músico que ha abandonado la vanidad de la ejecución y solo lee partituras de sus maestros antiguos, va hasta el país frío de su amiga. Otra vez el erotismo como forma de la incomunicación, aunque no exento de compasión, y sobre todo el lenguaje son los protagonistas de este pequeño libro, que se permite incluir una novela corta dentro de la novela, un relato japonés sobre un tema chino, como casi siempre: la favorita del emperador. Es una obra a la que le tengo un especial afecto porque nació, además, después de varios años dedicados a la meditación budista y al estudio del arte oriental. Quise, desde la perspectiva occidental, traducir ese modo de ser y esa forma de contemplación en la historia de amor que encuadra sus páginas. Es una novela íntima, que me duele personalmente. Quizá la nueva separación, cuando la amiga del cuello largo decide irse al sol y a la tranquilidad, sea uno de los abismos más escarpados de todos cuantos he escrito. Y tiene solo unas líneas. Pienso siempre en Juan Carlos Onetti, un maestro de la novela breve. Recuerdo la advertencia con que inicia *Cuando ya no importe*, esa especie de relato de ultratumba escrito en la postración depresiva del Madrid de su exilio: «Serán procesados quienes intenten encontrar una finalidad a este relato; serán desterrados quienes intenten sacar del mismo una enseñanza moral; serán fusilados quienes intenten descubrir en él una intriga novelesca». En su obra no hay pedagogía, ni siquiera una voluntad moral, porque como dice uno de sus personajes, Jorge Malabia: «Nada de lo que es importante puede ser pensado, todo lo importante debe ser arrastrado inconscientemente con uno, como una sombra». Esa sombra es lo que hace cierta a una literatura, la que la dota de una sutil verdad.

Los personajes de estas cuatro novelas se parecen a esos seres de la desilusión de los que habla el poeta chileno Gonzalo Rojas: «Yo los quisiera ver en los mares del sur/ una noche de viento real, con la cabeza/ vaciada en frío, oliendo/ la soledad del mundo,/ sin luna,/ sin explicación posible, fumando en el terror del desamparo". Todos viven al borde del abismo, en el terror del desamparo.

¿Qué significa, literariamente, el desamparo: la intemperie emocional, la falta de casa, de asidero, de lugar y razón? Esa es la pregunta central de toda mi literatura. Como no he hallado aún la respuesta sigo indagando con la misma tenacidad del adolescente, contando para ello más historias.

Una tarde, hace muchos años, leía al Villaurrutia que se refería a su propia juventud (el poeta le hablaba a mi yo de diecisiete años): «El tedio nos acechaba. Pero sabíamos que el tedio se cura con la más perfecta droga: la curiosidad. A ella nos entregábamos en cuerpo y alma. Y como la curiosidad es madre de todos los descubrimientos, de todas las aventuras y de todas las artes, descubríamos el mundo, caíamos en la aventura peligrosa e imprevista y, además, escribíamos». Subrayé, recuerdo, las palabras, y las copié después en una pequeña tarjetita azul. Agregué, al final, otra frase de Xavier como título: «Curiosidad por pasión». Y desde entonces ese ha sido mi credo literario. Un credo juvenil, es cierto, pero con el acicate de otras palabras más hondas del autor de los *Nocturnos*: «Un tipo de curiosidad más seria, más profunda, que es un producto del espíritu y que también es una fuente en el conocimiento […], una especie de avidez del espíritu y de los sentidos que deteriora el gusto del presente en provecho de la aventura». Y, además, porque él mismo decía: «Uno de mis temores literarios es el de madurar antes de merecerlo…

Quiero un estilo que tenga siempre mi edad, la edad que quiero tener siempre y que es, mejor que la de un joven, la de un adolescente. Pensará usted: ¡Pero un adolescente tiene todas las edades! Precisamente». Desde entonces me he dicho: el novelista debe empezar siempre de cero, cada nueva empresa es un nuevo riesgo. En arte no importa tanto el fracaso como la aniquilación que significa temer el salto al vacío. Sirvan estas cuatro incursiones en el infierno como prueba de esa vocación. «Hay que perderse para encontrarse» era la divisa que la literatura le había prestado a Villaurrutia para sobrevivir. Que sea también nuestro consuelo.

En Boston, cerca del Maelstrom*, noviembre de 2015*

Demasiadas vidas

Indira, para pronunciar tu nombre

*Son necesarias demasiadas vidas
para poder vivir una sola.*

EUGENIO MONTALE

1

Podría decir, simplemente, que he venido aquí solo para verla, que es una forma de recordar su nombre. Pero sería falso,
sería como decir que he venido a encontrarme con un fantasma. Sí, los fantasmas están bien y este pueblo es el ideal para
ellos, quizás en una tarde tórrida, como a las seis, cerca del
faro que comandaba Gregor, el viejo poeta, quizás ahí. Quién
sabe, soy un hombre sin certezas y hoy regreso, podría decir,
para recuperar la memoria de mi abuelo. Pero sería falso, sería
como decir que he venido a encontrarme con una pesadilla repetida, inclemente. Los sueños no están del todo bien. Yo que
me jactaba de no haber soñado nunca y, de un año a la fecha,
nada más cierro los ojos se aparece el abuelo, con la barba sin
afeitar y en calzoncillos, y yo le digo que me deje en paz, que
no me persiga. «Menos ahora que he regresado», pienso, y
recuerdo una frase del viejo poeta que cuando sentenciaba lo
decía todo y nada: *Regresar es un alivio con escalofríos, es fría
la casa cuando amanece.* No quise hacerlo antes, cuando me
avisaron de la muerte de mi padre, y le pedí al viejo Gregor
que se hiciera cargo y que cerrara la casa, que ya yo volvería a
arreglarlo todo. Pero un día se acumuló sobre otro y pronto
fueron meses. Me cansé de telegrafiar postergando una visita
que no cumpliría.

—Tienes una cuenta pendiente, Horacio —me decía mi
abuelo en calzoncillos—. Explícame la muerte de tu padre.

Luego iba al armario y sacaba una botella de vodka.

—Ya sabes que no debes beber, abuelo.

—Cállate y trae unos hielos, Horacio. No es fácil llegar hasta aquí y me ha dado sed. He venido a hablar contigo y va para largo. Me debes una explicación.

—Por favor, abuelo. ¿No ves que te hace daño? Deja esa botella y vete.

—El licor no puede lastimar a un muerto, Horacio. Deja de joder y ve por los hielos.

A veces ahí terminaba la pesadilla, porque yo despertaba para ir por los hielos, sudando. Muchas noches tenía miedo de dormirme, no quería toparme con el abuelo. Y entonces, un día la maleta empezó a llenarse y me vi comprando un boleto para el puerto y me pregunté, al subir al camión, por qué iba a volver. Podría decir, simplemente, que he venido a ajustar cuentas con los muertos. Porque hay vivos, como yo, que no dejan morir a sus muertos. Pero sería falso, sería como decir que he venido a exhumar los cadáveres de los míos y no que, en realidad, estoy viendo a quien ha venido a recibirme y me saluda. Es el viejo poeta Gregor. Tal vez es por él y no por otra cosa que estoy aquí después de tantos años. Y lo saludo, yo también, con una frase que es un verso suyo:

—*Podría decir, simplemente, que he vuelto.*

2

Gregor me lleva, primero, al faro. «No es tiempo aún para volver a la casa», me advierte.

—Hay tanto de lo que hablar, Horacio —dice, al tiempo que recuerda un vodka de su tierra que esperaba esta ocasión para abrirse.

—¡Está igualito, poeta!

—La nostalgia es esto, decía Rilke, Horacio: un vivir en las olas sin hallar albergue jamás en el tiempo. Camina, que nos falta mucho y empieza a caer la neblina.

Entonces recuerdo. No sé cuándo, pero lo veo con claridad. Es una tarde como esta y Gregor y yo caminamos por el malecón. He de tener dieciocho o veinte años, no más. Es la primera vez que estamos juntos; me lo he topado en el café y me ha hecho conversación.

—Fui amigo de tu abuelo. —Mi abuelo joven, no en calzoncillos y con la barba sin afeitar—. Yo acababa de llegar de Alemania y él me ayudó a conseguir trabajo. Algún día, si quieres, te platico de él, muchacho.

—Ahora mismo, siéntese… —dudo. Lo he visto muchas veces, pero en el puerto no decían su nombre, solo lo llamaban el alemán.

—Gregor, Gregor Bruchner. No puedo sentarme, muchacho, tengo que encender el faro.

—¿Puedo acompañarlo?

Y ahí estoy yo, caminando con él por el malecón, con dieciocho o veinte años, no más. Y él me dice que me preparará un café, con el frío que hace, y me enseñará fotos del abuelo y él de jóvenes. Aunque a decir verdad, cuando tengo el álbum sobre mis piernas me doy cuenta de que él era mucho más joven que el abuelo. Tendría venticinco o treinta y el abuelo cincuenta. Hay una instantánea especialmente interesante: los dos están frente al mar, con los pantalones arremangados y el torso desnudo. Nunca pensé en mi abuelo así: fuerte, feliz, comiéndose la vida a grandes bocados. Gregor, en cambio, es el mismo: gordo, ya calvo, taciturno. Tendría venticinco o treinta, pero en esa foto parece de la edad del abuelo.

Entonces Gregor se me acerca con el café y pregunta:

—Es por Lucía que has vuelto, ¿verdad? Solo ella pudo ser capaz de hacerte regresar.

3

Voy a sentarme al café del griego. Las mismas caras, los mismos gestos. Los jóvenes han cruzado la frontera para buscar trabajo. Aquí no pasa nada de mayor trascendencia que las rosas. Es un pueblo de viejos jugando dominó. Un pueblo de mujeres abandonadas y de ancianos repitiendo el mismo ritual desde hace no sé cuántos años.

—Un turco —le digo a Lamprus Kusulas.

Este puerto estuvo lleno de emigrados, de gente buscando mejor fortuna, y ahora todos salen de él buscándola lejos de sus playas vacías. Es un pueblo fantasma lleno de fantasmas y de viejos pescadores.

—Ha vuelto, Horacio —me dice Lamprus al traerme el café, y afirma como si me leyera el pensamiento—: Es un pueblo fantasma o al menos lo parece. Pocas cosas se mueven ahora.

—Sí, claro.

El ruido de las fichas de dominó me trae —¿o me lleva?— a una tarde de sol y modorra en la que acompañé a mi padre a una partida.

—El dominó es juego de mudos —me dijo.

Me senté a su lado con un vaso de leche tibia y pan de dulce. No podía comprender cómo cuatro hombres podían estar jugando por tantas horas sin emitir palabra. De cuando en cuando, un gesto mínimo que no dejaba traslucir su suerte.

—Al abuelo —me explicó mi padre de regreso a casa—, no le dejan jugar porque al tercer tiro sabe qué fichas tiene cada uno y siempre les gana.

Al llegar a casa el abuelo —ya viejo, en calzoncillos— estaba bebiendo.

—Es un vodka maravilloso, hijo. Me lo trajo Gregor.

—Ya sabes que no debes beber, papá.

—Cállate y trae unos hielos. De algo me he de morir.

Esa noche, antes de dormir, me imaginé al abuelo muerto, muy frío y muy pálido, y a mi padre, que le decía una y otra vez:

—Te lo dije, papá. Te lo dije, carajo.

Lloraba mi padre, es la única vez que lo he visto hacerlo. Porque ni siquiera lloró cuando de verdad murió el abuelo. Pero esa noche, antes de dormir, lo vi llorar frente al ataúd. Y repetía:

—Te lo dije, papá. Te lo dije, carajo.

4

—¿Es por ella?

—No lo sé, Gregor. No tengo idea. Ya le dije que soy un hombre sin certezas. Algún día fue por ella.

—Sí, pero ese día te fuiste. Tu padre te buscó como loco por todos lados, ya enfermo. Y no encontró nada, ningún rastro. Cuando empezaste a escribir ya estaba persuadido de que no existías. Creo que nunca se dio cuenta, cabalmente, de que eras tú el que le escribía esos telegramas.

—¿Para qué me cuenta eso, Gregor? No tiene caso.

El viejo poeta, como aquellas tardes en que hablábamos de mi abuelo y de literatura, lleva un libro. Él escribe en alemán y el libro que lee también está en alemán. Me traduce: *La absorta simpatía de los enfermos por lo esporádico y lo insignificante se desprende del desengañado abandono de los emblemas vacíos.*

Luego empieza a llover. Cae una tormenta que parece no tener final y que me impide escuchar a Gregor. Él, de cualquier forma, trae una manta y me dice que me ponga cómodo, que he de estar cansado, que me duerma.

—Tal vez mañana me digas a qué viniste y yo sepa si puedo ayudarte.

—Tal vez mañana, Gregor. Tal vez.

5

En el muelle las cosas se ven distintas. El mar es grande y lejano. Y el pueblo son unas cuantas casas encendidas que la neblina no deja ver. Una mujer joven se sienta a mi lado, en esa banca del muelle. Se sienta a mi lado, pero no me mira. No se sabe qué es lo que mira. Quizá nunca pueda saberse nada a ciencia cierta. Salvo que esa mujer y yo estamos sentados, mirando el mar. Y recuerdo unos versos que repetía mi abuelo frente a una mujer hermosa:

O si atávicamente soy árabe sin cuitas
que siempre está de vuelta de la cruel continencia
del desierto, y que en medio de un júbilo de huríes
las halla a todas bellas y a todas favoritas.

Y entonces le hablo a la mujer joven y le pregunto su nombre.

—Lucía —dice—, me llamo Lucía.

Y extiende una mano cálida, como su nombre, que estrecho mientras repito, lo repito, «Lucía», y le digo que es extraño que no la conozca.

—En este pueblo todos nos conocemos.

Ella no responde al instante, como si no me hubiera oído, y se queda mirando el mar.

—Acabamos de llegar —oigo que me dice.

—¿Es casada? —le pregunto, y Lucía ríe con unos dientes tan blanquísimos que lastiman la noche.

—No, somos mi madre y yo.

—¿Y por qué este puerto?

—¿Y por qué otro, Horacio? —me pregunta, y yo no recuerdo haberle dicho mi nombre y me sonrojo y le digo que no sé, que me disculpe.

—Acompáñame de regreso a casa, Horacio —la oigo decírmelo y entonces despierto.

No puede ser. Así no conocí a Lucía. Me levanto del sofá de Gregor y salgo al muelle y voy a esa banca y grito «Lucía», y nadie sino el mar, grande y otra vez lejano, me contesta.

6

—¿Y la madre de Lucía?

—¿La madre de Lucía qué?

—¿Vive?

—Sí, está mucho más vieja de lo que es, pero está. Habita la misma casa, frente al parque. Lo que no sé es si quiera abrirte. En este pueblo todos se han vuelto desconfiados y ella ha perdido la memoria desde lo de Lucía, o finge que la ha perdido. Vayamos a comer. Han abierto un restaurante nuevo. O más bien una fonda de mariscos que es una delicia. Hacen un filete relleno maravilloso.

—No tengo hambre, Gregor, ni se me antoja nada.

—Con la caminata se te abrirá el apetito, Horacio, y así platicamos. Vamos, pues —me dice Gregor y luego me espeta—: *Un hombre solo en una tarde hueca, deja correr sin fin esta imposible nostalgia cuya meta es una sombra.*

En el camino, como siempre ocurre en el puerto, unas nubes negras, furtivas, ocupan el cielo y lo oscurecen como si fuera de noche. La dueña de la fonda es Antonia, una mujer que trabajó algún tiempo con mi padre haciéndole la limpieza. Me reconoce, aunque me saluda sin mucho afecto, como culpándome también de lo ocurrido.

No dice nada, un mustio «Bienvenido, joven Horacio, esta es su casa», y secándose las manos con el delantal se nos acerca.

—Hay sopa de tortuga, señor Gregor. Todavía me quedan dos o tres platos, ¿se la traigo?

—Claro, Antonia, y dos filetes rellenos de marisco con salsa blanca. Ya le conté a Horacio que es la especialidad.

—Al señor, su padre, le gustaban cuando los hacía en casa —me dice.

—Habrá que probarlos, entonces —contesto nervioso.

Luego Antonia se retira a la cocina y nos quedamos solos Gregor y yo.

—Ya es tiempo de que hablemos, Horacio. ¿A qué viniste cuando ya no tienes a nadie? Es por Lucía, lo sé. Pero no conseguirás recuperarla.

—Sí, pero usted la vio por última vez. Tal vez pueda contarme cómo estaba o cómo se sentía.

—Es igual que en el caso de tu padre. No tuviste la culpa, Horacio. No deberías sentirte mal. Si tú sabes por qué te fuiste o a qué te fuiste, con eso basta.

—Pero tal vez no lo sé. Como tampoco sé a qué demonios regresé. Solo que desde hace un año oigo una melodía, una tonada corta pero repetida. Es como a las seis de la tarde. Siempre igual.

—¿Cómo suena?

—No sé exactamente. Es profundamente melancólica, como sus versos. Un violín. Sí, creo que es un violín. Si me ocurre que la escucho en la tarde, entonces sueño esa pesadilla que ya le conté sobre mi abuelo.

—¿Y en qué termina el sueño sobre tu abuelo?

—Me dice que me marche, que lo deje beber su vodka. Pero que antes le cuente cómo murió mi padre.

—¿Y se lo cuentas?

—Hasta ahora no, porque siempre me despierto gritándole que no me persiga más, que me deje. Entonces él se coloca la dentadura postiza y se marcha. ¡Cómo carajo voy a saber la manera en que murió mi padre si no estuve! Tal vez por eso estoy aquí, Gregor, para que usted me lo cuente.

—Y tú, Horacio, ¿qué haces tú entonces?

—Llorar. Me despierto sudando y lloro. Es siempre un llanto largo que se detiene cuando vuelvo a oír la melodía. De madrugada. Ya ve, Gregor, tal vez no es por Lucía que estoy aquí.

31

—No te mientas, Horacio. Solo puede ser por ella, de lo contrario hubieras vuelto antes.

Antonia nos trae la sopa de tortuga y dos copas de vino.

—¿Se acuerda de la botella que me dijo que le guardara por si volvía Horacio?

—Claro, Antonia. Traiga una copa y siéntese a beberla con nosotros. Brindemos por este día.

7

Brindamos. Recuerdo una conversación intensa, llena de ruido. Y yo sigo bebiendo. Bebo mucho y hasta muy noche mientras afuera llueve. Tal vez por eso no sé lo que hablamos, porque la tempestad oscurecía la voz de Gregor y aún más la de la señora Antonia. Me siento mareado, como si mis brazos fueran de plomo. Se lo digo a Gregor:

—Me siento mareado, como si mis brazos fueran de plomo.

Pero él no me escucha; sigue brindando con la señora Antonia y se ríen. Puedo verlos reír, mostrar los dientes. Los de ella son toscos, chuecos, sin brillo. Los de Gregor, muy amarillentos a causa del tabaco. Y tienen un diente de oro que brilla.

¿De cuándo es esta escena? ¿De hoy, o ayer o de hace veinte años? Tal vez es solo una foto que vi en el álbum. No lo sé. No lo recuerdo. De pronto todo se detiene y vuelve a aparecer el abuelo. No puede ser, pero sí es. El abuelo se asoma desde la calle —con esta lluvia y en calzoncillos— y me hace una seña, me dice que lo siga. Me levanto e intento alcanzarlo, pero caigo al suelo. Entonces llega Gregor, se acerca al sofá y me dice:

—¿Con qué estabas soñando, Horacio?

8

Voy a la casa de la madre de Lucía. El parque ha cambiado lo que me imagino que cambian todos los parques: está más tupido, con los árboles más altos. ¿Era el de esa esquina en el que nos veíamos Lucía y yo? Hace aire esta tarde en la que yo toco el timbre y transcurre una eternidad. Nadie abre y vuelvo a tocar y se oye un grito:

—Ya voy, ya voy. ¡Qué prisa!

Es cierto: la madre de Lucía, que abre la puerta, delgadísima y con el pelo casi blanco y sus lentes de leer, se ve mucho más vieja, como si le hubiera caído encima todo el polvo del siglo.

—A usted lo estaba esperando —me dice—. Pase, pase.

No puedo creerlo. Después de tantos años y ahora nuevamente esa sala, con los sillones forrados de plástico y las muñecas de porcelana y la vitrina.

—¿Por qué se sienta, joven? Usted ha venido a trabajar.

—Es que yo, señora…

—Nada, lo entiendo. ¿Apetece un anís antes de comenzar? Eso ha de ser. No se preocupe, que ahora se lo traigo.

La madre de Lucía se aleja y oigo que tocan el timbre y que ella no responde, y cuando estoy a punto de levantarme ella grita:

—Ya voy, ya voy. ¡Qué prisa! —Y va a abrir la puerta.

—¿Qué hace usted de nuevo afuera? —le dice a un hombre con overol azul y una caja de herramientas—. No se desespere, ya le llevaba su anís.

—Es que yo vengo a arreglarle su refrigerador, señora —oigo al hombre extrañado.

—Ya lo sé. Pase, pase. Usted empiece a trabajar, que ya le llevo su anís.

El hombre se encoge de hombros y se dirige a la cocina. Yo salgo con cuidado y ya la tarde es otra vez el parque y los árboles enormes y pienso que la visita hubiera estado mejor si al menos hubiera visto una foto de Lucía en algún lado.

9

Se lo digo a Gregor. Le cuento la visita a casa de la madre de Lucía y me dice que fue muy duro, que la entiende.

—¿Tiene alguna foto de Lucía, Gregor?

—No creo, Horacio. ¿De qué podría servirme a mí una foto de Lucía?

—No sé, tal vez alguna en que estemos juntos y que yo le haya dado. Recuerde que Lucía acostumbraba tomarse fotos conmigo.

Gregor saca una lata vieja de un cajón.

—Búscala. A mí no me interesa encontrarme con Lucía de nuevo. Por lo menos no ahora. En el fondo el mundo es insoportable y no tiene caso hacerlo más insufrible. Voy a dormir una siesta. Despiértame a las siete, que hay que prender el faro.

—¿Y si yo lo enciendo, Gregor? Hace tiempo que no subo.

—Hazlo, si te place. Pero entonces déjame dormir y tú cuida toda la noche. Me vendría bien descansar de veras.

—¿Y por qué prende el faro aún, Gregor, si ya nadie transita por estas aguas?

—Te lo diré el día que tú me cuentes por qué regresaste. Buenas tardes.

Abro la lata con la misma cautela de quien asiste a un entierro. Hay varias fotos de Gregor joven, supongo que en Alemania, porque en otra en que se ve más viejo sí hay una fecha y una ciudad: *Belém do Pará, diciembre del 43.* Está al lado de una mulata hermosa, altísima. Gregor sonríe y la mulata parece estar pidiéndole más. Los ojos azules de Gregor se pierden en el cabello de la mujer, como buscando algo que se sabe de cualquier forma inencontrable. Hay otras dos con mi abuelo, que no sé por qué no están en su álbum. Luego otra de mi padre en el porche de la casa, sentado en su mecedora y fumando la misma pipa de espuma de mar que yo recuerdo, la de la cara de un vikingo ya ennegrecida por los años de uso. No aparece mi madre. ¿Desde cuándo no aparece mi madre? Y no hablo de las fotos. Tal vez la vi por última vez como a los tres años. Supe que se fue, mi padre dijo que a cuidar a una tía en un pueblo muy lejano al que yo no podría ir nunca.

—Porque para llegar a él, Horacio, primero tendrías que cruzar un desierto larguísimo y seguramente morirías de sed.

Me acostumbré a esperar su regreso con el miedo de ese desierto y de la muerte que me esperaba entre montones, siglos enteros de tierra. Seguí buscando en la lata de Gregor. Había una foto en la que aparezco desnudo en un cojín que se ve cómodo. Estoy gateando, o detenido en un instante del gateo, como queriendo alejarme del lente de esa cámara. Pero volteo y miro a quien haya sido el fotógrafo. Entonces acciona y yo quedo eternizado en ese cartón.

Pero ni rastro de Lucía. También de las fotos había desaparecido. «¿Y si ella también es una fantasma?», me pregunto al tiempo que consulto el reloj y voy a encender el faro. La escalera, larguísima, va dando vueltas como una víbora infinita y yo llego exhausto solo para encontrarme con que ya estaba encendido y para oír, a destiempo, el maldito violín. Otra vez la melodía. Me siento. Enfrente de mí, tras la ventana, un mar negro, negrísimo, impenetrable.

10

Por la mañana camino por el pueblo. Me detengo en la tienda de Apolonio. El cielo es azul, absolutamente azul, y los tejados se alinean naturalmente unos junto a otros, esperando que el sol esté a plomo. Quiero comprar cigarrillos. Es extraño, hace tanto tiempo que no fumo. Entonces entra ella.

—¿Me reconoces? Soy Lucía. Ayer nos vimos en el muelle.

No respondo. Yo no conocí a Lucía de esa forma.

—Horacio, a ti te estoy hablando.

—¿En qué año estamos, Lucía?

—En 1976. Hoy es 5 de abril de 1976.

«No puede ser», pienso, «un día después de cuando Lucía y su madre llegaron al pueblo». Entonces es cierto: la estoy conociendo por vez primera y este futuro que no existe se apodera de mí y me cambia las cosas. El presente, en cambio, es este 5 de abril y esta Lucía que me cuestiona:

—¿Vamos a dar un paseo para que me enseñes el pueblo?

Entonces compro unos cigarrillos y le ofrezco uno.

—No fumo —me dice.

Enciendo el mío y salimos. La guío por una calle empinada que va a dar a la catedral. Antes tenemos que pasar por el parque. Mientras camino pienso que esto ya lo viví antes. Al dar la vuelta ella me dice:

—Ahí vivo, en esa casa del portón verde. Algún día te invito, deja que mi madre se acostumbre al cambio.

—Gracias.

Llegamos a la Plaza de Armas y le cito algunos datos, fechas importantes del puerto.

—La catedral la construyó…

—Sí, Enrico Pani —me interrumpe—. ¿Sabes, Horacio? Yo estudiaba arquitectura. Ahora he tenido que interrumpirlo por la mudanza. Esta es una de las siete iglesias que hizo en nuestro país. Me encantaría verla por dentro.

Lucía se detiene en cada paso. Me explica, dice nombres de las cosas. Oigo «friso», «capitel», «ojiva». Pero en realidad no la estoy oyendo. La imagino cerca de mí. Siento su turgencia, un leve espasmo que deja su lugar a un suspiro. Entonces la beso. Es igual que el primer beso. ¿O es ese primer beso? Ya no sé nada. Ella se retira. Se ha sonrojado. La tomo de la mano y le pido perdón.

—¿Perdón por qué, Horacio? Pensé que lo harías antes.

«¿Antes cuándo?», quisiera preguntarle. No recuerdo ese parlamento, no en nuestra primera cita. Entonces ella posa sus labios sobre los míos. Luego me dice:

—Tengo que irme. Ha sido como la vez primera. No has cambiado.

Cierro los ojos y ha desaparecido. En su lugar intento aprehender un perfume, la estela de un color. Pero no lo consigo. No hay nada sino vacío y una mujer que pide limosna y me extiende su mano.

11

Llego corriendo al faro. Quiero contarle mi encuentro a Gregor. Él tal vez sí sepa explicarme. Tiene que saber. No está. Arrastro una silla, ya casi sin fuerzas, y me pongo a llorar. ¿De dónde salen tantas lágrimas? ¿Por qué tan calientes? Junto a la mesa hay un recado:

Horacio:
Hay cosas que nadie puede explicar. Un poeta griego al que hemos leído en otro tiempo escribió: Los hombres conocen las cosas del presente,/ las futuras las conocen los dioses,/ únicos dueños absolutos de todas las luces./ Pero los sabios perciben, de las cosas futuras, las que se aproximan. Algunas veces, sus oídos/ en momentos de profunda meditación,/ se turban. El misterioso ruido de las cosas que se acercan les llega./ Y lo escuchan reverentemente, mientras que, afuera, en la calle, el pueblo no oye nada.
¿Estás dispuesto a oír? Tendré que salir por unos días. Ocúpate del faro.
Gregor

No puedo creerlo. Ahora ¿con quién hablar, a quién decirle lo de Lucía? Entonces me percato de que junto al recado hay una foto. Es de ella, tal vez la encontró Gregor. Va vestida de blanco. Una faldita que ondea a los vientos. Sale de la catedral. La volteo: *Lucía, 5 de abril de 1976.* Entonces sí ya no puedo más. Y de mi boca salen sonidos que no había escuchado, y lloro. Lloro con todas las fuerzas del mar.

12

—¿Y la mujer, Gregor? —le digo cuando al fin vuelve, después de dos días que han sido dos siglos.

—¿Cuál mujer?

—La de la foto.

—Es Lucía. ¿Tan pronto te olvidaste de ella?

—No me refiero a esa foto. Usted está con ella. Detrás pone: *Belém do Pará, diciembre del 43.*

—¡Ah! Es Alicia. Para ella escribí un poema que fue famoso. Espera, voy a buscarlo.

Se retira y grita:

—Era fantástica la mulata, ¿no?

—Sí, y a usted se lo ve contento.

—¿Contento? —grita desde el otro lado de la habitación—. Nunca he sido más feliz que con Alicia.

—¿Y entonces? —lo interrogo cuando ha regresado con el libro.

—Así es el amor. Tú no pareces haberlo aprendido y quizá por eso estás de regreso. La esencia del amor es el olvido, Horacio.

—Yo no he podido olvidar a Lucía. Pero usted lo sabe mejor que nadie. Hace unos días, antes de que se fuera, me encontré con ella. Por eso me dejó el recado.

—No, no fue por eso. No tenía idea de que Lucía también había vuelto.

—No es que haya vuelto, usted sabe que eso es imposible. Ella me dijo que era abril del 76. Hace veinte años. Abril del

76: la misma fecha de la foto que usted me dejó junto al recado. El mismo vestido, la misma catedral, el mismo imbécil besándola.

—No. Te equivocas. Tú no eres el mismo. Tú eres el único que ha cambiado.

13

—¿Qué haces cuando no vienes, abuelo?

—Me aburro, me aburro como una ostra. Y cerrada —responde.

—¿Y ahora?

—Ahora vas a servirme un buen vaso de whisky y vamos a platicar. Tú y yo, Horacio, tenemos mucho de lo que platicar.

—Va, abuelo, si así vas a dejar de perseguirme. Pero prométeme entonces que después, si te digo lo que quieres, vas a dejar de venir a asustarme.

—¿Cómo sabes que podrás decirme lo que quiero?

—Porque quieres saber cómo murió papá. Y yo lo sé. Murió feliz. Ni siquiera supo qué estaba pasando. Una noche, después de cenar, se acostó a dormir como todas las noches y, eso me lo contó Gregor, ya no despertó.

—¿Y cómo sabes que ese poeta de mierda no te mintió?

—Porque es tu amigo. O al menos eso creía.

—¿Tú tienes amigos, Horacio? No me vengas con estupideces. Nadie es amigo de nadie. Además, ¿cómo iba a saber él si tu padre se acostó feliz, si no sufrió en la noche? Tal vez murió de asfixia. Y dicen que los que mueren de asfixia sufren horrores. ¿Cómo sabes que tu padre, que tanto te extrañaba, murió feliz?

—Por la mueca. Cuando Antonia lo encontró en la mañana, estaba sonriendo. Incluso creyó que estaba bien, tal vez contándose un chiste para sus adentros. Cuando fue a hacer el cuarto una hora después, papá seguía sonriendo. ¿Me escuchas? Sonriendo.

El abuelo había desaparecido, o casi. Solo alcancé a ver sus calzoncillos antes de despertar. Sudaba. Incluso las sábanas estaban mojadas. Porque se me ocurrió ponerle unas sábanas al sofá de Gregor para sentir que tenía una cama. Fui a despertarlo.

—Gregor, tengo que encontrar a mi abuelo, terminar de decirle las cosas.

—¿Y qué quieres que hagamos?

—Hay que ir a la casa. Es hora de regresar a casa. Abrirla. Correr por sus pasillos. Entrar a mi cuarto. Dormir en mi propia cama.

14

Había estado ya una vez con una mujer así, en una tarde de abril. Y abril es el mes más cruel. La mujer era hermosa, iba vestida de blanco y me sonreía.

Pero no lo sé. Los recuerdos, cuando ha pasado tanto tiempo, entran en esa zona de bruma en la que habitan los sueños. Ayer oí la melodía de nuevo. Pero esta vez estaba cerca, cerquísima. Era el fonógrafo de Gregor.

—¿Qué ha puesto? —le grité—. ¿Qué carajo ha puesto?

—Un concierto para violín. El número dos de Paganini. ¿Te molesta?

—¿Que si me molesta? Es la música que he estado escuchando. La que oigo siempre antes de encontrarme con el abuelo. Pero nunca pasaba de esa primera frase. Ahora quiero oírla toda, quiero atreverme a decirle todo al abuelo. Tiene que contarme cómo fue la muerte de mi padre. Por favor, Gregor, solo usted puede hacerlo.

—Yo y Antonia. Ven acá, muchacho.

Eso fue ayer, justo a tiempo para la visita de mi abuelo. Lo que no entiendo es por qué se fue de esa manera. Ya tenía lo que quería: una explicación pormenorizada del deceso de mi padre. ¡Qué más quieres, abuelo!

Yo, que tantos hombres he sido, no fui aquel entre cuyos brazos desfalleció Lucía, la mujer de ese abril tan lejano y tan real.

Pero ¿es que uno sabe cuándo está soñando? En ese abril habría podido decírselo. Decirle todo, pero ella tampoco hubiera entendido.

15

—¿Crees en la belleza, Horacio?

—Es ya lo único en lo que creo. Es lo incontrovertible.

—Yo no sé. ¿Recuerdas a Alicia, la chica de Belém do Pará?

—Claro, ¡quién podría olvidarla!

—Yo la olvidé por mucho tiempo. Ya te dije que en eso consiste el amor, en saber olvidar. Lo demás es confusión. Y la confusión es el terreno de la poesía, de la distancia. No del amor.

—Pero…

—Espera. De lo que se trata es de otra cosa. El otro día tú me regresaste a Alicia y recordé que su belleza lo valía todo. Incluso una lágrima al ver de nuevo su foto. Quizás por ello sonrío en esa foto. Pero es solo una impresión en papel. Un poco de nitrato de plata y algunos ácidos.

—No, poeta. Es Alicia. No se mienta.

—¡Qué idiota eres a veces, Horacio! Nada ni nadie, ni el mejor pintor, podría hacerte sentir a Alicia. Su piel, su humedad. El brillo de sus dientes después de hacer el amor, mientras nos fumábamos un cigarrillo. Nada ni nadie puede hacerla vivir.

—¿Cuándo murió?

—Cállate. En eso consiste la belleza. En nuestra incapacidad para tenerla del todo. No existe vela ni noche que recupere ese ardor. Quisiera hablarte de su recuerdo, para que comprendieras. Pero ¿cómo hacerte comprender, Horacio?

¿Cómo revivir el silencio del mar en Belém do Pará de aquella tarde de agosto? ¿Fue en agosto? Esa es la belleza. Y eso el amor con toda su dosis de olvido.

—¿Y el goce?

—El goce, Horacio, estriba no solo en haberlo sentido sino en ser lo suficientemente sabio como para comprender que es mejor retirarse a buscarlo de nuevo. Apartarse de todo intento de un nuevo goce, que nunca será igual; eso es lo importante.

—¿Quiere decir que usted nunca más…?

—No quiero decir nada. Quizá solo Alicia, como solo Lucía. Quizás nuestro papel no sea otro que el de interrumpir la obra de los dioses. La belleza existe, Horacio, pero tú ya te has rendido.

16

Era una tarde. Eso lo recuerdo bien. Era una tarde a finales del año. Me habían hablado de la casa de doña Eulalia. Todo mundo en el café del griego Lamprus hablaba de la casa de doña Eulalia. Me apersoné. Quedaba cerca del muelle bajo, donde termina el pueblo. Casa no era, en realidad. Se trataba de un jacalón de madera que daba a muchos cuartos pequeños donde solo cabía un catre y una cubeta de agua para la limpieza.

Las muchachas se alumbraban con velas metidas en botellas de refresco vacías.

Pedí un aguardiente. Era lo único que podías pedir en casa de doña Eulalia. Aguardiente. La señora quería parecer respetable, pero de lejos se veía que en su juventud —una juventud lejana como las revoluciones— había ejercido en algún tugurio de otra ciudad. Llevaba un suéter rojo con una enorme flor de seda a un lado, justo encima del corazón.

—No has estado aquí antes, muchachito, ¿verdad?

—No, señora. Es primera vez.

—¿Y te gusta alguna muchacha?

—No me he fijado, señora.

Doña Eulalia rio con una risa que era también una catarata.

—¿A qué has venido entonces? Hay una muchacha joven, recién estrenadita. Te costará cien pesos. —Cien pesos era todo lo que traía. Se lo dije.

—Es todo lo que llevo encima. ¿Con qué pagaría la copa?

48

—Esa va por cuenta de la casa, muchachito. Es más, tómate otra para agarrar valor.

Le hizo una seña al mesero, que también ejercía de guardaespaldas. Era un hombre descomunal que había perdido algunos dientes, seguramente en una vieja pelea. Se teñía el pelo. Me sirvió un vaso grande de aguardiente.

—Entra a ese cuarto. —Me lo mostró; era el más lejano—. Vas a volver: esa muchacha es calor puro.

Bebí.

—Nada más que aquí se paga por adelantado.

Saqué mi billete de cien pesos y lo extendí como quien se despide de un pariente muy cercano. Luego abrí la puerta. Estaba muy oscuro.

—No te preocupes. —Se escuchó una voz—. Ya te acostumbrarás a la oscuridad. La señora no nos deja prender velas aquí adentro. Es tan pequeño que podría ser peligroso.

La voz me sonaba muy familiar. Me extendió una mano.

—Ven, acuéstate aquí.

Así lo hice. Ella empezó a besarme el cuello, las orejas, la cara. Mientras, con pericia, me desabotonaba la camisa, introducía su mano, se detenía en mi pecho y lo apretaba con fuerza. Después estuvo arriba de mí y me besó. Así, exactamente así, ya me habían besado.

—¿Cómo te llamas? —le pregunté. La oscuridad seguía siendo total. Solo podía distinguir unos ojos enormes, color miel. Unos ojos que también había visto.

—¿Cómo te llamas? —volví a preguntar. Me hundí en ella, que estaba totalmente desnuda, lo sabía por mis manos. No podía apartarla. Tomé su cabello con las manos. Lo tomé con fuerza. Se escuchó un quejido.

—Me lastimas.

—¿Cómo te llamas?

—¿Por qué tienes que echarlo todo a perder? Siempre fue igual. Siempre. —Se bajó de mí, acostándose al lado. Subió una pierna—. Soy Lucía, Lucía.

Otra vez estoy soñando. Otra vez empapado. En el momento de oír su nombre despierto. Pero yo sí estuve, muchos años antes, en casa de doña Eulalia. Y hubo una mujer, bajita, pecosa. Pero se llamaba Karina y sus ojos eran tan azules que parecían transparentes.

Voy al baño. Y en los minutos siguientes consigo espabilarme y recordar dónde estoy, en qué cama, en cuál casa, en qué año. Abro la regadera, que ruge, víctima también del tiempo, lanzándome un chorro de agua aún helada. Voy al espejo y regreso al buró por mis anteojos. Al instante el mundo adquiere color y las figuras se hacen nítidas, más abarcables. No recuerdo cuántos años hace que preciso de las empañadas gafas aun para báñame. Cuando siento el agua, ahora tibia, mojando el cuerpo, súbitamente todo vuelve a estar en su sitio.

17

Sí, debe de ser por eso. Es solo un juego. Una conspiración en la que todos se han puesto de acuerdo. ¿Quién escribió el guion? ¿Por qué esos parlamentos? Los actores, por supuesto, han sido correctamente escogidos. No es fácil soportar todo esto.

También debió de ser difícil para ellos. Pero ¿por qué no acostumbrarse, olvidar? Sería mucho más fácil si se pudiera olvidar. Es necesario calmarme. Ahora lo sé. Sentarme a reflexionar sin interrupciones, sin sobresaltos. Tal vez sin la presencia del abuelo, o de papá.

¿Puede estarse verdaderamente solo? ¿Es justo deshacerse así, de este modo, del pasado? No, no debe de ser justo.

Es mediodía y el cielo está de un azul miedoso que presagia tormenta. No una pequeña lluvia como la del otro día. No, lo de hoy va a ser una verdadera tempestad. ¿Y Lucía? ¿Dónde estará Lucía? Es mediodía y me siento en el parque, frente a la estatua de uno de los libertadores del país. Un héroe coronado con una guirnalda. Es extraño: de levita y con una guirnalda. Él, Saldívar, también está fuera de lugar. O siempre lo estuvo. Me sonríe desde la estatua. Es noble el rostro de bronce. Noble como no debió de ser el de Saldívar en aquella batalla que trasnochábamos en los libros de historia. ¿Cuántas veces en mi vida he recorrido este mismo parque? Ahí, por ejemplo, cuando era chico, estaba la botica del señor Medina, llena de frascos de porcelana. Ahí el Cine Rex, que se incendió en el 71, un día en el que no había función. Nostalgia del color local, quizá. Pero ¿cuál color? Aquí todo lo corroe el óxido. Las ropas, los libros, la madera, todo lo deshace la polilla.

«Todo se deshace menos el recuerdo», pienso mientras camino. Una ráfaga de aire forma remolinos pequeños de hojas caídas y basura. ¿Qué papel juega el puerto en esta historia? O mejor, ¿dónde comienzan las historias? ¿De qué son principio? Un grupo de niños pasa corriendo, chutan un balón de futbol y se lo van pasando con alegría. Son ocho o nueve. Pienso que es curioso: es la primera vez que veo niños desde que regresé. Los sigo, cautelosamente, hasta el pequeño campo de juego, un claro de tierra después del astillero, para verlos jugar. El más pequeño lleva un suéter negro tejido a mano que me recuerda al que yo usaba. A ese, al más pequeño, le gritan:

—Horacio, ¡chuta!

Y de su zapato sale un tiro raso, certero, que se introduce entre las dos piedras que improvisan como portería. Algunos lo abrazan, lo palmean. El muchacho al que llaman Horacio regresa a su posición, serio, convencido de su papel en el juego. Luego voltea hacia donde estoy y se me queda viendo como solo podría verme yo mismo.

18

Estamos en casa. Gregor ha venido a acompañarme. Me dice que es preferible que él abra la puerta. La pesada llave da vuelta con dificultad, rechinando.

—Ya me había hartado de venir cada mes a limpiarte la casa. ¿Para qué, si no pensabas volver? Hubo un tiempo en que me preocupaba. Yo mismo reparé algunos techos, los primeros que se derrumbaron. La pinté tres o cuatro veces. La abría para que se ventilara y la humedad no venciera al fin entre sus muros. Pero un día me harté, Horacio. Dije que no podía más y no volví. No era justo que yo me ocupara de tus cosas.

Entramos. Es de día y no hay necesidad de luz eléctrica. Hace años que la han cortado, me dice Gregor. Al penetrar me invade una humedad que está a punto de matarme. Y el polvo… Hay polvo como para llenar varios camiones. El piano es una ruina. Todo es una ruina, a decir verdad.

—¡Ten cuidado! —me grita Gregor mientras subo la escalera y uno o dos escalones se vencen con mi peso. Hay caliche desprendiéndose de los muros. Quiero abrir mi puerta, pero está cerrada.

—Es por precaución, Horacio. No hay nada del otro lado. El piso está completamente destruido, y ya no tienes techo.

Lo obligo a abrirme el cuarto. Es cierto. Ya no hay nada y poner un pie dentro sería peligroso. El cuarto de mi papá está mejor, aunque el colchón es un invernadero colonizado por el moho y algunas hierbas. Solo el buró de encino está intacto.

—Llevémonos el buró, Gregor. Vámonos de aquí. Ya he visto todo lo que tenía que ver.

—No todo, Horacio, no todo. En el armario hay una caja de tu padre. Una caja de piel que me pidió que te entregara cuando volvieras. «Porque va a volver, ya lo verás», me decía tu padre.

Sacamos la caja y nos vamos al faro. La tempestad ya es un hecho cuando cruzamos la puerta.

—Voy a preparar café y le pondré un poco de ron —dice Gregor—. Tú enciende la chimenea.

Va a ser una larga noche. Nunca pensé que tan larga. No quiero abrir aún la caja de mi padre. Cuando se me une Gregor, frente al fuego, le pido que me lea en español el poema a la mulata de Belém do Pará.

—Ahora me suena un poco cursi, afectado. Pero, sobre todo, Horacio, este poema miente.

—Léamelo de cualquier forma. Yo ya la he visto en la foto y puedo juzgarlo.

Gregor ríe por mi ingenuidad y después lee:

Cincelé dos luminosas tinieblas
bajo tus ojos:
negros crepúsculos
anunciaban la catarata triunfal
de tus cabellos;
dime, ¿dónde termina, entonces,
el silencio?

Dibujé en tu boca los paralelos
de mi risa
y naufragué aciago
en largo viaje hacia tu centro;
dime, ¿dónde comienzan, entonces,
las palabras?

Quise ver en las líneas de tu mano
la cartografía imposible

de tus insomnios
para descubrirte al oído
el sereno sabor de tu cintura;
dime, ¿dónde finaliza, entonces,
la ausencia?

Encendí trescientas luces
como trescientas noches
para velar tu sueño y decirte
que dormida eres aún más temible
¿Has notado que te caen los párpados
como una lluvia de almendra,
como una cortina de granizo?
Dime, ¿dónde inicia, entonces, la ternura?

Leí en tu cuello que el camino
no existe
aunque neciamente mienta la equidistancia
de tus hombros.
¿Has visto cómo zarpa la brisa
por las dunas de tu espalda?
Dime, entonces, de una vez por todas,
¿dónde sepulto la tristeza?

—Es hermoso, Gregor.

—Sí, y suena mucho mejor en alemán. Pero de cualquier forma el poema miente. Lo que pierde en ritmo al verterlo en español es lo de menos. Alguien dijo, Horacio, que la poesía es mentira y que escribirla es mentir toda la vida. Toda la escritura es mentira.

—¿Por eso dejó de publicar?

—No. Dejé de publicar porque emigré, aunque no sé si emigré para dejar de publicar. Perderme en un rincón del mundo, aquí en este puerto o en Belém do Pará, donde una mujer interrumpió mi reclusión. Perderme, Horacio.

—¿Perderse para no mentir?

—No, quizá solo vale la pena mentir para mis adentros. He seguido escribiendo. Luego, cada invierno, me siento frente a esta chimenea y lo quemo todo. Porque si un escritor sabe a ciencia cierta que muy pocos leerán su obra, o tal vez ninguno, obtiene una libertad enorme para crear. El que está seguro, o al menos cree probable, que su poesía se hará multitudinaria se deja influir por ese lector futuro que sus versos prefiguran. Pensará muy en el fondo de su alma, aunque sea un gran creador, cómo piensa, qué le gusta, qué compra ese lector. Y entonces su poema será diferente u omitirá lo que sea más comprometedor, aunque sea lo más importante.

—Pero podría guardarlos, Gregor.

—Guardarlos sería un error similar, porque yo pensaría que en un futuro muy futuro alguien, por ejemplo tú, podría leerlos. Me gusta solo tenerme en mente a mí cuando escribo. Es la única manera de ser honesto.

—¿Y ser honesto también es mentir?

—Claro. Mentirse a uno mismo, que da igual. Un poeta, que inventó una de las grandes mentiras que se llama vanguardias, lo dijo: *Por qué cantáis la rosa, ¡oh Poetas!/ Hacedla florecer en el poema.* Pero las rosas de la poesía no florecen, Horacio; eso es lo más terrible. Se marchitan pronto.

19

Es domingo. Son tristes los domingos. Me visto de blanco y salgo a la calle. Está casi desierta. Cuando se acerquen las doce, todos saldrán para ir a misa. Entonces el puerto se llenará de gente, aunque solo por una hora, hasta volver a quedar desierto.

Entro a la catedral y me acerco a un confesionario. Después de hincarme, me persigno y espero las palabras del sacerdote. En su lugar escucho a mi abuelo:

—¿Qué haces aquí, Horacio?

—He venido a confesarme. Yo soy el que tendría que preguntarte qué haces aquí.

—Estoy confesándote. Ave María Purísima.

—Tú no eres cura, abuelo. Deja ya de jugarme esta broma estúpida. Deja de aparecerte por todos lados. ¿Qué quieres de mí?

—Que lo confieses todo, y este es el mejor lugar. Aquí vas a sincerarte.

—Déjate de tonterías.

—Está bien. Entonces yo te lo diré, Horacio. Yo te contaré cómo murió tu padre. Tenía los ojos vueltos hacia atrás, la lengua de fuera. Tu padre se ahorcó, entiéndelo. Murió asfixiado.

—No quiero seguir oyéndote. ¡No quiero!

Otra vez el sueño. Ahora ha venido sin melodía. Tal vez Gregor me ha mentido y mi padre se suicidó, como el abuelo. El poeta se despierta con mi grito y viene a verme:

—¿Ha sido otra vez la pesadilla?

—Sí. Necesito saber cómo murió mi padre. Y no quiero que me diga que feliz y que mi abuelo se aparezca para decirme que se colgó, que sufrió horrores.

—No es cierto, Horacio, tranquilízate. Tu padre murió como te lo he contado. Y sonreía. Tienes que perdonarte. Si tú no lo haces, seguirás soñando con el abuelo.

—Entonces ¿puede decirme cómo era mi padre?

—Igual a ti. Era un místico sin Dios.

20

Todavía no sale el sol. Una fina llovizna lo humedece todo. He tomado la bicicleta de Gregor. Tenía ganas de dar una vuelta por todo el puerto, de abarcarlo, recorrerlo. Tenía ganas de salir y ahora pongo el pie en el pedal y comienzo mi paseo.

Pero tan pronto tomo la calle principal, mi rumbo se desvía, como guiado por un oscuro designio. Y es entonces cuando pedaleo con más fuerza y una energía insospechada sale de mí en las cuestas. Es una carrera frenética que parece no tener fin. Pero sí lo tiene. Cuando al fin me detengo, estoy frente al cementerio.

Tal vez lo había evitado conscientemente. Es un sitio que no estaba en mi itinerario mental del viaje. Clausurar una puerta, sin embargo, significa abrir otra. Nunca, por cierto, he pisado el cementerio. Penetro en el único lugar natural que le queda al puerto. Tal vez las fiestas y las votaciones debían celebrarse aquí, si se trata de ser democráticos. Camino por una ancha avenida con cipreses doblados en forma de arco. Perturba el aire a viejo de las lápidas, los monumentos y los mausoleos. Hay un ángel, por ejemplo, encima de un pequeño altar, al frente de una tumba. La mirada del ángel lo asemeja a un demonio. Abajo, después de apartar algunas ramas, consigo leer el nombre. Se trata, curiosamente, de la tumba de mi abuelo. Su epitafio es elocuente: *Siempre eligió el demasiado en su vida*. Parece una buena póstuma broma del viejo. «Junto debe de estar la de mi padre», pienso. Y así es. Es una tumba pequeña, sin lujos, con una lápida cuadrada de lo más simple.

Ningún ángel lo acompaña. También tiene su propio epitafio, el mismo que repetía a menudo: *No creer, no buscar. Todo permanece oculto.*

¿Y Lucía? ¿Habrá una tumba para Lucía? La busco con denuedo. Un hombre cojo se me acerca por detrás. Su voz me sobresalta.

—¿A quién busca?

—Lucía. Lucía Matos.

—No recuerdo ese nombre, pero vamos a la oficina. Si está enterrada, tiene que estar en los libros.

Lo sigo. Concuerda con la idea de que cualquiera puede tener de un enterrador, pero es afable y parlanchín.

—¿Qué lo trae por aquí, joven? Nadie viene ya. No quedan suficientes vivos para visitar a los muertos.

—Buscaba algunas tumbas. Me hubiera gustado ponerles flores, pero no hay nadie que venda.

—¿Para qué? Nadie las compraría. Límpielas, ya habrá hecho suficiente. Aquí, para pasar el rato, bebo. No hay otra cosa que hacer. ¿Se le antoja un trago?

—Bueno. No me caería mal un trago.

—Antes limpiaba las tumbas, pero no le veo caso. Están más protegidas así.

—¿Protegidas de qué?

—Del recuerdo, de la impaciencia de los vivos. No me haga caso.

El hombre sirve dos vasos de ron y se disculpa. Dice que no tiene hielo.

—Perdóneme, pero no tengo hielo.

—No importa. No hace falta.

Apura el suyo casi de un trago y se pone a hojear los libros.

—¿En qué año me dijo que murió?

—1977, junio de 1977.

—A ver, a ver. No. No aparece.

—Pero tuvieron que enterrarla aquí.

—Déjeme ver. ¿Cómo murió?

—Fue un suicidio.

—Lo siento. Aquí nadie que se haya suicidado puede tener sepultura normal. La han de haber arrojado a la fosa común.

—¿No hay algún registro?

—Sí, hay algunas listas, pero las tienen en el ayuntamiento. Ora será hasta el lunes que pueda ir a consultarlas, pero da igual. No hay manera de encontrarla.

—No tengo prisa. He esperado tanto tiempo…

—Lo lamento. ¿Gusta otro trago?

—No, gracias. Prefiero ir a descansar.

He perdido toda la fuerza y el regreso es lento, a pesar de ir en bajada. Tal vez no quiero llegar. No tengo la tumba de Lucía porque no cabe en ella. Su madre tampoco tiene fotos de ella, como si supiera que en ese recuadro no cabe Lucía, que nada, ni el mármol, ni el papel, ni el olvido pueden reducirla.

21

Hay días, como este, en los que hubiera preferido no despertar. Como si desde temprano el presagio de lo incierto viniera acompañado del aprendizaje del dolor. Hay días, como este, en los que se me ocurre subir al faro y no hago otra cosa que contemplar el mar. Gregor ha salido a comprar víveres.

Tal vez porque la distancia es el mejor bálsamo o porque todos los libros son abyectos, prefiero no leer. Solo miro las olas golpeando contra los acantilados y escucho la música de esa rutina. Puedo quedarme un cielo, que es un siglo, detenido en esa contemplación.

Pasa una bandada de gaviotas. Las gaviotas pueden subsistir aquí, se alimentan de basura. Su vuelo es elegante. Son como aquellas personas cuya vida es vulgar, pero cuyos gestos son de una dignidad absoluta. Pienso, por ejemplo, en el profesor Font, un catalán refugiado que me dio clases durante la primaria. En el pueblo corrían los rumores más terribles sobre su conducta. Todo se sabe en un pueblo pequeño y las correrías del profesor eran el tema obligado cada mañana. O de putas o borracho por las calles, cantando en su idioma. Su único amigo era otro anarquista, Josefo, el impresor. Un día me atreví a preguntarle después de clase:

—¿Qué es ser anarquista, profesor?

El papá de Ramiro se lo dijo: «No le hagas caso a Font, es un anarquista».

—¿Y tú qué crees?

—Pues lo que dicen, que a usted le gustaría que no hubiera gobierno y que todo fuera un desorden. O un relajo, como dijo el papá de Ramiro.

—¿Conoces un oficio más ordenado que el de impresor? Porque don Josefo es impresor y anarquista. Queremos un orden, Horacio, pero un orden natural, no impuesto con violencia.

—Entonces usted no es un revolucionario. No le interesan las guerras.

—No, no me interesan las guerras. Ahora vete a casa.

Un día el presidente municipal le pidió que se comportara mejor. Pero Font no le hizo caso.

—Todos los gestos del poder son oscuros —me dijo un día, mucho después, cuando yo iba de salida del puerto—. Por eso requieren la noche para florecer. Todos los poderosos, Horacio, necesitan ocultarse. Por eso a mí me odian: soy como ellos, pero no me escondo.

Ese día me regaló una edición barcelonesa de Bakunin. Luego rio.

—A ver si ahora comprendes lo que es ser anarquista.

Font era como las gaviotas. Su dignidad tenía un adjetivo antepuesto: soberbia dignidad. Era amigo de Gregor y muchas veces, si estaba muy borracho, se quedaba en el faro. También, me cuentan, los acompañaba mi abuelo.

—Los libros de Font, por cierto, Horacio —me dice Gregor, ahora que lo recordamos juntos—, son tuyos. Me los dejó para ti. «Algún día volverá el desgraciado», me decía. «Dile que los cuide o que los queme: de las dos formas hacen daño.»

Son seis cajas que Gregor conserva con bolitas de naftalina. Los libros están intactos, pero huelen terriblemente. Los vuelvo a guardar. Solo me quedo uno y lo subo conmigo al faro. Pero prefiero ver el mar que leerlo.

Es de noche. Por fin he empezado el libro. Está en francés, una edición de 1952. Se trata de los *Syllogismes de l'amertume*, de un filósofo rumano. En uno de ellos, que Font subrayó con un crayón rojo, leo: *En este «gran dormitorio», como llama un texto taoísta al universo, la pesadilla es la única forma de lucidez.*

22

Cae la tarde. La brisa golpea los cristales, y la pereza y el tedio se apoderan de mis extremidades, obligándolas a quedarse en el sillón. Recuerdo un cuento de no sé quién que leí hace años. Se llamaba «Primer amor». El protagonista nos cuenta una historia melancólica que empieza con la imagen de los cipreses de un cementerio y cómo él se va adentrando en ellos. El panteón es, en realidad, una metáfora de su infancia. Una niñez que le repugna. Recuerdo una frase terrible de la historia: *Dentro de cada hombre hay un niño muerto.* ¿Qué lo humilla de su infancia? Lo más simple: haber sido niño, esa primera esclavitud.

En ese cementerio, muchos años antes del día que recuerda, conoció a una adolescente, hija de un carretero, que dormía tendida en la hierba. Tal vez se había dormido contemplando un cielo brumoso como el de este puerto, parecido a un espejo empañado. La muchacha era pelirroja, sensual a pesar de sus caderas todavía lisas y los hombros anchos y huesudos. Para él contemplarla era un dulce terror, una tímida ternura, asustadiza. La misma atracción que le causaba la pelirroja se la causó la primera vez que vio un muerto. Ahora la muchacha dormía, con la falda subida por el viento. Él, agazapado detrás de un ciprés, la contemplaba sin atreverse a nada, aunque el deseo se había convertido en su única razón de existir. Entonces un muchacho se acercaba y le arrojaba una piedra a la frente. La muchacha se despertaba con un arroyo de sangre inundándole el rostro. Luego escapaba, entre convulsiones.

Ese muchacho es el mismo protagonista que, en el recuerdo, le da las gracias al que fue con unas palabras —no sé si las cito correctamente— que estremecen: *Le agradezco que me haya liberado para siempre de esa misteriosa esclavitud, que convierte el amor en el sentimiento más próximo a la esperanza y a la humillación de la muerte.*

No sé por qué recuerdo, precisamente ahora, ese cuento atroz. Lo leí de joven, la segunda o tercera vez que me vi con Lucía. Hoy lo recuerdo como si ese muchacho también hubiera sido yo, huyendo del cementerio en la bicicleta de Gregor. Sin embargo, no tengo nada que agradecer: nada me libera de mi propia esclavitud.

23

En el ayuntamiento tampoco tienen nada. La burocracia es un laberinto porque es el signo más visible del poder. Una vieja secretaria funge como directora del archivo.

—No va a encontrar nada —sentencia después de colocar la pila de libros en los que yo debo buscar el registro de Lucía—. En cualquiera de ellos puede estar. O en cualquier puede no estar. Cada quien pierde su tiempo como puede.

No me doy cuenta de cuántas horas pasan, pero siento la mano de la empleada, que me toca el hombro y me informa que van a cerrar. Entonces me percato del tiempo que llevo sin registrar lo que mis ojos leen.

Doy las gracias, aunque nadie me responde. Se están apagando las luces, signo inequívoco de que uno debe salir corriendo. Salgo a la noche. Es la noche más oscura desde mi regreso al puerto. Del ayuntamiento al faro solo puedo contar seis estrellas. Todo lo demás es de un negro impenetrable. ¿También las estrellas se habrán escondido?

24

—Porque todos tenemos secretos —me dice mi abuelo.

Ahora sé desde el inicio que estoy soñando y no me angustio; quiero llegar al final.

—Sí, tú también.

—Claro. Lo terrible es que el misterio no es sino una forma de engañar a los demás, hacerles creer que somos más profundos que ellos.

—O más banales.

—Los secretos, cuando guardados celosamente, son esenciales. Su banalidad reside en su materia, hecha de una sustancia fugaz. Cuando el secreto se conoce, esa sustancia se diluye en el aire, se confunde en las cosas, se desvanece.

—No siempre. A veces sucede como con las matrioskas rusas: un secreto no se diluye, se abre a otro secreto. Cuando no podemos penetrar en el secreto, entonces ganamos.

—¿Quieres decir, Horacio, que me calle, que nunca me contarás la muerte de tu padre? No hace falta. Ya te he dicho cómo ocurrió.

—Le has quitado su misterio. No sé si mientas, abuelo. Tu secreto ya no vale. No conocías los males que acarrea develar el secreto. No te dabas cuenta de la futilidad de abrir el secreto. Porque detrás de esa puerta te encontraste un vacío, una apariencia igual de intocable que si no te hubieras atrevido a violarla.

—¿Cómo lo sabes? No seas arrogante, Horacio. ¿Cómo sabes qué está detrás del secreto?

—No lo sé, lo intuyo. Yo soy un hombre sin certezas. Ahora desvanécete, piérdete en el secreto. No vuelvas a salir de él.

25

Abro la caja de papá. Tal vez tenía razón el abuelo y detrás del secreto no hay nada. La caja, casi vacía, solo guarda un mechón de cabello. ¿Eso me dejó? Una oquedad, una ausencia. ¡A mí de qué me sirve un montón de pelo atado con una cinta rosa!

Pensé, al despertar, que me había liberado del abuelo retándolo. Pensé, con arrogancia, es cierto, que yo tenía la razón. La indiscreción rompe el secreto, lo corrompe, pero lo hace seguir vivo, lo multiplica en un demente juego de espejos.

Tal vez la forma de las cosas deba ser la forma del espíritu. No la manera de decir las cosas, sino de pensarlas.

Entonces ando como vagabundo, no puedo poner un alto a las vueltas que mis pasos dan sobre sí cada instante. Voy y vuelvo. No hago otra cosa durante horas. Hasta que Gregor regresa. Me mira extrañado y pregunta:

—¿Qué haces?

—Mira, Gregor, esto es todo lo que guardaba la caja de papá.

—Sí, lo sé. Eran de Lucía.

26

Pasamos toda esa noche hablando, sin dormir. Le cuento el sueño con el abuelo, mi petulancia, la inusual paciencia del viejo.

—¿Y despertaste de inmediato?

—No. Fue mucho después. Por cierto que no me acordaba, pero antes de despertar miré al abuelo. Se iba de mi cuarto con sigilo y antes de cruzar la puerta se llevaba un dedo a los labios y ahí lo dejaba. Entonces se hizo de día.

Guardamos silencio por un buen rato, Gregor sorbiendo su café y yo contemplando el mar. Alguien dijo, sin equivocarse, que el mar es una espada innumerable y una plenitud de pobreza. Entonces soy yo quien reanuda la conversación:

—Sé poco de usted, Gregor.

—Sabes lo que hay que saber. Que nací en Chemnitz, hoy Karl Marx Stadt, en la región de Weimar. Papá era camarero del hotel Chemnitius y conoció, en 1912, a Franz Kafka. Fue con Max Brod a conocer las casas de sus escritores favoritos. En sus anotaciones, lo sé por mi padre y por sus diarios, Kafka escribió sobre el hogar de Goethe: «Triste espectáculo que recuerda a los antepasados muertos. Aquel jardín que no ha dejado de crecer desde su muerte y que ahora le quita la luz a su cuarto de trabajo».

—¿Para qué me cuenta todo esto? Nada tiene que ver con usted.

—Espera, Horacio, no seas impaciente. Ahí Kafka se enamora de la hija del guardián de la casa, Margarethe. Él le propone una cita y ella acepta. Se ven en la posada del Cisne.

Tendrías que ir a Chemnitz para conocerla. No creo que se esté mejor en ningún hotel lujoso que en la posada del Cisne.

—¿Y qué hace Kafka?

—Come cerezas en el jardín de Werther. Lo ha hecho todo, incluso fingir que se ha enamorado, para poder entrar a sus anchas en la casa de Goethe. Cuando se cansa de hurgar en sus habitaciones, cuando sabe que ya no hay misterios, se despide.

—¿Y?

—Y todo. Tú hablabas del secreto con tu abuelo, ¿o no? A Kafka se le olvidó su amor cuando se desvaneció el secreto, tal y como lo decía tu abuelo. Escribir es lo mismo: una insoportable forma de develar secretos. Por eso escribir es una traición. Uno no debería decir nada. Es lo terrible de las novelas policiacas. Todas sus palabras llegan, al final, al conocimiento de la vida.

—Por eso nadie las relee.

—Cuando escribía poesía creía que era posible guardar secretos entre sus palabras. La poesía me parecía aullido, interjección. La necesidad lírica era la única manera de acercarse a esos balbuceos primigenios. Luego me pasó lo mismo que a Kafka: descubrí que del otro lado del espejo no había nada. Entonces vino el silencio.

—¿No ha escrito nada desde entonces?

—¡Cómo no! Ya te he dicho que todos los inviernos hago mi particular auto de fe e incinero todo lo que he escrito ese año. Así dejo que la poesía sea un verdadero ejercicio de introspección.

—¿Aunque no vea nada dentro?

—Precisamente por eso, Horacio, porque no hay nada dentro.

Callamos nuevamente. Gregor propone brindar por el silencio. Y lo hacemos sin decir palabra, con gestos que parecen ridículos. Los dos apuramos nuestros vasos, como queriendo aturdir la excesiva racionalidad de esa velada.

—¡Carajo, Gregor, si tan solo no hubiera pasado lo de Lucía! —le digo llorando, con sus cabellos en mi mano.

Él no responde; ha hecho un juramento, quizá secreto, de dejarme encontrar el hilo perdido de mi vida. Y sabe que eso solo puede ocurrir si me deja solo, solo con mis muertos.

—Todo lo que se dice se pierde. Voy a dormir —me dice.

Hay peces solitarios que necesitan mucho espacio para dormir.

Gregor me deja solo. Amanecerá en mis párpados apretados.

27

—Lucía —me oigo decir dormido, y sé que estoy dormido porque todo está oscuro bajo mis párpados—, te espero y me resigno a no estar sin ti, como siempre. *Vendrá la muerte y tendrá tus ojos,* estoy seguro. Tú serás la misma y dejarás escapar una sonrisa. No llegará como un abismo oscuro. No, la muerte será la resignación. Hundirse en una silla y no sentir nada.

»La muerte tiene tu rostro y tus ojos —le digo a Lucía en el sueño, y sé que es un sueño porque le hablo, pero no puedo verla—. Los del día en que me fui para no amanecer contigo. *Me he querido mentir que no te amo,* he intentado volver a transitar por los días como si nada solo para decirte: *Quédate, amor adolescente, quédate. Vámonos por las rutas de tus venas y mis venas, vámonos fingiendo que es la primera vez que estoy viviéndote.*

»Y solo sé que no soy yo, Lucía —le sigo diciendo más dormido que muerto, aunque ella no me oiga—. *Me miro con tus ojos y me veo alejarme, y sufro que me tiñe de azules la distancia, y quisiera gritarme desde tu boca: «No te vayas».*

Ahora le grito:

—*Destrencemos los dedos y sus promesas no cumplidas. Te cambio tu sueño para irme a dormir con el cadáver leal de tu alegría.*

Ella no contesta. No puedo verla, quizá porque solo tengo un retrato en el que no cabe, en el que está ausente. Empiezo a llorar como loco. Es un río caliente, humedísimo. Entonces vuelvo a la carga.

—*Te cambio tu sueño para irme a dormir con el cadáver leal de tu alegría. Ya me hundo a buscarme en un te amé que quiso ser te amo.* Nada hay más amargo, Lucía, que los recuerdos dulces.

Es un sueño, lo sé. Por eso no quiero despertar.

28

—Voy a contarte una historia. Mientras tú sueñas yo voy a contarte una historia de verdad —me dice Gregor en la mañana, mientras desayunamos—. ¿Quieres oírla?

—Claro, poeta.

—Es la historia de un hombre que se enamora de una mujer que canta. Ella es altiva, de una piel oscura en la que, sin embargo, pueden verse todas las constelaciones. Ella canta canciones nostálgicas, fados que hablan del desamor, de la distancia, del agridulce sabor de la distancia, que es la única forma de estar con alguien. Él, mientras tanto, come *feijoada* y bebe un licor que no le provoca nada, ni siquiera impaciencia. Él va a verla todas las noches en ese puerto con nombre equívoco. Ella no lo mira, pero canta, él está seguro, pensando solo en él. Cada noche es el mismo repertorio, incluso el mismo orden en los fados, pero él nota que nada es igual. Mientras transcurren los días él nota que canta con más calidez, percibe en el timbre de su voz una llamada. Sus canciones son ya reclamos, peticiones, no meros lamentos. Entonces el hombre decide seguirla y espera a que termine su actuación. La ve salir por una puerta minúscula detrás del local y va tras ella, a la distancia necesaria para no ser visto. Sin embargo, el tramo no le impide extasiarse en sus caderas. Porque la mujer tiene unas caderas como para perderse por la eternidad, ¿sabes? Y sus caderas son el inútil faro de esa noche en la que el hombre tropieza, pero no ceja. Al dar la vuelta a una esquina más oscura que el resto de la ciudad, el hombre ve cómo la mujer introduce una llave en una puerta azul como el mar y busca un lugar desde el que pueda contemplarla sin ser visto. Desde ahí, Horacio, el hombre ve varias cosas que aumentan su deseo. La luz del interior le permite admirar una silueta hermosa que se desviste y así, desnuda, se tira en algo que puede ser una cama. Entonces se atreve. Quién saber por qué, pero se atreve. Toca la puerta. No hay respuesta. Vuelve a tocar y entonces una cortina se mueve y él admira esos ojos en los que se ha extraviado por trescientas noches. Ella le abre. No le dice nada, pero es como si le dijera: «Pasa, te he estado esperando». Continúa desnuda y el hombre la admira completa, inabarcable, maravillosamente cercana. Entonces la mujer se acuesta, ocultando por un momento el prodigio inmemorial de sus caderas. El hombre se desviste y la acompaña. Así sucede durante varias noches. No se hablan, repiten un ritual aprendido no sé dónde. Él la sigue, la contempla desvestirse, toca, entra. Una y otra noche, como si hubiera sucedido desde siempre. En el bar ella finge no conocerlo. Un día ella le dice su nombre y lo goza con más fuerza. Nada más. Nunca conversan. Hasta una tarde en que él se atreve y llega a su cuarto antes de que comience el espectáculo. Ella canta el mismo fado lastimero que lo sobrecoge cada noche a la mitad del acto. Toca. Ella se extraña al verlo, pero lo recibe. Entonces hablan. Hablan durante las tres horas que les quedan antes de que ella tenga que cantar. Él le cuenta la infinita peregrinación que ha significado llegar hasta aquel lugar, desde su país invadido por el frío y por la guerra. Ella, en cambio, solo le habla de sus viejos amores. Luego es la hora y tienen que despedirse. Él, sin saber por qué, decide no ir esa noche al bar. Espera en su casa la hora exacta y llega al cuarto de la mujer. No está. La luz apagada no responde. La puerta no responde. Él espera toda la noche, pero no llega. Se decide a entrar y fuerza la puerta. Nada, ni un rastro de la mujer. Entonces decide ir al bar. Solo el cantinero lo atiende. Él explica la situación, le pide informes. Le responde que se ha ido, que no volverá, que ha vuelto el hombre al que ama. Que olvide, le dice, lo mejor es olvidar. Nunca vuelve a verla, salvo en una fotografía, muchos años después.

—¿Es Alicia?

—Entonces el hombre comprende el tamaño de la traición. Su terrible magnitud. ¿Entiendes?

—No.

—Tuvieron que pasar todos esos años para que el hombre supiera que lo habían traicionado cuando volvió a ver la foto. Entonces, solo entonces, se dispuso a olvidar.

—¿Y pudo?

—Solo se dio cuenta de que, a medida que liquidamos nuestras vergüenzas, nos despojamos de nuestras máscaras.

—¿Y?

—¿Qué pasará, Horacio, cuando ese hombre sepa que se ha quedado sin sus vergüenzas y sin sus máscaras?

29

—El mar no tiene fin, se desplaza con nosotros —me dijo mi padre una mañana en que lo acompañé a pescar.

Era la segunda o tercera vez que lo hacía y aún me gustaba. Papá me permitía hacer algunas labores menores sobre el bote, que se llamaba como mi madre, Isabel, pero segunda. No por el nombre de una reina, sino porque su primer bote, el *Isabel I*, naufragó después del ataque de dos ballenas. Papá llegó a tierra, milagrosamente, sobre un pedazo de mástil, aunque la mañana siguiente pudo recoger en la playa algunos trozos de su embarcación.

Pero aquella vez en que lo acompañé en el *Isabel II* mi padre me dijo:

—El mar no tiene fin, se desplaza con nosotros. Más allá de él solo hay más mar.

Yo no le contesté. No supe qué contestarle. Aunque pensé, para mis adentros, que el mar sí tenía fin, que llegabas a otra playa donde otros hombres como él pescaban mientras sus mujeres aguardaban, impacientes, su retorno. Un sobresalto de angustia las tocaba si se había hecho tarde. Entonces rezaban.

—Cuando sientas que tus tragedias te agobian, Horacio, piensa en los insectos.

—¿En los insectos?

—Sí. Todas las proporciones se acomodan cuando volvemos a pensar las cosas con su medida. Nada queda de tus tragedias si una oruga te cuenta las suyas.

Así era papá. Sus consejos eran los menos prácticos. Aunque a veces, ante las calamidades, reaccionaba de otro modo. Ese día, a bordo del bote y después de una pesca copiosa, cuando nos disponíamos a regresar nos sorprendió una borrasca con ánimos de tormenta. Los rayos parecían caer a los lados del *Isabel II*, que los sorteaba. Yo estaba aterrado, me preguntaba por qué a mí tenía que pasarme esto. Estaba seguro de que iba a morir. Una ola nos cubrió.

—Saca el agua con la cubeta, sácala rápido —gritó mi padre, haciendo lo mismo de su lado. Un frío inmenso me paralizaba.

—¡Saca el agua, Horacio! —volvió a gritar mi padre. Y yo reaccioné. Me puse a trabajar frenéticamente, sin descanso. No sé cuántas horas duró el horror, pero en la noche estábamos en tierra.

Antes de amarrar el bote, papá sentenció:

—Solo debes tenerle miedo a tener miedo.

Ese día regresó muy noche a casa, cantando un bolero. Estaba completamente borracho.

30

—Después de salir de Belém do Pará, todavía con el sabor de la traición en la boca (un sabor que te juro, Horacio, nada consigue desvanecer), todavía presencié un acto de compasión que recordaré toda la vida. Fue en Río, en 1942. Yo iba a beber todas las noches a un bar oscuro donde las mujeres bailaban desnudándose. Creía que la *cachaça* me iba a sacar a Alicia de la sangre. Otro hombre llegaba todas las noches. Hablaba alemán y nos entendimos de maravilla. No hacía otra cosa que hablarme de la guerra. «Tengo la certeza de que esta guerra durará años», me decía, «que no podré regresar al hogar. No puedo esperar más».

»Casi todas las noches era la misma letanía —me dice Gregor—, y regresábamos a casa muy de noche. Solo conocíamos nuestros nombres de pila. Una noche no llegó al bar. Fui a su hotel, un balneario cerca de la ciudad, en Petrópolis. Me acompañaba mi viejo amigo Guillherme dos Santos, el único poeta enano, pero esa es otra historia. Nos dijeron en la administración que no podíamos pasar, que la policía estaba en su cuarto. Guillherme, acostumbrado al bajo mundo de Río, me hizo una seña y subimos por la escalera de servicio. Conocía al comandante Pereira y pudimos ver la escena.

—¿Qué había pasado?

—El hombre se había suicidado junto con una mujer hermosa y joven. La muerte, al parecer, no había sido atroz. «Se envenenaron con Veronal», le dijo Pereira a mi amigo. Nos despedimos a la puerta de mi hotel. Tenía un mensaje, me dijeron. Y era una carta de mi amigo. Me comunicaba su decisión de suicidarse. «Si no lo he hecho antes, a pesar de que he sido testigo de la más espantosa derrota de la razón, ha sido por ella.» Se refería a su mujer, Lotte. «Me siento más angustiado que nunca: no retornará el pasado desaparecido y nunca lo que nos espera nos devolverá lo que el pasado nos había dado», escribía al final.

—¿Y?

—Decía que ahora podía hacerlo. Ahora que todo estaba en orden y que, como Kleist, su compañera había aceptado el suicidio común…

—¿Qué era lo que estaba en orden?

—Era un hombre meticuloso. Lo había dejado todo dispuesto. Terminó de escribir sus memorias, *El mundo de ayer*, y escribió algunos mensajes, además del mío. Uno de ellos se titulaba: «Disposiciones sobre mi perro». Cuando vi la firma supe de quién se trataba. Había estado hablando todas esas noches con Stefan Zweig. Ahora puedes leer en cualquier libro que cuando decidió suicidarse tenía sesenta años y su mujer, que debió de amarlo horrores, treinta y tres.

—Ese hubiera sido un buen final, Gregor. Lucía y yo, al mismo tiempo, en el mismo lugar.

—Pero es difícil, casi imposible, que los relojes de dos personas estén sincronizados. Hoy va a haber marea alta. Hay que encender el faro.

31

Hay un pelícano que llora todas las mañanas cerca del faro. Es un lamento o un quejido, pero llega hasta mí. Es la señal de que debo despertar. No es un graznido. Oigo llorar al pelícano.

Hoy, por ejemplo, ha estado llorando por más rato. Ahora guarda silencio y emprende el vuelo. No es ágil y lo sabe, por eso planea un poco antes de tomar altura. De lejos puede parecer cualquier pájaro. Pero este llora. Salgo al muelle y voy a sentarme a la misma banca. La neblina aún no ha subido. Ya no hay barcos. No hay nada.

Entonces, nuevamente, al mismo lugar llega Lucía. Está hermosísima. Lleva un vestido rojo, largo, y una gabardina. Se sienta a mi lado, sin hablarme. Parece como si no me hubiera visto.

No me ha visto. Se pone a llorar, como el pelícano. Es un llanto constipado, espasmódico, como el de los niños. Saca un pañuelo y enjuga las lágrimas. Luego dice mi nombre. Repite mi nombre una decena de veces.

—Si no te hubieras ido, Horacio.

Entonces es ella la que desaparece. Volteo a verla y ya no está. No pude hablarle, no me vio. Hay un papel, sin embargo, en la banca. Es una cita: «Mañana, 10 de abril, donde siempre, a las ocho». Reconozco su caligrafía cuidada, limpia. Entonces veo volar al pelícano. Tampoco él dice nada.

32

—Las cosas no son siempre como creemos —me dice Gregor esa tarde, cuando le cuento la aparición de Lucía.

—Es como si no hubiera estado ahí. Se desvaneció. Era un poco de neblina.

—*Vuelve a menudo y tómame/ sensación amada vuelve y tómame/ cuando despierta la memoria del cuerpo/ y antiguos deseos corren otra vez por la sangre.*

—A veces no entiendo por qué recita. Reniega de la poesía, pero la usa para todo.

—Reniego de las poesías, que es distinto. No del poema. Toda la vida quise buscar un tono, sin encontrarlo.

—¿Qué tono?

—El de la decepción, el de un fado.

33

«¿Y el silencio? ¿Hacia dónde camina el silencio?»

Es lo primero que oigo cuando entro al casino. Se ve que hace tiempo que nadie lo usa. Las viejas mesas de billar con los paños gastados, telarañas, mugre, polvo. No hay un alma, pero la luz está encendida. Falta aún media hora para mi cita con Lucía.

Vuelve a escucharse la voz: «¿Y el silencio? ¿Qué hacemos con el silencio?».

La oigo cercana, pero no hay nadie en el viejo Casino Español donde, desde siempre, Lucía y yo nos citábamos. Una bola de billar choca contra otra. El ruido del taco, sí, y luego una bola de billar choca contra otra. Pero no ha habido un solo movimiento. Todas las mesas están vacías. Camino hacia la barra, con miedo. Se escucha el tablero de las fichas que se mueve, anotando la carambola. Ni un alma. Solo la barra está limpia. En ella, como si alguien me estuviera esperando, una copa sobre una servilleta. Grito el nombre de Lucía:

—¡Lucía!

Nadie me responde. Me siento en una banca alta y tomo mi copa. Al menos golpeará el cerebro, aturdirá el miedo. Un reloj de pared da las ocho. Oigo cada campanada con un estremecimiento. Luego unos pasos por el pasillo. Son tacones de mujer. Pero no se acercan, se alejan a toda prisa. Los sigo. La puerta principal se cierra. Apenas alcanzo a ver un vestido marrón. Corro, llego a la calle, volteo hacia todos lados.

No hay nadie. Entonces lo comprendo: no puede volver el

pasado y yo nunca voy a saber nada. Regreso al casino a terminar la copa. Apenas me siento vuelve la voz: «¿De qué cosa está hecho el silencio?».

—De nada, no está hecho de nada —respondo a gritos.

Pero no hay nadie.

Nadie, salvo el silencio.

34

—Pasa, pasa, Horacio —me dice Gregor esa noche, en la que, como si supiera el fracaso de mi cita, me espera con la mesa puesta.

—¿Y qué festejamos?

—Nada, le pedí a Lamprus que nos hiciera una musaka para esta noche. Y hay vino tinto.

—Pero ¿a qué se debe?

—No lo sé. Tal vez tenía ganas de hablar. Se habla mejor con el estómago lleno.

Y sí, hablamos. De navegación, del mar. De la infinita nostalgia del mar. Luego vuelve la literatura.

—Quien escribe —me dice Gregor— lo hace desde un pozo oscuro en el que solo existen él y una hoja de papel. Quien escribe padece un desierto que ha elegido cuidadosamente. Oculta, con su escritura, un defecto, un vicio terrible.

No lo interrumpo. Es él quien calla, como si hubiera encontrado una verdad incontrovertible en sus palabras. Se levanta, camina alrededor de la mesa. De cuando en cuando se lleva las manos a la cabeza. No sé cuántas vueltas da.

De pronto se detiene. Entonces vuelve a la carga:

—Quien escribe está traicionando a alguien. Traza, con tinta ajena, angustias propias.

Gregor Bruchner, el poeta del faro, me regala una cena magnífica y luego pesca una perla perfecta, redonda, brillante. La saca de su boca, como si siempre hubiera estado allí. Pero las verdades siempre están en otro lado. Lo terrible es que uno se cansa de buscarlas dentro. Y Gregor Bruchner, entre el vacío y el suceso puro, va de pesca. La mirada se detiene en mí.

—Quien escribe tiene un sabor a sal en su pensamiento —dice Gregor, a modo de despedida; ha bebido mucho y va a su cuarto—. Cuando Alicia cantaba las *coitas d'amor* de Nuno Fernandes Torneol, no era el poeta, era ella la que se quejaba ante las olas, aguardando en vano mientras los barcos volvían sin su amor. Así tú, Horacio, emúlala. Deja de oír al poeta y atrévete a tu propia interpretación.

—¿Cómo? No conozco esa música. No sé cantar y tengo miedo.

—Te sobran insomnios.

35

—Nunca te lo quise decir. —Es mi abuelo el que habla.

Ahora me ha sorprendido a las pocas horas de haber conciliado el sueño. Primero hubo un campo sembrado de girasoles, pero pronto estamos el abuelo y yo platicando en las butacas de un cine. Acaba de terminar la proyección de *El ángel azul* y todavía tengo el rostro de Marlene Dietrich metido en mis pupilas.

El abuelo sabe que es un sueño, por eso no se impacienta. Solo repite:

—Nunca te lo quise decir, pero conviene que lo sepas.

Estamos en el cine, pero él en calzoncillos; esta vez son verdes.

—¿Que sepa qué?

—Necesito un trago. No es cualquier cosa decirte algo que he callado por tanto tiempo.

—Aquí no hay alcohol.

—Espera, yo traigo.

Saca de su chamarra una pachita y toma un trago largo.

—¿Quieres?

—No, abuelo.

Las circunstancias lo fuerzan a hablar, ya que no me pide que le consiga hielo.

—Tu padre amaba a Lucía.

—¿Qué dices?

—Ya está. Ya lo dije y es suficiente. Sentía grandes remordimientos por callármelo. Ya está.

—Deja de decir estupideces, abuelo. Lucía era como una hija para papá.

—Dije que es suficiente.

—¿Cómo que es suficiente? ¿Él te lo dijo? ¿Fue ella? ¿Cómo lo sabes?

—Adiós, Horacio.

Despierto como si hubiera tenido un infarto. Pero solo ha sido un escalofrío. No hay llanto, ni dolor. «El abuelo se ha vuelto loco», pienso.

Pero la noche se ha convertido en día milagrosamente.

36

He renunciado a comprender a los otros. He renunciado, incluso, a la inútil dádiva de sus palabras. No creo en el abuelo, pero tampoco en papá. Lucía se esfuma apenas llega, o no llega. Y Gregor…, Gregor solo recita. Cuando le cuento el sueño con el abuelo, me dice:

—*Pero no apresures el viaje/ Es mejor que dure muchos años/ y que ya viejo llegues a la isla,/ rico de todo lo que hayas ganado en el camino.*

—¿De qué sirve, Gregor, detenerse? No hay riqueza que me devuelva a Lucía.

—Pero en el viaje has obtenido la paciencia necesaria para aceptar su pérdida. *Sabio como te has vuelto, con tantas experiencias, habrás comprendido lo que significan las Ítacas.*

—Si usted lo dice, poeta. Yo soy un hombre sin certezas.

—Un hombre que ha entendido que el amor dura poco.

Como si lo hubiera dicho todo, sabiendo que es nada, Gregor se levanta. Me dice que vayamos a caminar por la playa:

—Vamos a caminar por la playa.

Y salimos a la tarde. La neblina está baja, lo que le agrega una dosis de misterio al paseo. Nos quitamos los zapatos y nos arremangamos los pantalones para caminar cerca de las olas. Su espuma nos moja, burbujea cerca de nuestros tobillos y se aleja. Es como un lengüetazo de mar que nos invita.

—El amor —me dice Gregor entonces, como si hubiera necesitado todos esos pasos para al fin pronunciarlo—, el amor es siempre un lujo que despierta la animadversión de los que no fueron convidados.

—Otra vez no lo entiendo, poeta. No sé a qué se refiere.

—Al amor. A cualquier amor.

—Pero no es el caso.

—Siempre es el caso. Es igual que la escritura. Hay que desnudar al amor, hacerlo patente frente a los otros. Pero entonces llegan los convidados de piedra. Hubo una época en la que los pensadores, aun si no escribían, poseían fama. Se les consultaba sobre todo. Ahora no. Hay que dejar constancia. Los que lo hacen no son siempre los mejores; los mejores están en silencio.

—¿No es la vida la que lo lleva al silencio, al hastío?

—Ya estaba ahí, en germen. Se desconfiaba del amor antes de vivirlo, se le tenía miedo a la usura de las palabras antes de proferirlas.

—Pero yo amaba a Lucía.

—¿Por qué te fuiste entonces, Horacio?

—Porque estaba decepcionado.

—¿Lo ves? —me dice Gregor, al tiempo que huimos de una ola, sorteando cangrejos sobre la arena—. ¿Lo ves? No te estoy diciendo que tú propiciaras las cosas. Solo quiero que entiendas lo que tú sentías y que no te culpes.

—¿Y lo de papá?

—Por eso empezó todo. Lucía se rehusó al principio. Luego quiso hablar contigo. Tú sabías que ella ya no te amaba. Por eso te fuiste.

—Pero no sabía. Carajo, no lo sabía.

—Ellos tampoco. Así es el infierno. La vida no es digna de ese nombre sin la experiencia de la fatalidad. Ya me ves a mí. Buscaba países adoptivos, otras tierras. Solo la muerte me sabrá a patria. Recuerdo en una lengua y olvido en otra. Al menos tres idiomas acompañan mi locura. Pero cada idioma ha sido como una vida distinta y ahora todas se mezclan. Sé en español lo que me sucedió en portugués, y olvido en portugués lo que ocurrió en alemán. Eso no cambia las cosas.

—El universo de esta noche tiene la vastedad del olvido y la precisión de la muerte, Gregor. Eso me leyó una ocasión.

—¿Recuerdas el poema?

—Sí. Habrá sido un mes o dos antes de irme. Caminábamos por la playa, igual que hoy. Yo lloraba y usted empezó a citar ese poema.

—*De fierro,/ de encorvados tirantes de enorme fierro tiene que ser la noche,/ para que no la revienten y desfonden/ las muchas cosas que mis abarrotados ojos han visto,/ las duras cosas que insoportablemente la pueblan.*

—Es el insomnio. Lo sé, Gregor. Es el insomnio. En él se te confunden las cosas y como el hilo que lo separa de la vigilia es tan delgado, no sabes si ya estás soñando. ¿Qué ha ocurrido? ¿Qué es real? ¿Qué sucede cuando todo ha muerto?

37

Sucedió una mañana, hace muchos años. Pero sus imágenes siguen ocurriendo en mi cabeza cada tiempo. Y en cada ocasión son más nítidas, pasan con mayor lentitud. Es como las películas que veíamos en el proyector de nueve milímetros de Gregor. Con él sucedió mi aprendizaje sentimental. En la oscura precariedad del faro.

Pero ahora no me preocupa el cine, sino mi vida. Lucía llegó tarde, despeinada, alterada. Le pregunté qué era lo que le pasaba:

—¿Qué te pasa, Lucía?

Entonces empezó a llorar. Decía algo ininteligible entre los sollozos. Se veía fatal. Nunca la había visto así.

—¿Qué te pasa, Lucía? —repetí.

Alcancé a oír, o tal vez así he querido que se escuchen las palabras de Lucía después de tantos años:

—Perdóname, Horacio. Algún día lo comprenderás.

Luego salió corriendo y no quiso verme más. Me dejó el anillo y las cartas con Gregor. El poeta evitó que la buscara.

—Es inútil. Hay cosas que son inútiles.

Entonces decidí irme. Solo Gregor lo supo. Salió a despedirme a la carretera, pero no esperó a que pasara el autobús. Tenía un viejo Packard que no llegaría más allá, me dijo. Y me fui. Pero el que se va se lleva su memoria. Se lleva la ciudad, que no lo olvida.

Siempre se llega a la misma ciudad. Y un día uno está de vuelta.

—Así no ocurrieron las cosas. —Oigo la voz de Lucía detrás de mí. Volteo, pero no puedo verla. La escucho de nuevo, ahora enfrente:

»Así no ocurrieron las cosas, es algo que te has ido inventando para justificarte, para hacer menos duro tu abandono. Nos abandonaste, ¿lo recuerdas? Si tan solo te hubieras quedado, yo hubiera podido explicarte.

—¿Explicarme qué? —le grito a la voz invisible de Lucía—. ¿Que había perdido mi vida?

—Tal vez solo que yo te amaba.

Entonces, solo entonces, despierto. No he sudado ni hay sobresaltos. Es como si hubiera estado en un sueño dulce, calmo. De fierro ha de ser la noche.

38

Regreso al café de Lamprus Kusulas. Los mismos hombres juegan dominó. El griego me grita:

—¿Un turco, Horacio?

Asiento.

¿Cuántos días he estado en el puerto? ¿Me fui alguna vez o son solo estos, mis brazos tercos? Los hombres, ensimismados, contemplan sus fichas, fuman, beben café. No se hablan, no hacen gestos. Conocen de memoria las reacciones de los otros, su forma de jugar, pero aun así cada partida es nueva. Es lo único nuevo que les sucede. Se saludan antes de empezar, sabiendo que mañana la eterna repetición de sus costumbres renovará sus ganas de vivir.

Hay un radio encendido. Se escucha un tango. Nada más.

Lo demás no puede oírse entre el golpeteo de las fichas. Un hombre las revuelve sobre la mesa. Nada pasa y nada importa que pase.

Lamprus se sienta. Me platica. Habla de papá, del abuelo. No menciona a Lucía. Nadie menciona a Lucía. Entonces me dice:

—¿Y cómo encontró el faro, Horacio?

—Bien. Todo en su sitio, como si no me hubiera ido.

—Sí. Lástima lo del pobre Gregor.

—¿Gregor?

—Un día vino por aquí, hace unos dos o tres años, no recuerdo. Me dijo que debías volver, que era necesario que ajustaras cuentas con este lugar. Estaba preocupado porque tu casa se estaba cayendo.

—Bueno, en realidad ya está destruida.

—Eso le preocupaba a Gregor. Pero, aún más que eso, creía que era importante que vieras algo.

—¿Algo? ¿Como qué?

—Ni idea. Me dijo que era importante que vieras algo. Luego me pidió que yo lo llevara a la carretera. Faltaba poco para que pasara el autobús. Entonces lo llevé, sin saber que nunca más iba a verlo.

—¿Por qué?

—El camión se volteó antes de llegar a la capital. No hubo sobrevivientes. Fue en esas cumbres terribles. Estaba lloviendo y la carretera era una calamidad.

—¿Dónde lo enterraron?

—Aquí, no le hubiera gustado en otro lugar. Yo fui a identificar el cadáver. Como ya casi no hay lugar en el cementerio, lo cremamos y pusimos el cofre con sus cenizas en una urna debajo del faro, donde pudiera sentir el mar.

—Y el faro… ¿Quién enciende el faro?

—Algunas veces está apagado, de nada sirve ahora. Pero de pronto se enciende, como si esperara tu regreso. Desde que estás aquí no se ha apagado ninguna noche. La gente dice que porque tú lo enciendes. Le hubiera gustado tanto verte.

¿Cómo explicarle a Lamprus que sí me vio, que el desgraciado no me dijo nada sobre su muerte, pero sí hablamos? No hemos hecho otra cosa más que hablar desde que llegué al puerto. Lamprus se queda sin nada que decir; desvía su mirada hacia las mesas. Le digo que no entiendo a los jugadores de dominó, que repiten un ritual antiguo, sin hablarse. Entonces me dice:

—La vida y la muerte dependen de esa mínima ficha arrojada a la mesa. Cualquier gesto, Horacio, es esencial. Un ofrecimiento, una negativa, una afirmación significan un compromiso temerario. Sus consecuencias son incalculables.

—Por eso no hablan.

—Saben que no hay nada más bello que el silencio para secundar sus jugadas. Para ti es una partida de dominó. A ellos, en cambio, se les va la vida.

Me despido. No sé qué hacer. Soy un hombre con menos certezas. Quisiera correr hacia el faro y decirle a Gregor que lo sé todo, que no necesita engañarme más. Pero luego pienso que es mejor callar; él es mi única compañía, el único asidero.

Entonces camino. Camino durante horas como si no quisiera llegar: negando toda orilla.

39

Pero la sorpresa, cuando ha terminado mi frenética huida, es terrible. Gregor se ha ido. Ningún rastro. Ni una nota. Tal vez por eso la caminata por la playa me había parecido una despedida. ¿Qué era lo que yo tenía que ver? ¿Por qué le dijo a Lamprus que yo debía ver algo?

Inútil preguntárselo. Inútil faro de la noche. Subo. Escalo cada uno de los escalones con la certeza de no encontrar nada. La luz está encendida. Da vueltas alumbrando y oscureciendo intermitentemente las cosas.

Es entonces cuando me doy cuenta de que una ballena se ha metido en mi historia.

Exhausta, sin ganas de vivir, tal vez enferma. Cruzó el mar, todo el azul del mar, para venir a esta playa. Herida de muerte, con la vista nublada, perdida en las corrientes del océano. Entonces volteó hacia aquí. Desconozco qué la atrajo. El olor del puerto, su aire a rancio, su sabor a hastío, tal vez. Viró sus ojos redondos, pequeños, minúsculos para ese cuerpo, miopes. Entre la bruma y el estrabismo le pareció que estaba bien, que era un buen lugar para morir.

Entonó, me imagino, una vieja canción aprendida con nostalgia y sufrimiento. Supo, con toda la pesada flaccidez de sus carnes, que en alta mar era más vulnerable, presa del gozo y el sufrimiento. Gregor me leyó, alguna vez, una descripción de las ballenas. Según el filósofo que la escribió, a falta de un olfato o un oído agudos (hoy sabemos que escuchan a miles de kilómetros de distancia), solo les queda el tacto. Su piel, me leyó Gregor, tiene seis tejidos distintos que convierten su cuerpo en una máquina de sensaciones. Las ballenas se estremecen y vibran a cada instante.

Me gusta imaginármela así, ahora que la veo desde el faro, encallada, suspirando. Algunos curiosos han llegado a la playa, pero no se atreven a acercarse al animal enorme. Me agrada pensar que su cuerpo, dúctil, siente con cada poro, percibe con todos los metros de su piel. Pero eso es una metáfora. Ahora comienza su funeral.

La isla flotante ha decidido venir a morir a esta arena en medio de la niebla. Resuella. Una bandada de gaviotas revolotea, ávida, cerca de la moribunda. Esperan la ignominia de su final. La mirada de la ballena —eso imagino desde aquí— es turbia y apenas puede distinguir la madera podrida de las lanchas, a escasos seis metros.

Entonces me invade un súbito temor. La he visto morir. El instante exacto de su muerte. La extinción de sus últimas células. Nunca había visto morir a nadie, pienso. Exhalar el último suspiro, se dice. Y eso hizo la ballena. Suspirar con gran estruendo.

Bajo corriendo, tan rápido como me lo permiten las escaleras y la enorme distancia que me separa de la playa. La gente se retira. Se ponen la mano en la nariz. La ballena ha empezado a despedir un olor terrible y su fetidez cubre el espacio. Saco un pañuelo y hago lo mismo que los otros: resistir el olor de la muerte.

Me acerco a ella. Le digo que está mejor así, al fin sola, inmóvil:

—Estás mejor así, al fin sola, inmóvil.

Solo las olas se le acercan sin repugnancia, la bañan por última vez. Agua, viento, soledad. Sus enormes aletas quisieran tocarla, sentir su espuma. Pero ya todo está. Duerme al fin.

La toco. Con compasión acaricio su frente. No ha cerrado los ojos, como si temiera dejar de contemplar el mundo.

—Cuando mueres todo deja de existir —le digo.

Mientras me alejo, como los otros, vencido por el olor y el cansancio, me pregunto qué la habrá traído desde tan lejos a este puerto, en esta noche. ¿Quién me dirá por qué?

Antes de irme le cierro los ojos. No vale la pena ese asombro final.

40

Dormí mal. Muy mal. En la mañana voy a la playa; apenas ha amanecido. Esperaba encontrar a la ballena, con los ojos cerrados. Esperaba preguntarle qué había visto antes de morir. Luego caminaría.

Pero solo quedan los huesos y algunos pedazos. Sangre apenas. La limpiaron las olas. Alguien, sin duda, arrancó el primer pedazo de carne. Luego vinieron los otros. Los imagino ávidos, destrozando lo que quedaba de ese ser prehistórico, inmemorial. Los imagino cortar las tajadas con vergüenza. Temían ser vistos por los otros, sabiendo que todos estaban haciendo lo mismo. Las gaviotas —habrán sido miles de gaviotas— hicieron el resto.

Voy al faro y recojo la caja de papá.

—¡Qué solos se quedan los vivos! —le grito al vacío. Y lo repito una y otra vez—: ¡Qué solos se quedan los vivos!

Amanece. Es fría la casa cuando amanece. Salgo. Doy un portazo. Sé que no voy a volver.

Entonces subo la calle empinada que me lleva a la Plaza de Armas. Me he puesto la corbata. No tengo idea de por qué, pero ahora me doy cuenta de que llevo la corbata azul que me regaló Lucía en un cumpleaños. También voy de azul. Es un traje viejo, pero que a ella le parecía precioso. Un pisacorbatas de papá. ¿Hace cuánto que no veía el pisacorbatas de papá, el del rubí? La camisa es blanca, blanquísima, junto al azul del saco. Por cierto, le falta un botón a ese saco. Lo compruebo.

Siempre me molestaba ver la manga sin botón, pero siempre me olvidaba hasta que la tenía puesta.

Me he lustrado los zapatos. Brillan en el amanecer. El sol no ha terminado de salir del todo, pero ya se asoma cuando yo trepo la cuesta hacia la Plaza de Armas.

El cielo sería azul si la neblina dejara verlo. Me detengo bajo una palmera, ya en la plaza. No sé cuánto tiempo estoy ahí, pensando sin pensar en nada, debajo de la palmera. Pero cuando vuelvo a saber quién soy, el sol está radiante entre unas nubes que lo dejan ver. Miro hacia el sol, aunque me ciega. De nada sirve mi mano como visera.

«La plaza está desierta como deben estarlo todas las plazas a esta hora», pienso. Ni un alma, diría mi abuelo. Entonces la atravieso como si lo hubiera hecho antes, hasta sentarme en la banca que está frente a Saldívar, el libertador.

Siempre me ha intrigado el gesto noble de la estatua y lo imagino, en cambio, lleno de miedo frente al enemigo en la batalla aquella en que la gloria lo hizo de bronce. Va de levita, pero con una corona de laurel. «Un griego muy decimonónico», me digo.

Saco entonces un revólver del bolsillo. Es de mi padre y tiene las cachas de marfil. Fue del abuelo, pero él se lo regaló una mañana, sobrio, al acordarse de los tiros que lanzó la noche anterior. Tiene las iniciales del abuelo grabadas. Es un revólver plateado, pequeño. Se diría que es inofensivo.

—El cielo está de un azul que se cae de morado —oigo que me dice una voz, pero no puedo ver a su dueño. Tal vez lo estoy soñando. No hay nadie. ¿Y a quién le interesaría describir el color del cielo a esta hora?

Lloro. Lloro todas las lágrimas del mar.

Contemplo el revólver apenas un instante. Luego me lo llevo a la boca y aprieto el gatillo. Está frío.

Pensaba que todo se desvanecería al instante. Pero no. Siento un hilo de sangre por mi cuello y la camisa de pronto enrojecida. Nada más. Entonces veo a Lucía del brazo de un hombre que conozco.

Entran a la iglesia y yo no quiero ver más y vuelvo a jalar el gatillo. Oigo el estruendo del impacto. Es apenas un segundo, pero transcurre con la lentitud de un siglo.

Me siento débil. Las campanas de la catedral llaman a misa. Son las siete. Saldívar, desde el pedestal, me sonríe con compasión.

Luego, al fin, se hace el silencio.

El infierno es el cuerpo

(Qliphoth)

Solo hay un templo en el Universo, dice el devoto Novalis, y es el cuerpo humano. Nada es más sagrado que esta forma elevada. Tocamos el cielo cuando depositamos nuestra mano en él.

THOMAS CARLYLE, *El héroe como divinidad*

Nada hay más espantoso que un cuerpo muerto

A

Una temporada en el purgatorio

1

Todas las noches es igual. Él se sienta a escribir hasta muy tarde. Nada queda al amanecer. Todo permanece al ocultarse el sol. Monótono y al parecer irremediable, el tiempo pasa sin detenerse. Tal vez es ahí donde comienza la historia.

Se llama Mónica. Es preferible recordarla por su nombre. Él la piensa y la dibuja con palabras. Luego nada, salvo muchas horas frente al infierno de esa página antes blanca.

La ciudad es casi silenciosa en esa zona; si acaso algún automóvil que pasa de vez en cuando y, en esta época del año, el acompasado sonido de los sapos. Llueve, pero tampoco mucho. El mundo se obstina en ser común y corriente. No pasa nada. En medio de toda esta quietud, el hombre parece ser el único que se mueve. Aunque nada nos permite asegurarlo.

Con poco que nos asomemos nos será posible ver la insignificante cuerda con la que ese hombre se sostiene arriba del abismo. Luego, ya con la mañana encima, quizá nos fuera fácil mirarlo apagar la luz —innecesaria a causa del sol que se cuela en la recámara— y recostarse a dormir. ¿Qué espera? ¿Qué busca?

Imaginarlo así sería factible si no tuviera un fuerte grado de falsedad. La vida de los hombres, a pesar de repetirse, no puede generalizarse. Es necesario llegar más adentro, seguir los pasos, palpar el peso del cuerpo mientras camina y sentir que un día se acumula junto a muchos otros más.

La importancia de los gestos —de la repetición— radica en que develan la realidad y la vida interior. La vida cotidiana es la gran materia de los mentirosos, de los novelistas.

Intentémoslo así, entonces. El hombre, Andrés, está sentado escribiendo. Es noche. Se oyen pocos ruidos. Piensa en Mónica y se recuerda tocándola, sintiendo su cuerpo en el suyo. Todo el placer, todo el dolor también. Pero no es real, es memoria, y Andrés no soporta la punzada de este recuerdo. Entonces le escribe. No le queda más remedio. La inventa teniéndola, se transforma siendo poseído. Sus dedos avanzan por las teclas como antes lo hicieron por el cuerpo; se detiene cuando se ve a sí mismo tocando el ombligo de Mónica y luego metiendo su lengua ahí. Sintiendo su cuerpo, como antes sus ojos mirándola: era una mirada pero anticipaba todo. Incluso eso último que empezó cuando se puso a desabotonarle la blusa, dejándola desnuda. Pero ¿no estaba más desnuda debajo de la tela, con sus pechos duros transparentándose? La desnudez total no siempre es misteriosa. Mónica se sintió indefensa y Andrés lo supo; por eso cuando se acercó, ella lo atrajo hacia sí como si la cercanía pudiera borrar el miedo. «¿De qué?», escribe Andrés ahora, seis años después, en medio del silencio de la noche y arriba del abismo. En ese entonces no contestó. Era suficiente con sentir el miedo y rechazarlo aceptando la cercanía de Mónica. Desde el principio de la noche, Andrés lo sabía no solo por su mirada: Mónica quería que la usara, deseaba ser poseída. «Soy tu objeto, vengo a que me cojas», había dicho. Y Andrés no estaba seguro de haberlo oído. No solo por lo que implicaba sino por la forma en que lo oyó decir. Después se acostumbraría a estas frases de Mónica. En ese momento no supo contestar. Ella, en cambio, después de un silencio agobiante, sí. «Es hermoso no tener nada que decir», la oyó. «Es horrible no poder decir algo», pudo contestarle por fin Andrés. Volvieron a quedarse callados. Ella se asomó por la ventana y regresó al sillón. Él la miraba lejana y no podía tocarla. No se atrevía. «Desnúdame», escuchó que le decía. Cuando terminó de desabrocharle la blusa y la vio indefensa, miedosa, lejana ya a esa seguridad de antes, no pudo hacer otra cosa que dejarse llevar por el deseo.

Pero ahora la escribe, ahora que no hay nada salvo el conocimiento. «¿Es posible conocer?», escribe. Tal vez no. Tal vez es solo la ilusión de que el poseer un cuerpo te lleve a la verdad interior de su dueño. Pero ¿existe una verdad o el problema se agrava y no es posible siquiera autoconocernos? No sabe siquiera a qué respondió esa primera noche. No está seguro de que lo haya hecho por ella, ni por él. Ahora es nadie. No está. Pero es peor. Tampoco se ha ido. Se encuentra ahí, en el recuerdo, y a la vez es imposible que esté, ni aun en la memoria. Andrés toma un vaso y lo llena de vino. Bebe un trago largo. Alza sus anteojos introduciendo un dedo entre el puente y la nariz. Presiona la piel para aliviar el cansancio. De todos modos no puede detenerse, así que le escribe.

Cuando el miedo empezaba a desvanecerse y la piel era toda su seguridad, Andrés le dio un beso largo en la boca mientras sus dedos sentían la humedad de otros labios y ella le tocaba las nalgas. Casi sin dejar de besarla un dedo fue entrando en ella, que se quejó cuando Andrés le decía «Qué bella eres» y se daba cuenta de que el placer transforma en más hermosos los rostros. «Ven mejor, ven tú.» Él la obedeció al instante y fue sintiéndose cada vez más adentro, hasta una profundidad que antes no existía, como si todo él estuviera adentro y no hubiera nada en el exterior. Ella lo devoraba, sus labios carnosos pegados a su boca y sus manos aferradas a su espalda, clavándole las uñas, y su vulva abierta y sus ojos abiertos como él los quería, viéndolo. La piel de ella ardía. «Me asoleé mucho en la mañana», le había explicado antes. Luego, él quedó bocarriba y la obligó a sentarse sobre sí, con los muslos abiertos y colocados al lado de sus piernas; sin dejar de moverse introdujo su pene y tomándola por los hombros la empujó hacia abajo, entrando aún más mientras ella gritaba y decía «Sí, sí», afirmándolo todo. Terminaron casi juntos, él sintiendo el orgasmo de Mónica y viniéndose poco después, los dos en medio de gritos y gemidos. Ella le pidió que se quedara adentro y permaneció mirándolo.

¿Qué hay en una mirada? Además de una cínica y pervertida obsesión por encontrar *al* otro, *lo* otro que miramos, un anhelo de seguridad. «Cuando observamos a otra persona», sigue escribiendo Andrés, «estamos viéndonos en ella».

Todo lo anterior es una buena tentativa de aproximarnos a ese hombre —o de aproximarnos al deseo a través de *ese* hombre—, pero nosotros también estamos usando la mirada: queremos ver qué hay detrás, observar sus movimientos, ir detectando el más imprevisible movimiento que lo delate, develándonoslo. Y esa es una «cínica y pervertida obsesión», como escribe Andrés. Pero a través de la mirada podemos creer que percibimos el mundo, es nuestra única arma para acercarnos al abismo y ver bajar por esa insegura cuerda a Andrés. Nadie sabe qué pasa cuando se llega al fondo y nada nos permite saber a ciencia cierta si la cuerda seguirá sirviendo para volver a subir.

El deseo sí puede verse; podemos olerlo, tocar sus texturas, oír sus pasos y verlo sentarse junto a los cuerpos. El deseo sí puede olerse; podemos gustarlo, rozar sus pliegues y sentirlo posarse sobre la piel. El deseo no es la contraparte sino un aliado de la imposibilidad; salvo él todo lo demás es falso.

En poco tiempo ya estaba de nuevo fuerte dentro de Mónica y la sintió subir y bajar por su pene con la vulva abierta mientras él la dejaba hacer. Su erección era casi insensible y él lo notaba. Puestos de lado, ella llegó dos veces. Luego la volteó y se lo introdujo por detrás aunque ella gritaba y le pedía que no lo hiciera. Nada hay como sentirla abriéndose, como tocar el infinito rotando clavado en ella. Ella intentó salirse, Andrés la jaló del cabello tirándoselo con fuerza; luego la sintió venirse de nuevo y salió de ella. No es tan fácil soportar el vacío y Mónica volvió a sentarse sobre Andrés, que seguía fuerte, y ya con él dentro acercaron sus bocas, y en medio de ese beso él la sintió que llegaba abrazándose a ella y creyendo que había podido tenerla, que era suya, o por lo menos había sido suya.

Apaga la lamparilla un momento. No piensa levantarse pero necesita descansar la vista y, junto con sus ojos, que repose todo lo que ha estado moviendo ahí dentro. Nadie puede exprimirse recuerdos y pretender que la vida siga igual; cuando alguien se examina de este modo corre el riesgo de romper la cuerda y de precipitarse al vacío. Sin embargo, el recuerdo es la única ¿piedad? contra la ausencia y su peso de plomo. Si el hombre no pudiera recordar, no podría percibir absolutamente nada. Vuelve a prender la luz. A pesar de las pocas cosas hay un gran desorden en el cuarto. Una foto de Bataille. Dos cuadros con paisajes. Algunos libros por el suelo. Una mesa azul con lámpara, una máquina de escribir y una pila de hojas blancas. También una botella de vino y un vaso. La silla de madera en la que está sentado es rústica y el respaldo fue tejido con paja. Nada de la austeridad del lugar nos es ajeno; aunque toda la otra parte de la casa está decorada ostentosamente, el único sitio en el que la historia es verosímil es este, con tan pocas cosas y las paredes amarillas casi vacías. Se está solo en un lugar así. «Se está solo siempre», escribe Andrés.

El cuerpo también puede ser una ausencia. Mónica y él, tendidos, sin decirse nada, cada uno encerrado en sí mismo, destruyendo la posibilidad de cualquier posesión, vindicando la retardada agonía de la ausencia, del vacío. Y el cuerpo aparece también como la constancia de esa imposibilidad. Ninguno atreve un movimiento siquiera; los aplasta el miedo de no estar ahí, de ser pura esencia —¿es algo la esencia?—, de no sentirse ni siquiera en la mirada del otro que corrobora nuestro ser. El silencio devora la cordura. Mónica al fin se voltea y se queda dormida. En el sueño él no puede tenerla. «¿Puedo tenerla de algún modo?», se pregunta Andrés mientras desesperado camina por su cuarto, sintiéndolo absurdamente lejano.

Desde la primera línea de la historia ya sabemos qué va a ocurrir. No bien cruzamos la primera mirada estamos seguros de lo que seguirá. Sin embargo, el novelista logra mantenernos ahí, atentos —igual que el deseo—, haciéndonos creer que va a ocurrir otra cosa, que es posible otra forma de entretejer los hilos. Nuestro inconsciente juega haciéndonos creer que puede pasar algo. Sin esas trampas nadie leería historias, ni amaría a otras personas. «En el sueño, a veces sí suceden otras cosas, otras cosas que no podemos saber», escribe Andrés pensando en Mónica dormida en su cama y él dando vueltas por el cuarto, asomándose a la ventana como ella, sentándose en el sillón como ella, viéndose en el espejo e intentando sonreír como ella sin conseguirlo y preguntándose quién es ella, aunque la misma Mónica lo ignore. Le da miedo su desnudez y se viste, dejándola en la cama en tanto se prepara un café. Tiene ganas de hablar, de saber qué piensa, pero un respeto absurdo le impide interrumpir su sueño.

«Si no es posible la posesión», escribe Andrés seis años más tarde, «entonces ¿por qué el hombre se afana en comunicarse, en obtener todos los datos posibles acerca de los demás, de encontrarse en ellos y desencontrarse también?». ¿De dónde salía este impulso de despertar a Mónica y hablar con ella? ¿Para qué? Se levanta, trae de algún lado una grabadora portátil y se coloca los audífonos. Aprieta una tecla y sus oídos se llenan con un clavicordio tocando a Bach. El sonido lo aísla aún más. Escribe otras líneas, se ríe sin poder oírse escuchando solo la música y algo lo detiene. Pasan varios minutos y nada se mueve. Cierra los ojos. ¿Oye? ¿Recuerda?

No puede escuchar nada de lo que pasa afuera porque para eso ha puesto la música, pero tampoco la oye, ya que le sirve como vehículo para no estar afuera. El recuerdo es el dentro. Se sentó en el sillón donde antes había estado Mónica; él se entretenía tomando café e intentando desviar la mirada del cuerpo desnudo de ella, pero regresaba una y otra vez a él, recorriéndolo, intentando conocerlo y conocerse en él, aun a sabiendas de que estaba lejos, entregado al sueño. Un cuerpo que tal vez estaría soñando con otro cuerpo diferente al de Andrés. Así lo pensó con unos celos terribles. Pero ¿cómo sentir celos de una persona que apenas se conoce y con la que simplemente hizo el amor? «No sentía celos de Mónica, sino de no ser yo el único que pudiera poseerla, de que otros ya antes hubieran estado allí», escribe ahora Andrés. «Volviéndolo a pensar, viéndola me di cuenta de que era bellísima y de que la deseaba verdaderamente. No sabía que esta era la única forma en que acabaría teniéndola, como si al escribirla pudiera hacerla real, corporizarla. ¿Qué es un cuerpo, qué es un cuerpo, qué es un cuerpo…?»

Andrés no puede más. Está cansado, agobiado por la experiencia del recuerdo. Pensar en uno mismo desbarata. Nunca imaginó que al sentarse a escribir y evocar su vida con Mónica estuviera entrando de nuevo a lo desconocido. Y aunque el hombre siente un gran miedo hacia lo que no conoce, esta no es la verdadera razón de sus males, sino la repetición de lo vivido. Entre el alivio del miedo a recordar algo que ya conoce y el miedo de entrar a algo que se desconoce, se encuentra Andrés. Ya no es noche. La luz entra por todos lados aunque él quizá no lo percibe y conserva su lámpara encendida. Acomoda las hojas que ha escrito y las guarda en una carpeta. Se levanta y estira el cuerpo sintiendo cómo se acomodan algunos músculos. Bosteza. Ve la mañana entrando por su cuarto y apaga la música. Bebe un poco más de vino y, ya sin más fuerza, se acuesta a dormir.

¿Quién sabe qué pasa en el sueño?

2

Otra noche. No una más sino la siguiente. Andrés quiere recordar, desea tener a Mónica. Piensa. Escribe. Se ha puesto los audífonos y no puede escuchar los gritos afuera: una pareja peleándose. Si lograra oírlos, esa lucha despiadada de los amantes por anular al otro le sería insoportable, quizá por lo simbólica.

Mónica despertó a las tres horas y quiso encontrarse con el cuerpo de Andrés, palpando solo una sábana fría. Al fin lo vio frente a ella. «No me mires así», le dijo. Estaba incómoda. ¿Cuánto tiempo llevaba ese hombre observándola, escrutando su alma, penetrando en su sueño? Andrés se sentó a su lado en la cama y se puso a acariciarle el pelo. Los dos sentían ganas de preguntarse muchas cosas. Ninguno decía nada. Estaba amaneciendo y la luz le molestaba a los ojos. «Estoy agotada.» Andrés salió después de escucharla a prepararle algo de desayunar. Ella, todavía cruzando del sueño a la vigilia, se preguntó qué hacía ahí, sintiendo un vacío terrible que le impedía moverse. Andrés entró con un jugo, café y huevos. Ella se sentó desnuda y él pudo contemplarla. Colocó la charola en sus muslos, que había cubierto con la sábana. Él se detuvo a contemplar su pantorrilla y no resistió tocarla. La mano sintió la piel creyendo tenerla, estar menos lejos por eso. Mónica comió sin prestar atención al deseo de Andrés, que se aventuró más allá y entró por el medio de las piernas tocando los vellos encrespados, suaves. Ella lanzó un grito de asombro cuando él introdujo sus dedos hasta el fondo. Apartó la charola acariciándole el pelo. Andrés recostó su cabeza en el muslo redondo y besó la vulva, separando los labios, buscándola. Intentó introducir su lengua y metió la punta saboreando la humedad de Mónica, aparentemente tan cerca, tan suya. Subió su lengua rodeando los labios, jugando con ellos y Mónica comenzó a moverse como si lo tuviera dentro. Gimió. Imploró. Él tocó el clítoris y empezó a darle vueltas despacio, insoportablemente despacio. Diez, veinte veces. El dolor confundiéndose con el placer. Mónica echó la cabeza hacia atrás extendiendo su cabello negro por toda la almohada. Andrés subió las manos por la cintura y llegó a los pechos, sintiéndolos endurecerse. Tocó los pezones erectos. Su lengua, en tanto, aceleraba el ritmo de las vueltas. Cada vez era más rápido y había más gritos y más súplicas y el cuarto empezaba a ser un solo lamento. Ella abrió las piernas y empezó a temblar y su cuerpo onduló el espacio, abriéndose, retorciéndose y oscilando en un placer que no parecía tener fin. Andrés la sintió agitarse y siguió dando vueltas. Mónica gozaba un orgasmo interminable y de su cuerpo brotaba sudor y brotaba esmegma y Andrés sentía ese líquido espeso llenándole la cara. Ella, al fin, tras haber alcanzado los nueve puntos en la escala de Richter, se quedó quieta. Había quedado inerte y floja. La oyó decirle: «Ven, por favor. Me siento perdida. Abrázame», y subió hasta estar a su altura. Tomándola de los hombros y de la cintura la atrajo hacia sí, abrazándola muy fuerte, aunque no pudo resistir deslizarle la mano y encontrarse con sus nalgas. Besó sus labios y la acarició frenéticamente hasta que de nuevo ella estaba excitada y él dentro de ella, de lado, con sus muslos como pinzas o tijeras de cuatro hojas. Esta vez fue peor. No se parecía nada al amor, era una sucesión violenta en la que los dos intentaban arrancarse algo, destrozarse. Ella llegó dos veces antes de que él pudiera sentirse lánguido de nueva cuenta. Fue Andrés, entonces, el que se quedó dormido.

Ha pasado mucho tiempo. Él está despierto, escribiendo, aunque esto no es tan real. Hace horas que no escribe. Está frente a esa máquina, ha sacado y vuelto a meter tres hojas sin escribir siquiera una palabra. Las saca, las arruga y las tira.

Pero esto también es falso; la última hoja que rompió está en el suelo desde hace varios minutos. Él vuelve, ahora sí, a meter otra hoja. Tampoco escribe. Se halla inmóvil; la mirada se pierde frente a él, en una pared amarilla de la que no puede sacar nada. De cualquier forma no está de humor. Se siente débil, fastidiado.

No pasa nada. Apaga la grabadora y se quita los audífonos. Oye la noche, lo que equivale a decir que no oye nada: la noche es una respiración tristísima. Afuera tampoco parece haber algo. Está solo, mira hacia ningún lado. Luego se toma la cabeza entre las manos, apretándola, intentando desvanecer el dolor. Pero permanece; es una punzada intermitente que no lo deja estar. Hace unos remolinos con las sienes, la desesperación no cede. Nada la mitiga. Es el precio de la observación, quizá. Oye su corazón latir apresuradamente. Cuando uno se oye y se siente el cuerpo, que siempre está ahí aunque no tengamos conciencia de él, algo anda mal. Un coche pasa afuera levantando el polvo y rechinando las llantas. El ruido lo molesta, le crispa los nervios ya de por sí a punto de saltar. Nada hay sino el daño que le produce la punzada en la cabeza. Se levanta y da vueltas en el cuarto. La desesperación comienza a ceder. El mundo empieza a recomponerse.

El despertar esta vez fue lento, como si emergiera de una región muy profunda y lejana. Cuando al fin se sintió consciente y abrió los ojos, Mónica ya no estaba ahí. Aunque también a esto se acostumbraría, esa primera vez que se quedó solo, sin ninguna explicación de la huída, no supo qué hacer. Empezó a recopilar datos de su memoria: fechas, nombres, cosas que le permitieran recuperar a Mónica o al menos trazar las coordenadas de su ubicación. Primero: no sabía ni su dirección ni su teléfono, era la segunda vez que la veía. Segundo: ni su apellido, para colmo. Tercero: la había conocido en una fiesta en casa de Fidel Correa, un promotor de rock ya viejo y bastante bien establecido. A esa casa lo había llevado otro amigo, Juan Madrid, dejándolo solo desde el principio. Cuarto: es infinita la serie de conexiones que tiende la casualidad para sus trampas. Quinto: salió demasiado borracho de la reunión como para pretender acordarse del lugar. Tenía entonces que hablarle a Juan y pedirle la dirección de Correa para, a su vez, preguntarle por Mónica. «¿Cuánto hablamos en esa fiesta?», se pregunta ahora Andrés, consciente de que el tiempo falseará su respuesta. Cree que poco. Bailaron, eso sí. Ella muy pegada, aferrándose como si lo conociera de toda la vida; él, sobresaltado por los besos y las caricias pero aturdido por el vino, le respondió bastante bien. Luego, perdidos en los recovecos de la casa, no volvieron a verse. Ahora que lo piensa, Andrés ignora cómo supo ella su dirección, cómo llegó hasta él dos días después de la fiesta. Se levantó buscando una nota, alguna pista que lo guiara hacia Mónica.

Hoy vuelve a encontrarse ante esa situación absurda. Acaba de pasar la noche con una mujer que apenas conoce pero que, a juzgar por lo vivido, ha conocido bastante bien. Sin embargo, no hay nada, ni siquiera un objeto de ella —algo caído de la bolsa, un pelo— que la haga presente. Ni siquiera la calma huele a ella. Él vuelve a vivirlo ahora, seis años después, al recordarlo. Habló por teléfono al consultorio cancelando sus citas y salió rumbo al departamento de Juan Madrid, que no tenía teléfono. Eran mas o menos las once de la mañana, aunque Andrés tenía también trastocado el sentido del tiempo y no le importaba en lo más mínimo: no había nadie en casa de su amigo. Dejó una nota: «Olvidé algo en casa de Fidel Correa, ¿podrías hablarme y conseguirme su dirección o su teléfono?». «Y quizá era verdad», se dice ahora, tanto tiempo después. Olvidó que la vida es una sucesión lineal de cosas y entró a un tiempo cambiante, circular, con vueltas y zigzags. Entró y se quedó por tres años y medio que duró la relación con Mónica. Pero eso fue luego. Después de la búsqueda, muriéndose de hambre, comió en un café sombrío y oscuro que se encontró en el camino y caminó por la ciudad hasta que la lluvia lo obligó a regresar. Todavía sonaba el teléfono cuando abrió la puerta y corrió escaleras arriba para contestarlo. Era su amigo, que le dictó el teléfono y se prestó para ir por lo que había olvidado, si Andrés quería. «No. No te molestes», se oyó decir junto con otras frases de cortesía y justo después de colgar ya estaba marcando el nuevo número. Tardó media hora y doce llamadas a intervalos regulares para que le contestaran. Correa, según le dijo, conocía muy poco a la mujer que Andrés le describió, pero se acordaba de que era secretaria o algo de relaciones públicas en la editorial de José Luis, otro de los invitados a la fiesta. Ya era demasiado tarde para buscarla ahí, no le quedaba sino esperar hasta mañana para ponerse en contacto. Dijo «Gracias» y colgó con descontento. Esa fue la más sola y fría de sus noches, solo en esa casa que había alquilado en la ciudad cuando llegó a estudiar la maestría. Luego, un día descubrió que ya no podía salirse de ahí y la compró. Pero ahora estaba solo y las paredes no le devolvían nada y la cama no le acercaba más a Mónica, que se volvía huidiza, lejana. El deseo pocas veces es algo, siempre es más bien nada. Su signo está vacío, no tiene lugar. O sí: su lugar es la ausencia. Esas falsas escapadas, esas huidas repentinas, esos desequilibrios provocados son los que avivan el deseo. Lo curioso es que la presencia tampoco lo consume, tal vez porque sabemos que siempre hay un reverso de las cosas y nunca nos conformamos con la concretización —mínima, heroica, efímera— de nuestros sueños.

«La soledad me descompone», escribe ahora Andrés, recordando al escritor sueco: nada empequeñece tanto a un hombre como la conciencia de no ser amado. Sigue tecleando, desesperado. Comparte ahora la prisa aquella con que quería apresar la imagen de Mónica, recuperarla, retenerla. Luego, poco a poco fue despidiéndose de estas cosas y dándose cuenta de que nada podía hacer que se quedara quieta, de que no pertenecía a nadie. «Tal vez no era nadie», pone Andrés en esa máquina, y la página en blanco va llenándose de figuras negras que la habitan y la ocupan: sitiándola, como los cuerpos al deseo. La ventana de ese cuarto está abierta y el aire se cuela molestamente. Andrés apenas lo percibe; sigue escribiendo como un loco, furioso.

A las nueve de la mañana habló por teléfono a la editorial y le dijeron que Mónica llegaba siempre a eso de las diez. Le quedaba más o menos el tiempo para encontrarse con ella a la entrada y pedirle una explicación, tenerla de algún modo. Llegó antes y la esperó vanamente hasta después de las doce. Ella nunca llegó. «Tal vez estará enferma», le dijo una secretaria anodina, aunque por políticas de la empresa se negó a darle su dirección o teléfono. Estaba harto. Además, era su segundo día sin ir a trabajar a la clínica y para el regreso estaría lleno de pacientes que atender y de historias que no deseaba oír, absorto por recuperar la esencia de algo que se le escapaba como líquido entre las manos.

Regresó a casa y se hizo algo de comer. A las seis tocaron el timbre. Era Mónica.

«¿Me sentía cómodo o incómodo con esa presencia de nuevo frente a mí?», pone en el papel. «No sé, tal vez las dos cosas. Le dije que esperara y bajé a abrirle, pero mi corazón latía como loco y algo me detenía. Creo que la hice esperar demasiado, pero tenía miedo, era demasiado riesgoso. Casi sabía qué era lo que ocurriría después.»

Ella se abrazó a Andrés, besándolo con fuerza y rodeándole el cuello mientras él se dejaba hacer y ensayaba una serie de reproches y regaños. Pero ¿se puede reclamar algo a alguien que no existe? Subieron juntos, él aún sin decirle nada y ella esperando ya algo por lo que había adivinado en su mirada.

Sintió cómo esa segunda noche con Mónica era ya algo distinto, era algo conocido. Esa mujer había estado con él, su historia se había cruzado con la suya. «Lo que sucede es que creemos conocer, porque de lo contrario nos sentiríamos infinitamente estúpidos, pero no hacemos sino retener y adivinar ciertos gestos, posturas o frases de los otros. No podemos tenerlos, porque solo poseemos la imagen de esa persona y no lo que es en sí. Si fuera posible el conocimiento, entonces todas las personas captarían lo mismo de ciertas cosas y de ciertos seres. Sin embargo, nada hay más falso. Captamos solo lo que deseamos aprehender; todo lo demás nunca será nuestro.»

Se sentaron sobre la cama y ella le puso un dedo en la boca. «No digas nada, por favor. No quieras comprenderme aún», le dijo Mónica y él se guardó para otro rato el rencor acumulado. «Vine porque te necesito; si no, no estaría aquí.

Eso es todo lo que debes saber. Y tú me aceptas por lo mismo. Úsame, entonces». Todo en ella era imprevisible y además Andrés no se sentía capaz de corregirla. Fue ella la que lo desvistió esta vez. «Quédate quieto», siguió ordenándole. Al empezar Mónica, él estaba molesto, nada excitado, pero al final estaba ya erecto y ansioso. Y es que ella lo hizo todo lentamente, con cautela. Sus uñas de pronto lo rascaban y luego lo apretaban y luego le tomaban la verga y regresaban por los pechos, hundiéndosele en la piel, haciéndole daño a ratos. Lo besaba, en tanto, por todos lados. Él nunca supo cómo Mónica podía haber quedado desnuda al mismo tiempo que él, como si el deseo la desvistiera con más malicia que él mismo.

Ella empezó a besarle el pene y a introducírselo en la boca, puesta en la cama al revés que Andrés, y él podía tocarla mientras sentía la lengua de Mónica bordeando sus bordes, haciéndole gozar interminablemente. Él la tomó de las piernas, subiéndosela a su cuerpo y colocándole las piernas a los lados de su cuerpo, de forma que podía ver sus nalgas y sentirlas, y empezó a buscar, a beber ahí, en la vagina, por los labios, subiendo y bajando aceleradamente, gozando ya su venida, y ella se tragaba hasta la última gota de sus líquidos y también llegaba y los dos estaban poseídos por una misma frenética pasión que los conducía y los perdía y los volvía a reunir. Él tardó siglos en excitarse esta vez. Platicaron mucho. Mónica le pidió que le contara más cosas acerca de él; aunque ya sabía que era psiquiatra, ella necesitaba más información: ¿qué hacía?, ¿qué le gustaba?, ¿cómo era la clínica?, ¿le gustaba alguna de sus pacientes?, ¿le interesaba especialmente alguno de los casos que estaba atendiendo? Él contestó a todo sabiendo que no podría hacerle ninguna pregunta, que Mónica no tenía pasado, que tal vez no era nadie. No se atrevió siquiera a decirle que la había estado buscando. Era como si para poseerse a sí misma, para existir, Mónica necesitara de Andrés. «Es solo por la presencia del otro que nuestra existencia cobra realidad. Mónica se afirmaba en mí, pero yo no podía afirmarme en ella, un mundo de silencio me lo impedía.» Andrés sabe de la verdad de esto último que ha escrito y vuelve a sentirse un poco mal. La noche es especialmente fría. No ha puesto música. Solo se oye el golpeteo de las teclas llenándolo todo. Luego el sonido se detiene. ¿Ha acabado el martirio?

Saca una cajetilla de cigarrillos que tiene guardada desde quién sabe cuándo, tal vez desde hace dos años, cuando dejó de fumar. Sintió una imperiosa necesidad de volver a hacerlo. Con los dientes le quita el filtro a la boquilla y enciende el cigarrillo. Está recostado sobre su asiento, frente al escritorio, y echa el humo hacia arriba. Piensa y repiensa a Mónica, o tal vez a lo que él es sin Mónica. Hace ya tanto tiempo… «Pero uno nunca se acostumbra a la soledad», escribe. «Es imposible que te digas "Está bien que me hayan quitado lo que tengo, que no sea"; en tanto, yo me afirmaba en la misma negación de Mónica por brindarse a mí.» Lo que empezó por casualidad se llenó de embrujo, sin las connotaciones peyorativas de la palabra. La vida cotidiana va haciéndonos repetir mecánicamente algunas de las cosas que más nos disgustan de nosotros mismos hasta que ya no sabemos de dónde salen, cuáles impulsos las motivan. Y el recuerdo es inevitable.

Andrés se puso frente a ella y, sin dejarla decir nada más, le colocó las piernas sobre los hombros, abriéndoselas, y ahí fue penetrándola poco a poco, moviéndose circularmente, sintiéndola abajo, gimiendo y dejándolo entrar poco a poco otra vez. Ella gritaba como nunca, aullaba, y él seguía penetrándola de igual forma. La sintió llegar y poco después él se acercaba al mismo lugar, dejándose ir por algún lado de su cuerpo. La abrazó y vencidos por el cansancio, esta vez con mucho mejor ritmo, conocidos ya los territorios, se durmieron juntos, casi al mismo tiempo.

«Esa noche en la memoria suple todo el conocimiento», va escribiendo Andrés, «se instala en el recuerdo y lo llena de la dulzura que quizá nunca tuvo. Tal vez porque dormidos no nos podemos dar cuenta de lo que piensa el otro, de lo que le pasa, y lo sentimos cerca sin saber siquiera con qué o quién estará soñando».

3

«Despertar con la conciencia de otro cuerpo junto al nuestro es quizá la experiencia más tranquilizadora para el ser humano.» Andrés se detiene sobre lo que ha puesto en la página y lo relee varias veces, intentando exprimirles a las palabras el recuerdo de lo que quisieron decir y no pudieron. Esa mañana fue mucho más maravillosa de lo que ha podido expresar. Por más que ha intentado no puede dejar de ser falso. No quiere decir mentiras, no quiere escribir nada que no haya pasado, pero al escribirlo de otro modo lo trastoca y lo vuelve mentira. Esa mañana, al despertar y sentir por casualidad la piel suave de Mónica, él se sintió el hombre más feliz de la tierra y no puede ponerlo por que le parece cursi. Y es cierto pero cruel. Esta es la tercera vez que lo seguimos mientras escribe en las noches, aunque lo ha hecho muchas más veces. Nos importa rastrear sus pasos, conocerlo, ver cómo se acumulan en él los recuerdos, de qué manera intentar recuperar lo perdido le otorga otro sentido a su existencia. No podemos saber mucho de un hombre, pues nuestro conocimiento está hecho de suposiciones a partir de los pocos datos que podemos obtener. Las palabras, el recuerdo, los signos de otras cosas y que nos llevan a otras personas no pueden usarse salvo para mentir. No son, están en lugar de. Todo lo humano hace referencia a otra cosa y todo es mentira. El amor como forma de conocimiento —¿qué otra cosa puede ser?— es también un signo que no está, que busca a otro, y por lo tanto también es mentira.

Despertó con dos sensaciones: en el lado izquierdo —que había quedado descubierto— un frío enorme; en el derecho el calor del cuerpo que, junto al suyo, estaba bajo la cama. Contempló a Mónica un rato; con la impunidad de saberla ausente, escrutó su cuerpo y su rostro y fue sintiendo su belleza, absorbiendo su hermosura, como si de tanto mirarla fuera aprehendiéndola. La visión de ese cuerpo que el sueño tornaba lejano e indefenso le hizo excitarse. ¿Qué puede haber en un cuerpo? «La manifestación de lo imposible se encuentra en el sueño y en el cuerpo», había dicho Mónica otra vez hace mucho, recuerda Andrés, pensando en las pocas veces que se ponía filosófica. Y entonces escribe: «Lo que no tiene razón, lo que está más allá de la razón, lo no inscrito, lo anormal, lo prohibido, lo asocial, la escritura, el otro mismo, son tangibles en tanto muestran la fatalidad de lo que no debe ser, como el amor, el erotismo, la locura, lo maravilloso. Pero resulta que el hombre no puede estar sin esas cosas, que necesita de lo imposible y que este es su mejor alimento. Si lo sexual es parte de la naturaleza, con el erotismo el hombre se aleja de lo animal, del instinto y se coloca en el signo, en la herida sangrante de la mentira, de la imposibilidad. Ahí el porqué de no saciarse: erotizar es inventar las leyes de nuestro desapego a lo natural, a lo imposible. El amor es la fuente de la destrucción».

Ella se despertó, besándole los labios y acariciándolo. «¿Te parezco bella, Andrés?» Él lo piensa ahora: no es solo la necesidad de autoafirmarse, es también que adquirimos conciencia del cuerpo, y por lo tanto de lo que somos, solo por medio de los otros. «El problema radica en no poder recordar el cuerpo, sino partes del cuerpo. No es sino por el fragmento que puedo ilusionarme con que estoy conociendo. Puedo describir las piernas redondas, torneadas, de Mónica; puedo decir que sus pechos no eran grandes, que tenía las orejas pequeñas, que sus ojos miraban como los de ninguna mujer, desnudándote; que sus hombros eran deliciosos, que los vellos de su pubis eran suaves y negros; tal vez hasta diga que tenía las nalgas más maravillosas, pero no podría, por más intentos que hiciera, recuperar la totalidad: tenerla.»

Él puso el pene entre los pechos y los tomó con las manos, moviéndolos mientras subía y bajaba y movía circularmente las caderas. Ella le abrió las nalgas, introduciéndole un dedo por el ano y también moviéndolo en círculos. La mañana era hermosa, el placer la hacía mucho más hermosa. «Amor, amor, amor», le repetía despacio Mónica y él estaba sorprendido: era la primera vez que oía esa palabra de ella. Se vino, dejando salir el semen intermitentemente y salpicándoselo por todo el cuerpo, hasta una gota que le cayó en el ojo y otra en el ombligo y en las piernas y en el pelo. Ella se reía y Andrés le fue chupando su propio jugo por todo el cuerpo hasta que, como un gato, la dejó limpia y llena de su saliva, impregnada con su olor y su aliento. Mónica le pidió que la acariciara con la lengua y él obedeció, ahora frotando su clítoris de un lado a otro, con fuerza, violentamente. Ella estaba humedísima desde antes y se retorcía, quejándose, herida por un cuchillo muy fino que la abría por dentro y se le hundía en la carne con fuerza. Él le pidió después que se pusiera los calzones y así, medio desnuda —o más desnuda tal vez—, bajaron a desayunar.

«No puedo dejar de ir al trabajo hoy, Mónica.» Ella en silencio, comiendo sin contestarle. «¿Te puedes quedar, o podemos vernos en algún lado?» Nada de sus labios. «No vuelvas a hacerme eso de la otra vez, Mónica.» Sigue en silencio largo; él se calla también, se ha dado cuenta de que no tiene sentido pedirle algo que no hará. Mónica al fin rompe el muro: «Me voy a ir. No sé cuándo regresaré. Es más, ni siquiera sé si voy a volver. Solo te pido una cosa: no me busques. Si te necesito, vendré». Nada se puede quedar igual después de declaraciones como estas. Sin embargo, Andrés fingió no darle importancia al asunto y empezaron a hablar de otras cosas, de alguna película o un libro, no puede recordarlo ahora y además no tiene importancia. La memoria tiene sus caprichos, y los recuerdos de Andrés son catapultas hacia la angustia. No hay lagunas ni oasis. Él tampoco los desea. «Solo el dolor nos permite recuperar el pasado, así como solo el pasado y nuestro cuerpo son señales de que existimos; si no, todas las otras ilusiones en las que se sostiene la vida desaparecerían.»

Volvieron al cuarto y él la observó vestirse sentado en el sillón. Mientras se iba cubriendo, recuperaba la seguridad que perdía desnuda. Una falda apretada y una blusa pálida, color hueso. Volvía a estar como cuando llegó. ¿Pasó algo entonces? Él está sentado en la cama y la ve hacer. No dice nada. No mueve nada. Lo que no significa: no piensa nada, no remueve nada. «Adiós», le dice Mónica dándole un beso en la mejilla. Después la ve irse. El silencio permanece.

«Quizá he ido demasiado lejos», escribe Andrés por último. Faltan varias horas para que amanezca, pero no puede más. Se siente vacío. Incluso vacío de no poder recuperar el otro vacío, el de ese «adiós» mientras él se quedaba en la cama, contemplándola irse y quedándose solo. Se recuesta a dormir. Lo último que oye es un claxon.

4

Andrés intenta recuperar el instante, piensa que podrá lograrlo —igual que lo hizo Mónica— si deja de escribir tres días,
los mismos que ella estuvo ausente y que él pasó como la más
terrible vigilia entre una serie de pesadillas. Fue al consultorio. Atendió todos los asuntos pendientes. No hubo nada de
tomarse en cuenta. Asistió a una cena de exalumnos en el colegio donde estudió la secundaria y preparatoria, solo para
darse cuenta de lo jodidos y mediocres que se habían vuelto
todos, y terminó borrachísimo en casa de alguno de sus compañeros del que ahora no recuerda ni el nombre. El segundo
día sin Mónica, desvelado, de mal humor y con una cruda
insoportable, lo pasó entre un baño ruso larguísimo, cerve-
zas y un espantoso partido de futbol en casa de uno de sus
hermanos, lo que le agravó el mal carácter, y estuvo a punto
de patear a uno de sus sobrinitos cuando salió de la alberca
y lo abrazó empapándolo. Era increíble el poder y el dinero
que había acumulado su hermano en todos estos años, pero
no parecía más feliz por esto. Ya en la tarde tuvo que oír las
confesiones sentimentales de su cuñada, que sí era definitiva-
mente desdichada en medio de su mansión. El humor teje una
red involuntaria a la que —como el azar— no podemos sus-
traernos. Se estaba yendo a su casa cuando el perro le mordió
la pierna, haciéndole una herida bastante profunda. Su cuñada
lo curó, disculpándose apenadísima. No pudo dormir bien esa
noche y la pierna le punzaba insoportablemente. El tercer día
—y último— sin Mónica, solo se le descompuso el coche y se

le quemó una carne que estaba guisándose. Nada de cuidado. Ahora, mientras lo escribe y lo recuerda, Andrés ríe. «¡Cuánto puede provocar la ausencia!», acaba por escribir.

Regresó y todo fue como un ciclón devastando los territorios a su paso. Antes de que él se diera cuenta, Mónica estaba desnuda y hacía otro tanto con él. Lentamente el tacto fue sustituyendo a los otros sentidos. Poco a poco sus manos recorrieron el cuerpo de Mónica, sintiéndolo, intentando reconocer los lugares que él ya había tocado antes. «¿Era cierto que alguna vez había estado yo en ese cuerpo?» Parecía no poder irse más allá de ese calor, de ese contacto, de esa cercanía de los cuerpos. Buscaban algo que tal vez no poseían. Las piernas abriéndose y cerrándose y los cuerpos cambiando de lugar: huyendo y regresando. Hasta después de lo que fueron siglos de búsqueda y él no se atrevía a hacer nada y ella estaba ya quieta y la noche los entretejía con otra respiración, llenándolo todo. La quietud puede ser otra forma de conocimiento. Pasaron varias horas así, sin decirse nada, desnudos el uno al lado del otro, sin tocarse, como sabiendo que no era posible la unión —o intuyéndolo—. «Te necesitaba», dijo Mónica, poniendo en movimiento los resortes del deseo. Andrés no se atrevió a decirle que él también. El silencio volvió a hacer de piedra los cuerpos. Nada adentro, nada afuera. Todo resumido en el silencio. «Y hoy también nada. Solo el olvido, aunque este únicamente pueda existir a través del recuerdo y ambos se necesiten y no puedan existir sin el otro. Nada es total. Nada está completo.»

Andrés se toca los dedos, las suaves yemas, y se dice que ahí estuvo Mónica alguna vez, en esas manos necias. Pero no puede recuperarla. No puede tenerla. «La esencia de la vida parece incomprensible. Perder lo hecho, lo sentido, lo amado, es la única manera de vivir.» Recuerda, evoca, intenta asir lo inapresable.

«¡Cógeme!», le dijo ella rompiendo el encanto. Él la tomó de las muñecas y se sentó a la orilla de la cama, con el miembro erecto; la obligó a sentarse sobre él y la fue hundiendo presionándole los hombros y dejando caer sus manos en los pechos. Mónica temblando y gravitando y llegando ya; él jugando con sus pezones y dejándola hacer, inmóvil. Ella moviéndose, separando sus nalgas de los muslos de Andrés y volviendo a hundirlo en ella, rotando, clavado allí: hecha de espuma y de granito. Fueron resbalándose de la orilla hasta llegar al suelo y allí, en cuclillas, ahora sí moviéndose dentro de ella, él cobró vida mientras Mónica subía y bajaba la vulva por el pene humedecido, gritando con los ojos cerrados, absorta. Él la volteó y buscó la vagina desde atrás, metiéndosela. Ella en cuatro patas, recibiéndolo y gritando y viniéndose de nuevo. «Más, más», le pedía, y él dejaba solo la punta de su miembro, moviéndoselo ahí mientras ella tenía pequeños orgasmos, microsismos, y él sentía el líquido mojando su pene y haciéndolo resbalar hasta que él tocó la entrada del útero y ella gritó más fuerte. La volvió boca arriba y empezó a gritarle, entrando rápido, con fuerza, y ella se venía pareciendo irse y los dos llegaban juntos, trenzados. Él encima y ella rodeándole la espalda con sus piernas. Hasta que los venció el cansancio, quién sabe cuándo y a qué hora.

Empieza a llover. Andrés oye truenos que sacuden los vidrios de su casa. Tiene el casete con Bach de nuevo. La música lo tranquiliza. Es muy noche. Las tres o las cuatro. No pudo resistir tres días sin escribir sobre Mónica y ahí está, volviendo a dibujarla en esa letra que aprieta. Pero ella no aparece. Ni aun en el recuerdo. La busca, expresándola de otra forma. Se recuesta y recuerda una frase de D.H. Lawrence. Empieza a escribirla: «La nuestra es esencialmente una época trágica, así que nos negamos a tomarla por lo trágico. El cataclismo se ha producido, estamos entre las ruinas, comenzamos a construir hábitats diminutos, a tener nuevas esperanzas insignificantes. Un trabajo no poco agobiante; no hay un camino suave hacia el futuro, pero le buscamos las vueltas o nos abrimos paso entre los obstáculos. Hay que seguir viviendo a pesar de todos los firmamentos que se hayan desplomado». Regresa el carro de su máquina y subraya la última oración diciéndose que es cierto, que hay que sobrevivir aunque las cosas no parezcan valer la pena. «¿Dónde estarás, Mónica? Te has perdido. No puedo encontrarte de ninguna forma. Sé que no regresarás y sigo necio, pensándote, escribiendo lo que nos ocurrió para ver si puede volverse real, pertenecerme.» Quizá sin ningún orden, la escritura de Andrés cambia de sujeto, se dirige a ella y luego vuelve a regresar a su tono impersonal. La escritura como lugar de encuentro, como verdad última, como acercamiento. Escribir para ser, para evitar la soledad y compartir el mundo. Recordar debe ser como vivir, dejar que la letra ondule la superficie de la página en otro acto de amor, no por menos lejano más personal e íntimo. Erotizar las palabras y exprimirlas y madrearlas, haciéndolas decir algo que no podrán expresar. Inflamar el sustantivo de deseo, masturbar el verbo, tocar el clítoris del adjetivo hasta oírle decir: «Estoy muerto de sueño». Abrirle las piernas al adverbio y lamerle la oreja al artículo y besar al pronombre y seguir haciéndole el amor a cada oración, volteándola, abriéndola, vejándola. Herir la superficie de la página y ver cómo brota la sangre del encuentro, la sangre del dolor. Nada hay, solo el silencio. Andrés dormita en la silla. Amanece. Bach se detiene. Son las seis.

5

*Esa intimidad no debe ir más lejos, pues hemos
agotado todas sus posibilidades en la imaginación y todo lo que terminaremos por descifrar,
más allá de los sombríos colores de la sensualidad, es que seremos esclavos el uno del otro.*

LAWRENCE DURRELL, *Justine*

Es la quinta noche que se sienta a escribir sobre Mónica. Está
ahí, atrapado, *muerto*, como decía Lowry, por las fuerzas ma-
lignas que ha invocado al escribir. «Tiene algún sentido», se
dice Andrés: para olvidar es necesario recordar. Tal vez en
cierto momento él pueda quedar libre del recuerdo, del mal.

La presencia del amor en nuestra vida es la raíz de toda
muerte; nos revela indefensos y minúsculos como somos. Para
existir, el amor necesita del desamor, de hacerse presente, au-
sentarse, quebrantar el orden y luego emprender la retirada.
El hombre requiere de él, de sus contradicciones: locura y
origen de toda insatisfacción y de todo mal, el amor viene y va,
maltratando, ensanchando las heridas del tiempo, la incaute-
rizable ausencia. La separación de los amantes es el destino
último de la ilusión del amor; el desencuentro es necesario
y cruel y deja al hombre solo, vejado, sin poderse quitar del
cuerpo el recuerdo de *ese* y así encontrarse de nuevo solo,
irremediablemente desamado. Un día, cualquier día, se acaba

el sueño, termina la fiesta, y empieza el atroz asombro de que es imposible comunicarse, de que nada hay tan diferente y separado como un hombre y una mujer y que esta diferencia es el origen de la imposibilidad y del fracaso. Si pudiera limitarse al deseo y nunca se quisiera más, sino que se necesitara menos... Sin embargo, persiste y nunca encontraremos el lugar de la herida.

Llueve. De la manera más rara, de golpe, empezó a soltarse un aguacero terrible. Andrés está asomado a la ventana y ve el agua caer del techo como cascada. Escucha a George Gershwin: *Like someone in love*. Va entrando a la música y siente que su cuerpo la amuebla, llenándola. Baila al compás de ese ritmo lento, bamboleante, *deep deep blue*. Sus pies flotan en el aire, apenas y rozando el suelo, los brazos aletean sueltos como alas de gaviota. La piel empieza a sudar mientras el piano de Oscar Peterson sigue a Gershwin y la soledad se apodera del espacio, como en un bar solitario y nocturno, ¿hay algún otro tipo de bar? Abre un cajón y saca una varilla de mirra. La enciende y el olfato se llena de reminiscencias y dolores. Los músculos saltan. Aroma y música, mientras la lluvia se empeña en dejar constancia de que hay algo afuera, de que existe otra cosa aparte de la soledad y este cuarto y el piano llenándolo todo. Pero Andrés no escucha la lluvia y todo es ahí dentro, entre cuatro paredes. Por él se mueve, reconociendo su territorio. Se sienta y escribe: «Sin embargo, hay que exigir lo imposible». Esta frase que continúa a otra nunca escrita pero siempre presente, tal vez oída en la música y olida en la mirra, alguien la encontrará flotando sin rumbo en esas cuatro paredes donde ahora Andrés teclea con la fuerza del silencio, dejando que la vida se le salga por los dedos que aprietan velozmente las teclas. Ha parado de llover y ya no se escucha nada en la grabadora. Se toma los cabellos, jalándoselos, buscando la respuesta a algo perdido no sabe cuándo y su rostro tiene la expresión sofocada de quien ha corrido muchos kilómetros.

«Busco la serenidad a partir de la atroz acumulación de mi pasado como si la vida siempre estuviera demasiado lejos, a punto de huir de mis manos», escribe Andrés y recuerda. Mónica se levantó y se puso a leer un libro del estante en voz alta: «No es nada de tu cuerpo, ni tu piel, ni tus ojos, ni tu vientre, ni ese lugar secreto que los dos conocemos, fosa de nuestra muerte, final de nuestro entierro. No es tu boca, tu boca que es igual que tu sexo, ni tu ombligo, en que bebo. Ni son tus muslos duros como el día, ni tus rodillas de marfil al fuego, ni tus pies diminutos y sangrantes, ni tu olor, ni tu pelo. No es tu mirada, ¿qué es una mirada?, triste luz descarriada, paz sin dueño, ni el álbum de tu oído, ni tus voces, ni las ojeras que te deja el sueño. Ni es tu lengua de víbora tampoco, flecha de avispas en el aire ciego, ni la humedad caliente de tu asfixia que sostiene tu beso. No es nada de tu cuerpo, ni una brizna, ni un pétalo, ni una gota, ni un grano, ni un momento: es solo este lugar donde estuviste, estos mis brazos tercos».

Luego lo cerró volviendo a ponerlo en el librero. «Es triste», dijo. No le importaba que fuera de Sabines ni de nadie. «¿Te he dejado así, alguna vez, cuando me voy sin avisarte?» «Sí», le contestó Andrés, «cuando me quedo solo siempre leo ese poema», acabó por mentir pero pensando que no importaba, que era exactamente lo que había sentido en esas ausencias en que no podía tenerla ni aun en fragmentos, y solo le quedaba ser el hueco, el espacio, el vacío que Mónica le dejaba. Ella regresó a la cama, metiéndose bajo las sábanas y acurrucándose, recostando su cabeza en el pecho de Andrés que, tomándola de la cintura con la otra mano, le acariciaba el pelo y las cejas.

Platicaron mucho tiempo. Ella al final le dijo: «Eres demasiado limitado, unos temas, unas obsesiones. Déjate llevar alguna vez a otra parte». «¿Era cierto?», se pregunta Andrés frente a su máquina de escribir y no sabe qué responderse, qué decir. «Tal vez sigo siéndolo», contesta en la página blanca. «Nunca te conformas; lo bello para ti no puede estar en el instante, tiene que ser eterno y eso es imposible», Mónica iba tirándole todos sus asideros cada que hablaba y él no podía recomponerse. «Bésame, tonto», y él se perdió en sus labios mientras ella lo devoraba, hundiéndole los dientes y metiendo su lengua, dándole vueltas mientras casi lo succionaba con sus labios, confundiéndolo en su solo aliento. Él se separó, intentando hablar. «No digas nada, Andrés. Vas a echarlo a perder todo.» Y él calló, hizo a un lado sus pensamientos para dejar, como siempre, que ella mandara. Pero no pudo, acabó por preguntarle: «¿Me amas?». «Solo sé que no puedo estar sola.» Luego no le contestó más y se fue apartando a la otra orilla de la cama. Andrés sabía que ella estaba en lo cierto, que había echado a perder todo el asunto sin atreverse a decir nada. Ni siquiera cuando Mónica se vistió y tampoco se detuvo ya cerca de la puerta del cuarto a arreglarse el pelo en el espejo. «¿Qué podría decirle, si era ella la que estaba diciéndolo todo al pararse así, bruscamente, para salir de la casa como un ciclón, igual que como entró, rompiendo todos los esquemas?», escribe Andrés. Fue ella la que le dijo: «No te preocupes, vendré esta tarde». Él la vio irse pensando que nunca volvería a verla. Oyó el portazo de la entrada, que ahora era de la salida, y se oyó repitiendo: «Uno es nada de tu cuerpo…». Y ahora él hace lo mismo que Mónica, esta vez toma un libro de los que tiene desordenados en el suelo y lo abre en cualquier página; lee: «¡Alta columna de latidos! Sobre el eje inmóvil del tiempo el sol te viste y te desnuda. El día se desprende de tu cuerpo y se pierde en tu noche. La noche se desprende de tu día y se pierde en tu cuerpo. ¡Nunca eres la misma, acabas siempre de llegar, estarás aquí desde el principio!». Cierra el libro y se detiene sobre la pared, mirando a través de la ventana aunque no ve nada. La oscuridad es enorme. La noche es una pesada capa de ansiedad. Andrés recorre su brazo, apretándolo. Le duele desde hace horas, obligándolo a tener conciencia de que existe, de que está ahí, sin nada ni nadie a quien abrazar. «Ningún acto es gratuito y todo está predestinado. Leo un poema que debía leer porque estaba pensándolo, porque lo escribí en la mente y el lenguaje es ese médium que lo apresa, irse y no regresar, aunque todo dentro de esta hoja que me contiene y me desconoce, como la mujer. ¿Para qué escribo?»

Andrés pone otra cinta en la grabadora. Mahler: la sinfonía resurrección. *Tuum, tarará, tarará.* Este acto cierra la trenza del recuerdo. Hay algo moviéndose ahí dentro y diciéndole que es cierto todo esto, que está bien y debe seguir escribiendo, que ya cada vez recuerda menos y lo que está en estas páginas ya no le pertenece ni le molesta.

Y es que nadie que haya escuchado esas notas puede sustraerse a la emoción: renace; algo se levanta de la nada y llena el espacio gritando: «Todo, todo, todo». Y ya no hay Mónica ni hay cuerpo ni hay recuerdo en el cuarto, solo un hombre que emerge suplantado por el sonido suspendido en él. Andrés se recuesta, meciéndose el pelo y llenando un vaso de vino, mientras las notas se van haciendo tenues, apenas perceptibles, y él empieza a tomar, sereno, renovado, con los ojos brillando, y ya no hay olor a mirra, ni sabor a vacío, ni textura de ausencia, ni visión de Mónica, sino un hombre ingenuo regándose el vino sobre la camisa.

Ella regresó en la tarde, era cierto. Venía acompañada. «Te presento a Lorena, Andrés.» «Pasen, siéntate», le decía a la muchacha más joven descubriéndole una cierta intimidad en la mirada. Mónica bajó al comedor gritando: «¿Quieres un ron, Lorena?». «Sí», contestó ella cruzando la pierna y dejando ver sus muslos bajo la falda *beige*. «Ven, Andrés, no encuentro la botella»; él bajó disculpándose con la joven y fue a encontrarse con una Mónica risueña, medio borracha, que lo abrazó colgándose del cuello y besándolo, igual que siempre cuando regresaba. «No me pidas explicaciones, por favor, pero quiero que nos acostemos.» «¿Frente a esa muchacha?», preguntó él todavía sin entender. «No, *con* esa muchacha, los tres.» «Estás loca», le dijo sabiendo que no podía rehusarse ya que Mónica subía las escaleras de nuevo y él la seguía como siempre. Las cosas solo son parecidas en el recuerdo, pero el tiempo las falsea. Andrés se ve subiendo con tranquilidad aunque en realidad estaba bastante preocupado y tenso.

Mónica se acostó sobre la cama y le dijo a Lorena que fuera. «Desvístela», le ordenó a Andrés, que entraba al cuarto. La muchacha dejó el ron sobre el suelo y él le quitó la blusa, dejando ver un sostén diminuto que casi le arrancó. La despojó de un zapato, besándole el pie y subiendo por la pierna, usando la lengua mientras con la otra mano le quitaba los calzones, y se hundió entre los labios del sexo, separándolos y sintiendo la humedad: abriéndola. Se separó bruscamente, quitándole la falda diminuta y dejándola indefensa y desnuda sobre la cama, mientras Mónica, que estaba ya desnuda, comenzaba a besarla y a acariciarle sus pechos pequeños con los pezones durísimos. Andrés las miró sin saber qué hacer hasta que ella le señaló con las manos que se desvistiera y él dejó al aire una erección enorme y desafiante, nueva. Se acostó entre las dos mujeres, separándolas, y la muchacha bajó su cabeza, buscando aquel pene enorme que metió a su boca y apretó y envolvió con la lengua, dándole vueltas. Él, bocarriba, acariciando los pechos de Mónica, que besaba el ano de la muchacha. Lorena se separó, ahora hundiendo su boca en la vulva de Mónica y usando la lengua de nuevo; en tanto, Andrés la colocaba de espaldas y le separaba las nalgas penetrándola y oyéndola gritar y salirse entera por la boca, sintiendo los testículos del hombre y apretándolos despacio con la mano. Mónica se había movido y acariciaba por delante con la lengua el clítoris de su amiga y los tres eran un solo cuerpo moviéndose al compás del deseo.

Lorena llegó a un orgasmo interminable gritando «Ya, ya, por favor», sintiéndose abierta por dentro a todo lo largo del cuerpo. El hombre sacó su miembro y se tiró en la cama, cansado, pero aún fuerte. Mónica se subió a él y empezó a hundírselo ayudada por la humedad del pene. Lorena pegó su boca y Andrés la besó, percibiendo un olor dulce, diferente al de Mónica. Ella acercó sus pechos y él los lamió, redimiéndola, dando vueltas con su lengua por otros pezones dulces pero erectos. Y Mónica también llegó mientras contorsionaba su cuerpo arriba del de Andrés y él la sentía mojándolo y saliéndose de él. Luego Lorena le pidió que entrara y él tomó sus piernas, separándolas y subiéndoselas a los hombros, penetrándola suavemente mientras la muchacha repetía: «Así, así», como si su sexo fuera una constante cacofonía. Mónica la besó y él las miraba, cerca de su cuerpo pero lejanas, ausentes, perdidas en ese beso que las distanciaba de toda realidad. Andrés miró los ojos de esa muchacha, azules, cristalinos, vivísimos, probablemente los ojos más bellos que haya visto nunca, y Lorena lo sorprendió viéndola y se sonrojó, perturbada por ese hombre que la veía besarse con otra mujer mientras la penetraba. Y aún no salía de su confusión cuando sintió a Andrés venirse y apresuró su orgasmo que llegaba y la hacía alzar su cuerpo, levantando su pubis encrespado para luego caer sobre la cama, muerta de esa otra muerte que no se vela. Él no se salió, sin embargo, y volvió con un ritmo monocorde que excitaba a Lorena y la obligaba a seguir, los dos sin percatarse de que Mónica ya no estaba ahí, que acercó una silla a la cama y los veía haciendo el amor, observando detenidamente el miembro de Andrés, que volteaba los labios de Lorena entrando despacio a su cuerpo. Y luego miraba cómo los dos se venían y él se recostaba sobre los pechos de Lorena y los cuatro pezones erectos cobraban vida propia, rozándose mientras Andrés la besaba con ternura, con agradecimiento, y ella le contestaba abrazándolo también. Luego, al rato, con la locura de la noche los tres volvieron juntos a tocarse y a sentirse, hundiéndose en el cuerpo de los otros, aunque cada uno buscando algo de sí mismos y preguntándose con insistencia quiénes eran o en qué se estaban convirtiendo.

«Hace tanto tiempo de esas locuras», escribe Andrés, enjuiciándose, «pero no parece haber pasado ni un minuto todavía; aún veo los ojos de Lorena viéndome y a Mónica mirándonos: su obra, los dos ahí, trenzados a causa de ella que se alejaba para verse mirándonos». Es cierto. Cuando se quedaron solos y Andrés le dijo que prefería amarla a ella y estar solos, que necesitaba la intimidad, Mónica volvió a decirle que estaba limitado y que si lo hizo fue para verlo hacer el amor. «Estaba viendo cómo me lo haces a mí, ¿entiendes? Lorena era parte del juego, me representaba en la escena y yo podía verme en ti.» Aun ahora no lo entiende perfectamente; se mira a sí mismo con Lorena, trastornado por sus ojos, y no ve por ningún lado a Mónica. Estaba fuera del cuadro, quizá porque el amor de Lorena fue dulce, tierno y no necesitaba destruir para afirmarse; era solo juego.

En la grabadora se está acabando el tercer movimiento y

Andrés siente a Mahler, que retumba estruendosamente por su habitación. Y él viaja con esas notas, está en esas notas, en esas notas. El sonido lo transporta, mientras se recuesta en la cama y apaga la lamparilla.

Amaneció hace tiempo, mientras él se daba a la tarea de recuperar el vacío. Está acostado ya. Se toma la cabeza entre las manos; es un gesto muy suyo, repetitivo. Oye la música. Algo ha cambiado. No es el mismo. Cuando ya se halla casi dormido, ni siquiera escucha y existe solo una palabra que se repite como si latiera en su mente, al ritmo de la sangre bombeada por sus venas con un ritmo monocorde: resurrección.

6

Andrés comienza una nueva apropiación de Mónica a través de la escritura. Está sentado en su cuarto casi vacío. Para variar llueve. No hay música ni aroma a nada; casi todo se limita a un hombre frente a una máquina de escribir, unos cuantos libros regados por el suelo y una vieja foto de Bataille, encorbatado. «El olvido empieza a hacerse presente. En pocos días estoy logrando exorcizarme de tu recuerdo, perderte. ¿Dónde estás, Mónica? Ahora solo puedo rememorar partes de ti. Tengo tus ojos mirándome distraídos; ni siquiera tu boca, solo puedo recordar uno de tus labios: el de abajo, ligeramente abultado. Sé cómo es tu pelo —¿quién puede olvidarse de tu pelo?—; me acuerdo de la forma de tus senos, aunque no del tamaño exacto. Puedo dibujar tus caderas con la lengua, pero no podría apresar la forma exacta de tus nalgas y aunque hiciera mucho esfuerzo lo único que me sería fácil describir de tus piernas serían tus pantorrillas. Nada de tus pies. Tal vez ni tus hombros. Ni tus ojeras divertidísimas —que prometí no olvidar nunca—. El tiempo nos traiciona. De espaldas a lo mejor ni te podría reconocer, ¿sabes?» Andrés está enfurecido, golpea su máquina. El olvido no es siempre serenidad. Cuando empiezas a perder fragmentos de la totalidad, cuando no puedes volver a juntarlos en nada coherente, entonces la memoria y esos pedacitos de memoria no sirven para nada. El hombre se exprime los recuerdos solo para darse cuenta de que con ese acto está destruyéndose aún más, que ya nunca será el mismo. Desmemoria, capacidad de olvido, desmembramiento del instante, pérdida absoluta. Andrés siente el frío y la soledad del abismo.

El juego recomienza: nada ha acabado aún.

Él salió temprano al consultorio, despidiéndose de Mónica con un beso. «Voy a renunciar al trabajo para quedarme todo el día contigo», le había dicho a Andrés, dejándolo perplejo, cambiando las reglas del juego, si alguna vez las hubo. Él salió sin contestarle, sabiendo que todo era imprevisible. Igual y a su regreso no habría Mónica ni nada. En el camino chocó, golpeando el automóvil de adelante, que frenó bruscamente ante un bache. El hombre salió enfurecido gritándole mil cosas, y después de mucho pleito Andrés le pagó lo que quiso y siguió rumbo a la clínica. Atendió a varios pacientes, lo que equivale a decir: oyó a varios pacientes, grabando su monólogo en una cinta que después revisaba; hacía su diagnóstico y comentaba los avances y retrocesos en la siguiente cita. Llevaba ocho años haciéndolo de esta forma monótona y cansada. Comió con un viejo amigo, encargado de pediatría en la clínica, y se dijeron las mismas nimiedades de las que habían hablado siempre: el clima, la crisis, la contaminación, sin detenerse en nada, sin comprometerse en nada. Le contó que salía con Mónica sin decirle más, y quedaron de ir a algún lado en pareja la semana siguiente. Se vio a sí mismo regresando a casa a las seis de la tarde, cansado y triste y sin nada de qué hablar. Mónica parecía estar hablando en serio; se quedó en casa todo el día, según dijo, salvo el rato en que fue por sus cosas al departamento amueblado que alquilaba y dejó las llaves con la dueña. «Voy a vivir contigo, ¿te gusta la idea?» Andrés fue viendo su ropa regada por todo el cuarto; ella estaba atiborrando el espacio de maletas, faldas, sacos, bolsas de cuero, perfumes, pinturas, cepillos, cosméticos, medias. «Tenemos que arreglar todo esto», le dijo y empezó a hacerle espacio en sus muebles, dejándole dos cajones vacíos y acomodando su ropa interior y llevándose todos aquellos esmaltes y artículos de limpieza al baño. Ella colgaba su ropa en el clóset, robándole todo el lugar y apretando la ropa de Andrés. Estuvieron recomponiendo la habitación toda la tarde, Mónica solo con calzones

141

y él primero vestido, luego medio vestido y al final sin ropa, lo que Mónica aprovechaba para aferrarse a su pene y tomárselo con las dos manos cada vez que él pasaba cerca. Al fin terminaron exhaustos y él le preparó de cenar. Bajaron al comedor y él puso velas en la mesa y una música de laúd medieval. Demasiado vino tinto acabó por marearlos y regresaron medio borrachos a su cama. Andrés se quedó dormido tan pronto se acostó y Mónica al poco rato, apretada a su cuerpo.

Llueve. La noche es un silencio enorme. Él está frente a la máquina aún. Le duele el brazo y se lo aprieta, desvaneciendo la punzada intermitente que lo altera. Las hojas se han ido acumulando sobre el escritorio, llenas de símbolos, como un mensaje cifrado y además inaccesible, porque una vez escritas ya no le pertenecen, ya nada le comunican. Salvo una lamparilla, no hay sino oscuridad, lo que acentúa el ritmo del recuerdo. No para; la máquina salta al roce de los dedos, el carro va y viene y la hoja que apenas había entrado ya está casi afuera, repleta de puntos negros, de letras. «No me interesa el resultado, sino el proceso», había escrito al principio de esta época.

«Ninguna evocación decide el presente. No hay recuerdo posible», pudo poner en algunas hojas más tarde. Nunca supo qué sería esta alternativa a la memoria. Nadie sabe en qué acaban sus proyectos; si así fuera, no se comenzarían. «Empecé por buscar a Mónica a sabiendas de que no iba a encontrarla, de que estaría transformándola a cada intento, topándome con una Mónica distinta cada vez pero siempre ajena a la que yo tuve en mis brazos», sigue poniendo en sus hojas como si pudiera de verdad decir algo. «Me di cuenta tarde de que también estaba buscándome a mí, de que, como en el poema de Sabines, no se trataba de encontrar nada de Mónica, nada de su cuerpo, sino la parte del mío en donde ella estuvo una vez. El problema de la desposesión es agudísimo, te deja indefenso, expuesto a un muro de palabras y a una pared de silencios y a una memoria de dolores y a un olvido de rencor. Nunca a ti mismo.»

Todo continúa imperturbable. Nada sino silencio y el eco del silencio respondiendo enmudecido. El deseo filtrándose por los poros de la piel, como una música, un sonido inaudible: el único en medio de la noche. La ciudad está afuera, o sea que no está en ninguna parte. Andrés inventa y reinventa la vida, porque vivir es olvidarse. Hace frío, un poco más que otras noches. Llueve con insistencia, monótonamente. Él se levanta y da vueltas, tocándose el brazo dolorido, desesperado, buscando algo. Está descalzo y con la barba de tres o cuatro días. Se echa el pelo a un lado y este deja de molestarlo en la cara. Luego, sin más, regresa a su máquina.

«Hace unos días me preguntaste si te amaba, Andrés. No lo sé. Te dije que no podía estar sola, lo cual era mentira. No es solo eso, porque podría quedarme con otro entonces. Pero hay algo que me sostiene, que me hace volver a ti aunque no quiera. No tengo idea de qué, pero lo siento. No sé quién soy tampoco, tal vez solo una mujer a la que le encanta gustarte. Necesito que me domines, que poseas mi cuerpo, que trastornes mi deseo y me hagas pedirte más. Tampoco puedo decirte si terminará un día, espero que no.» Andrés fue siguiéndola mientras hablaba, sin interrumpirla, mientras ella le ponía una charola con el desayuno y él acababa de despertarse. «Ya son las nueve, flojo», le había dicho ella unos minutos antes moviéndolo en la cama, y luego empezó a confesarle todas esas cosas, quizá a propósito para que Andrés, medio dormido, no pudiera asimilarlas. Andrés terminó su desayuno y fue al baño sin haberle dicho nada aún. No podía acostumbrarse a esas frases de Mónica. Había despertado con una erección muy grande y no lo disimulaba. Mónica llegó al baño abrazándose a él y moviendo su pubis contra el de Andrés. Él la subió al lavabo, penetrándola, y ella se sostuvo en la cintura de él apretándole los muslos, subiendo y bajando por su pene humedecido, mientras él, con ella encima, caminaba hacia el cuarto, hundiendo a ratos su erección en Mónica, que lo recibía golosa, besándolo, y él, ya cansado, con los brazos hiriéndole, fue a una esquina del cuarto, recostando a Mónica en la pared y penetrándola hasta una profundidad que no conocía mientras ella llegaba y él sentía su esmegma corriéndole por los muslos, caliente. Se sentó en el suelo y luego se acostó; ella ahí, arriba de él, moviéndose, y Andrés quieto, recibiéndola, gozándola. Empezó a dar vueltas con su vulva abierta y tuvo otro orgasmo y otro, seguidos, mientras él también llegaba gritándole y gimiendo roncamente. Fueron a acostarse juntos y él no tardó en estar fuerte de nuevo y penetrarla de lado, succionando por todos lados, llenándola primero de saliva y luego de semen por todo el cuerpo, como símbolo último de ese acto que los confirmaba negándolos.

Algo termina. Nada empieza, ¿es la disolución?

«Negarme, no ser yo, si es que soy algo. Ocultar mi cuerpo y protegerme en las palabras. No he hecho sino eso, Mónica, con la esperanza de apresarte, de tener algo de ti de nuevo. Pero no esto, esta pura pedacería que no es nada, que no sirve ni para un trabajo de *patchwork* porque no hay con qué unirle los retazos. La imposibilidad de cuerpo a través del recuerdo, o viceversa. Pura negación. ¿Para qué todas estas palabras de Mónica, sobre Mónica, si solo se oculta una carencia, el fracaso del deseo intentando afirmarse en la repetición, en el exceso? *Todo se ha hecho en nosotros, porque somos nosotros, siempre nosotros y en ningún momento los mismos*, dice Diderot. Uno escribe por miedo, porque no hay nada que produzca más terror que la ausencia, porque el pánico de ir quedándose solo y de ir olvidando y perdiendo —esencia de todo paso por la vida— es difícil de resistir.» Andrés escribe, se pierde, juega con las palabras, nada en ese lenguaje de sombra, en esa alcoba de sueño, en ese universo de desmemoria que es la escritura: puro temor.

El recuerdo nos golpea y no podemos recuperar la intensidad con que se vivió cuando era presente. ¡Quiénes somos para violentar nuestro pasado, una historia que no es solo nuestra, que también pertenece a otros! *Mónica y él* pudiera querer decir muchas cosas, pero debería significar tan solo eso. Ni Mónica *en* él o *con* él, sino solo *y* él: pura unión, pura cópula y ningún nexo. La noche, imponiendo su cansancio, disipa los temores y oculta el miedo. La escritura, sin embargo, fluye líquidamente por la página que la ve moverse, trenzándose y abriéndose como flor, estallando e iluminando, oscureciendo e invadiendo la blancura impávida de la hoja que lo recibe sin extrañarse, predestinada a ser un instrumento, el de la locura, quizá, el de lo imposible, el no-lugar, la utopía, lo innombrable. Desmemoria, espacio en el que no estamos; un espacio de olvido que nos anula y nos separa. Nada puede recuperarse. Andrés no les presta atención a todos estos pensamientos, que pasan rápidos por su mente, sin detenerse. Sigue escribiendo como si eso fuera lo último. Llueve sin parar. Unos sapos afuera rompen el silencio de la noche. Él pone una cinta cualquiera, una que no le dice nada, solo para que anule el entorno y lo separe de la calle. Su habitación es dentro y fuera. El sonido abarca el espacio del cuarto aunque él tampoco le pone atención, es solo un pretexto para seguir escribiendo. Nada hay salvo el recuerdo. Tal vez entonces haya que escribir solo: nada hay…

Era el segundo día desde que Mónica había llevado sus pertenencias; Andrés ya se acomodaba a su presencia, a que no lo dejara solo, siguiéndolo por la casa, preguntándole mil cosas, introduciéndose en su vida y en su cuerpo y queriendo saberlo todo. «Háblame de tus mujeres», le había dicho Mónica y Andrés se detuvo, avergonzado. Le platicó de cada una de ellas como si hubiera una intimidad ya muy vieja y Mónica supiera todo de antemano. Solo al llegar a la última titubeó un poco. Era quizás esa separación lo que había condicionado su estado de ánimo cuando llegó Mónica. Andrés se dijo que no era cierto, que, siendo como era, Mónica hubiera entrado de cualquier forma en su vida, instalándose como el recuerdo más viejo, tal vez igual a la primera golpiza de su infancia. Un día de pronto estaba ahí, como si hubiera estado siempre, y Andrés tenía que acostumbrarse a la idea, dada la seguridad con la que Mónica se movía por su casa, ordenándole los objetos, haciéndole cambiar algún mueble de lugar o descolgar los cuadros que no le gustaban. «Es horrible, ¿podrías quitarlo?», le decía en una petición que era en sí una orden. En esos dos días la casa se había ido transformando poco a poco en la casa de Mónica y él movía las cosas de un lado para otro. Además, había renunciado de verdad y tenía todo el día libre para maquinar más transformaciones. Al segundo día llegó con una cama nueva porque la otra le parecía espantosa y hubo que darle gusto. «Me quedé sin un centavo, Andrés, pero no pude resistirla.» Él acabó pagándola y habituándose a la nueva adquisición. Era un orden nuevo.

«Quiero hacer el amor en esta cama ya», le había gritado a Andrés, que estaba escuchando en su estudio —al que luego, cuando se fue Mónica, trasladó la cama y se quedó a dormir ahí siempre—, revisando un expediente. La tomó de la mano y ella le hizo entrelazar los dedos. Al llegar al cuarto lo soltó y se tiró en la cama, quitándose los zapatos y esperando a Andrés, que subió a su cuerpo besándola en la boca, con ternura. Ella lo fue desvistiendo y él fue quitándole la poca ropa que tenía. En ese nuevo colchón terriblemente duro al que después se acostumbraría, la penetró, mientras sus manos recorrían toda la extensión del cuerpo y lo acariciaban con desesperación, buscándolo, intentando que Mónica no huyera, conocer cada cicatriz, cada lunar, cada poro. Cuando terminaron ella empezó a preguntarle por el origen de cada herida, aún marcadas en su cuerpo, y Andrés le describió cada accidente, cada golpe, cada caída. Luego él repitió el proceso y Mónica se escuchó contándole sus resbalones y heridas. Se fueron durmiendo, extinguiendo el deseo y la noche: dos fantasmas que siempre vuelven.

«Escribo para darme cuenta de que no puedo tenerte, Mónica. ¿Dónde estás?» Nada aún. Ve la cama de Mónica frente a él y revive todo el pasado de golpe, no poco a poco, como en una película, sino de una sola vez: ahí está Mónica y lo que fueron esos días juntos, hace seis años. «No estás. No pude saber quién eras y no sé quién soy, Mónica.»

Esta tarde el cielo todavía está oscuro. Ha pasado muchas horas frente a la máquina. Se quita los lentes y apaga la lamparilla. Llega tropezando hasta la cama —que alguna vez fue de Mónica y ahora es suya— y se pregunta por qué tiene que seguir jugando a ser otro.

B

El fracaso de los cuerpos

7

«¡Siete noches! No faltará quien diga que el siete es un número de suerte, que es el preferido de la cábala, lo máximo, lo infinito, setenta veces siete, es decir todo, lo abarcable y lo inabarcable. Fin y principio, el número se cierra sobre sí mismo. Para mí no hay tanta magia; se trata tan solo de la séptima vez que se me ocurre sentarme a escribir sobre Mónica, tal vez para escribir sobre mí, o sobre lo que soy sin ella. Nombrar al otro, pronunciar su nombre: recomenzar el sueño. Aunque afuera solo haya un cielo oscuro cargado de soledad: arrugas, nudos, nubes, agua. Y hace un rato, mientras leía todo lo que he escrito para no perderla, me he dado cuenta de que no solo he escrito acerca de ella, y sobre mí, sino respecto a otras cosas mucho más esotéricas, insinuando otros valores diferentes a los establecidos. No me detengo en ninguna escena, no dramatizo, no hago psicología ni política, ahí quedan los recuadros para que el lector se vuelva cómplice de la búsqueda. ¿Cuál lector? Yo mismo, por supuesto: un Andrés que es otro está en esas páginas y lo leo como si no lo conociera, como si no tuviera que ver conmigo esa historia y me tuviera forzosamente que ir atando cabos para entenderla. Sin método, con la anarquía que provoca el recuerdo. Lawrence Durrell le hace decir a alguno de sus personajes la más feliz frase —cruel y certera—: *Me pregunto quién inventó el corazón humano. Dímelo y muéstrame dónde lo ahorcaron.* No hay verdad más absoluta: es el músculo más absurdo. El recuerdo de Mónica me permite saber quién soy, pero a la vez comprueba que no existo. ¿Soy solo lo que ella descubrió de mí?»

«Reinicio el juego, ¿qué más da?» Mónica como un movimiento imposible de parar. No le bastó con cambiar los muebles, quitar los cuadros. De pronto decidió que iban a pintar la casa. Cuando Andrés llegó, el comedor no estaba y la alfombra se encontraba llena de periódico. Mónica, con un pantalón de mezclilla por toda ropa, pintaba una de las paredes color ¡lila!, y Andrés la contempló horrorizado sin saber qué decir. «Ponte algo cómodo y ayúdame, ahí hay una brocha», ordenó mientras él subía a una escalerilla todavía perplejo. Le encantaba la pared color crema y ahora le imponían esta versión de comedor. Las modificaciones no acabaron ahí. Hubo que poner un tapiz de flores en la recámara, un nuevo piso en el baño y, además, una jardinera enorme en el patio. En tres días la casa era otra. Cuando, al fin satisfecha, Andrés les pagó a los cinco trabajadores y cerró la puerta, exhausto y malhumorado, oyó a Mónica llorando en su cuarto.

Revive todo esto, lo que no es difícil, porque ha conservado todos los caprichos de Mónica en la casa, aunque el tapiz esté roto y cayéndose y las paredes sucias: seis años no pasan en balde. Todo lo conserva igual, aunque deteriorado. Pero las cosas no pueden devolvernos a las personas, y aunque ahora mismo esté en una casa que Mónica remodeló, ella no está y eso parece lo único cierto. Afuera el aire parece haber sustituido la lluvia; los árboles se mueven amenazantes. Andrés está levantado, mirando por la ventana, viendo a la naturaleza debatirse consigo misma. Salvo el ruido del viento hay un silencio atroz.

Llegó al cuarto. Ella estaba sobre la cama. Cuando otra persona llora frente a nosotros nos ataca una sensación de pesadumbre y de impotencia, como si no pudiéramos hacer nada que modificara esa indefensión. Todo lo interior se vuelve exterior. Andrés no supo qué hacer, no supo qué decir. Se quedó contemplándola, intentando respetar el dolor de esa mujer tan cerca y tan lejos de su mundo. «Creo que me di cuenta en ese momento de lo difícil que había sido. Hay veces en la vida en que un paréntesis obligado te centra en lo que eres y dejas de ser. Un solo minuto fue suficiente; poco después ya Mónica me interrumpía. Seguía sollozando: "No te quedes ahí parado, haz algo".» Andrés la abrazó, sin acercarse, interponiendo su cuerpo. «Estoy muy emocionada. No sé, todo esto es como si no estuviera sucediendo». Andrés, tomándola de los hombros y diciéndole «Te amo». Ella, llorando todavía más, perturbada, formaba un cuadro desolador. «Necesito que entres en mí. Necesito sentirte.» No se dijeron más en toda la tarde; lo que siguió fue una sucesión de encuentros y desencuentros. Horas enteras buscándose, encontrándose, diciéndole al otro la verdad de sus cuerpos. Él acariciando con la lengua el sexo de Mónica, rodeando el clítoris, sintiendo su olor, su sabor y los líquidos que emanaban de su cuerpo, humedeciéndola. Él siguió más fuerte hasta que la vio arquear la espalda, apretando los puños y endureciendo las nalgas, para luego venirse ruidosa, oscilantemente. Aún en medio del orgasmo, Andrés la penetró y ella siguió temblando ahora con él dentro, en una locura que parecía no tener fin.

«Hace mucho tiempo que quería hacer esto», le dijo volviendo con un bote de yogur y una palita. «Lléname todo el cuerpo.» Luego Mónica y la cama estaban pringosas y dulces. «No me hagas el amor, acaríciame tan solo, bésame, lámeme, llénate de mí.» Al poco rato Andrés estaba empalagado, aunque jugaba con Mónica y la volteaba y lamía sus nalgas dulces, y luego volvía a ponerla bocarriba y besaba sus pezones de caramelo, y le platicaba secretos en la oreja azucarada, y bajaba a su sexo y subía a su boca y buceaba en las pantorrillas. No hubo mucho que hacer cuando ya él estaba todo lleno y los cuerpos se pegaban y se unían, pegajosos y densos. Y al fin, después de mucho rato, Andrés la llenó con su espasmo: el azúcar había cristalizado en la piel y formaba arrugas, grumos, cicatrices. Corrieron al baño, donde el vapor del agua caliente fue desvaneciendo la incomunicación y otorgándoles consistencia o realidad. Él, enardecido de nuevo, la recargó violentamente contra la pared y hundiéndose la penetró con fuerza, atándola casi a la cintura, y ella mantuvo las piernas trenzadas, sosteniéndose, mientras Andrés subía y bajaba el pene por ese sexo caliente, húmedo y reconfortante. Acabaron, secándose dentro de las sábanas ya cansados y medio dormidos. La noche fue a poquito consumiéndolos.

8

«Mónica no está aquí», piensa Andrés, al tiempo que sorbe un poco de whisky. Cuando buscamos no es posible hallar; cuando lo tenemos de nada nos sirve. En la grabadora suena Albinoni, o llueve Albinoni o fluye acuáticamente su música, que todo lo llena y lo recubre de infinita esperanza. Es noche, mucho más tarde que otras veces. No hay nada más. «Te pasas la vida inaugurando un orden, construyéndolo, llenando el espacio y el tiempo con las cosas, los seres, las acciones que crees que mejor le van a ese orden. Ficción maniática, arquitectura imposible, monótona obsesión por poner las cosas en su lugar, por hacer de la vida un milimétrico libro de contabilidad con columnas y renglones ya previstos, diseñados, lógicos, inmodificables. Egresos, ingresos; experiencias, ausencias. Día tras día acumulas instantes, llenas de imposibles aquellas hojas que algún día se gastarán, viejas, amarillas, ilegibles; no serán siquiera algo. Desmemoria, capacidad de olvido. La vida, al fin y al cabo, se construye sobre el desierto y un viento la dispersa sobre la arena, donde se confundirá y no podrá ser recordada. En fin, hay días en que soy lacónico, sobrio, no puedo escribir casi nada. En otros garrapateo folios y folios y en algunos más, como en este mi espíritu moralista, catastrófico y trágico sentencia y pontifica. ¿Qué cosa es la soledad, de cualquier modo?»

Eran las seis y ella empezó a gritar, llena de placer. Él adentro, temiendo herirla y diciéndole bajito: «¡Qué felicidad!». Mónica le dio una cachetada. «Esas cosas no se dicen, Andrés.

No hay nada eterno y la felicidad es absoluta, no existe.» El mundo entonces se descompone.

Eran las seis y él ya no sabía qué decir, cómo arreglar, de qué forma cambiar la tristeza de ese momento. Siguió en el cuerpo de Mónica un largo rato sin poder eyacular ni desvanecerse. Ella tuvo tres orgasmos antes de que Andrés le pidiera parar. A los dos les parecía como el momento en que la aguja llega al lugar rayado del disco y todo lo que fluye se descompone.

Eran las seis y la muerte era ya una pulsión invadiéndolos. Lejanos los amantes se deshacen, descomponiendo su rostro hasta la mueca más amarga. Autovejándose. El amor y su carga de destrucción enorme. Andrés recordándose hundido en la oscuridad del sexo de Mónica, regresando mentalmente a su humedad que lo recibe mientras él le impone un ritmo circular a su penetración y ella gime, implora, pide más. Y él sale casi por completo solo para que ella haga un nudo con sus piernas y lo traiga de nuevo adentro, donde todo se une y los contrarios se redimen.

Eran las seis y él bajó a prepararse un café. «No la entiendo», pensó. «Todo esto ya es su mundo, ha cambiado cada cosa, ha puesto todo como creyó que debería estar, ha guardado lo que no le gustaba, ha traído cosas nuevas. Esta es su casa. Le doy todo. Y soy feliz; no me interesa que sea o no eterna la felicidad, me importa lo que sucede hoy, aquí, entre estas paredes que se caen de tanto modificarlas y clavar sobre ellas.»

Eran las seis y él subió a preguntarle si quería café. Mónica estaba dormida, desnuda, en el lugar que él ocupaba siempre en la cama, un poco encogida, soñándose quizás a sí misma, mujer como pura posibilidad. Andrés no quiso molestarla y bajó a tomarse el café solo, leyendo un periódico y dándose cuenta de cuánto tiempo llevaba sin siquiera leer el periódico con calma para enterarse de las cosas. Antes de que llegara Mónica se sentaba a las cuatro con una copa de anís y pasaba casi una hora con el periódico, leyendo hasta los anuncios. No pudo contener una risita al salir del cuarto.

Eran las seis, había una mujer dormida en su cuarto, una mujer que, aunque había deshecho todo lo que él tenía, le seguía pareciendo una desconocida y no podía entenderla. Además, una mujer dormida es un misterio impenetrable. Se preguntó si la amaba y no supo contestar. Estaba seguro de que la necesitaba. No le cabía duda de que la pensaba, pero amarla, no lo sabía. ¿Dónde está el límite entre amar a una persona y solo usarla, necesitar de ella, asirse a lo que representa para no naufragar en la vida?

Eran las seis y puso una cinta con fugas de Bach, se sirvió el anís y leyó el periódico. Como antes, interesado, refutando algunos editoriales, comentándose noticias importantes, impresionándose con otras. Se acabó el anís y se terminó la cinta y completó la lectura del periódico.

Ya no eran las seis.

«¿Y ahora?», se dice y lo escribe para poder retenerlo. «Ahora no hay nada, o yo me empeño en que no lo haya. *Es tan fuerte el amor como la muerte*, dice la sulamita en el *Cantar de Cantares* y se le olvida decir: "Es tan fuerte como la separación, un anticipo de la muerte en la vida". Veo a Mónica dormida en esa tarde, yo subiendo a preguntarle si quería café. Ella, sonriendo, como burlándose de mí, pero dormida, con esa estúpida sonrisa dibujada en el rostro. Hubiera sido bueno matarla, deshacerla a pedazos, odiarla, pero eso solo puedo decirlo ahora, en ese momento solo me pareció ridícula y terriblemente sola.»

Andrés escribe. Albinoni se detiene. La noche continúa imperturbable. Hay un silencio aterrador. Por la ventana él ve la luna hoy completa, gigante y redonda. No le dice nada. No siente nada. Solo sabe que es noche. No hay espacio para la dulzura. No quiere regresar a la imagen de ese cuerpo desnudo que de pronto le inspira odio, no quiere volver a tener la imagen del rostro de Mónica sonriéndole dormida. Se ve a sí mismo bajar a tomar lo que queda de café, se mira sirviéndose una copa de anís y preparando el escenario para leer el diario. Luego nada. Una cinta terminándose, tocata y fuga, y él accediendo de nuevo al paraíso de donde Mónica lo había expulsado con una cachetada, devolviéndolo al mundo de la realidad donde dos seres de carne y hueso se aman y desaman, se construyen y destruyen, se quieren y desquieren, y poco a poco, inevitablemente, se van quedando solos.

«Esa tarde Mónica bajó un poco después; dos horas más tarde, quizá. Se hizo un café y platicamos en la sala un rato, lejos: uno enfrente del otro. "Ven", me dijo, y hasta ese momento noté que estaba desnuda y que solo tenía un suéter negro. Vi sus labios en el sexo un poco antes abierto y empecé a tocarlo, suavemente, como buscando algo. Rodeé con mis dedos; las yemas iban describiendo la geografía del cuerpo, deteniéndose en alguna arruguita y después invadiendo el clítoris y rodeándolo. Los labios se abrían, recibiéndome, y mis dedos bajaban, se hundían, entraban y salían, humedeciéndose profundísimos. Luego ella empezó a gritar y me llenó con su líquido mientras yo la sentía llegar, doblando la espalda y dejando el cuello libre, como si se le fuera a zafar la cabeza. ¿Qué pasó después? Mónica dijo que estaba muy cansada y subimos al cuarto. Ella se durmió rápido mientras yo leía una novela trágica y profunda, absurda y, creo, indispensable, sobre Tomás, Teresa, Sabina y la insoportable ligereza de la existencia. Todavía recuerdo que estaba leyendo que no podía saberse la cantidad de casualidades que tuvieron que ocurrir para que dos personas se juntaran. En mi caso, pensé que además de esos azares también hubo otros actos involuntarios, inconscientes quizá, que me fueron jalando así, poco a poco, al otro lado. Hasta que se trastocó todo orden y todo concierto. No volvió a haber lógica en mi vida: *l'amour fou*, diría Breton sabiendo que tal vez no hay otra forma de amar. Es noche. Estoy cansado. No he recuperado nada.»

Porque, no sin pesimismo, hay que aceptar que no se puede recuperar nada y que el olvido es la condición humana. ¿Qué tiene verdaderamente Andrés de Mónica sino unas cuantas palabras que pronunció, un arete, unas medias rotas y un paquete incompleto de toallas femeninas?

Ah, sí, tiene su soledad, claro…

9

Hay una sensación de vacío, de absoluto, una caída hacia nuestro propio abismo interior que es inevitable y destructora. Los seres humanos cedemos ante el fantasma de la desolación y nos dejamos hundir en ese hueco enorme que es la desesperanza. Andrés está levantado, junto a la ventana, viendo hacia fuera, pero en realidad mirándose hacia adentro. Lleva nueve noches reconstruyendo la imagen de Mónica aunque sabe que es imposible, que no ha hecho sino mentir, que no ha podido hacer otra cosa que verse a sí mismo sin Mónica. Nueve días sin exteriores. Todo ocurre dentro de esta habitación inútilmente descrita, vacía y cruda. Bataille, unos libros, la mesa donde escribe, una máquina de escribir y una grabadora, tres (¿o cuatro?) botellas vacías, un vaso en igual estado, la cama baja, casi tocando el suelo, unas pantuflas. Ese es su mundo, ese es el mundo. Andrés camina por sus polos, descansa su brazo en el dintel de la ventana, se desespera, camina, da vueltas, está deshecho. Se ve derrotado. Hay un algo de premonitorio en todo esto. Camina un poco más, se detiene frente a la grabadora y escoge otra cinta. Borodin y las *Danzas polovtsianas*. El cuarto se llena y hasta la soledad parece menos cierta.

Pasa un rato largo y él, al fin, se sienta a escribir. Introduce una hoja y comienza. Avanza, para, saca el papel y lo arruga. No puede seguir. «Paciencia», se dice. Vuelve a meter otra hoja. Recupera el aliento. Sus dedos corren bailando por las teclas, el papel se llena de signos negros que, unos junto a otros, vanamente quisieran decir algo, no por mínimo menos aterrador.

«Aquí hay un hombre que te busca, que corre tras de ti, que viaja y viaja y no se cansa. No le importa el viento, ni la tormenta. Hay un ciclón y el hombre corre tras de ti, intenta apresarte, sin lograrlo. ¡Cuánto de imposible tiene el lenguaje, Mónica! Wittgenstein decía que los límites de mi mundo son los límites de mi lenguaje. ¿Dónde carajo estás?»

Mónica se despertó en la madrugada y comenzó a molestarlo. Andrés tardó poco en despertarse con aquella mujer encima, lamiéndole la oreja y poniéndole la carne de gallina. La dejó hacer, fingió estar dormido. «Que le cueste trabajo», pensó. Ella sintió cómo su pene se endurecía y dejó que se pronunciara más la erección para introducírselo y bailar encima de él, rotada, dando vueltas, subiendo y bajando su cadera. Él al fin no pudo más y abrió los ojos deslumbrándose con la imagen de esa mujer ahí y él sin poder hacer otra cosa que seguir dentro de ella, ahora imponiendo también su ritmo y, haciéndola salirse de sí misma, gritando, logró que juntos llegaran todavía trenzados y temblando hacia la misma dirección del infinito.

Volvieron a dormirse. El regreso al sueño fue pesado, aunque Mónica ya estaba del otro lado de la vigilia, descansando, y Andrés aún tenía muchos asuntos que arreglar en la mente como para poder desvanecerse. Se preguntó qué era lo que estaba haciendo ahí, con esa mujer de la que tan poco sabía. ¿Por qué había permitido que las cosas tomaran ese rumbo y él ni siquiera había metido un dedo para decir qué opinaba, qué pensaba, qué cosas se le estaban ocurriendo, y tan solo se dejó llevar como si nada, entrando a una vida y a un ritmo? ¿Qué otra cosa es la vida? De lo más diferente a la que tenía y estaba bien, ¡qué carajo! Cada quien hace de su vida un papalote y lo echa a volar, pero ahora Mónica le parecía tan lejana y tan distinta a la primera con la que tanto gozaba y vivía y estaba ahí tan cerca, en la misma cama y él podía sentir en el pene la humedad de su sexo oscurísimo unos instantes antes, abarcándolo a él y diciéndole que era suyo y que no podía dejarlo; pero ahora mismo estaba en otro lado, quién sabe dónde, y él no podía tenerla, pero tampoco podía decirle que se largara y lo dejara vivir en paz, ahora que ya no le gustaba destruirse compartiendo la vida con esa mujer que le parecía ridícula. «Qué poca madre, ¿no? Porque yo de alguna forma también le seguí el juego y le hice la corte y la dejé hacer todo lo que deseó, hasta cambiar por completo mi casa y mis cosas, y ahora ya casi nunca me pongo saco porque ella dice que no le gusta y saqué de nuevo todos esos suéteres que usaba los fines de semana para descansar, y voy al trabajo y no puedo concentrarme en lo que estoy haciendo, ¡demonios, cuánta monotonía! Y los días que pasan y pasan y no se detienen y la vida que va haciendo lo que se le da la gana con uno y con sus cosas y sus mismos deseos, por lo que yo no sé ya qué demonios puedo hacer para empezar a sentirme bien ahora que no me atrevo a hablar con Mónica, ahora que no puedo pedirle que se marche así nomás y que tampoco sé si no la necesito y la amo y después voy a estar como ese primer día en que Mónica se fue sin avisar, y yo la busqué por toda la ciudad, sin saber quién era realmente o dónde estaba y si podía trabajar de algo que no fuera haciendo el amor con desconocidos trasnochados que se encontraba en una fiesta, y ahora la necesito, no puedo desprenderme de ella y de lo que representa para mí, porque ese orden cambió y esas cosas que deshizo ya están así y forman parte de lo que yo mismo soy. Ese cuadro enfrente que yo tenía en la sala es Mónica, pero también soy yo, que la dejé clavarlo ahí, donde no me gustaba, y ahora me parece que se ve bien y yo lo acepto como acepto a esta mujer que duerme a mi lado y ronca ligeramente, mientras yo también intento dormir y dejar de pensar en todas estas cosas y solo vivir los días que siguen, al fin qué.»

«Y ahora es cierto, pienso en ti, te busco y no te encuentro. Sé que estás en algún lado y no me importa si piensas o no en mí», escribe Andrés al tiempo en que se detiene la grabadora con Borodin y se pasa la mano por el pelo. «Soy un hombre que desea a una mujer imposible y que más bien intenta liberarse de ella y dejar de recordarla.» La noche es inmensa, pero él ya atravesó una buena parte de ella. No puede más. No es el cansancio de trabajar, sino de alborotar recuerdos así como así. Está despeinado, ojeroso. Bebe un poco de whisky, pero tiene un sabor amargo en la boca que le impide disfrutarlo. Se levanta y da vueltas como si estuviera preso en ese cuarto, como si no pudiera salir y librarse ya de una vez de todo esto. Al fin se desabrocha los zapatos y se acuesta. Aunque no puede dormir, empieza a descansar oyendo la sangre que corre por sus venas y sintiéndola hinchada en sus sienes. Se aprieta los párpados con fuerza y todo se oscurece para luego llenarse de manchitas de colores y luego volver a ser solo eso: un oscuro interminable.

10

¡Oh, danza del amor que acaba destrozando esperanzas, que termina sin compás, sin ritmo, sin ilusiones! ¡Oh, infinitos y repetidos los amantes idiotizados bailando de nueva cuenta su propia muerte, programada desde el principio! «Estoy solo. Hay una mujer en el mundo a la que amé. Ella no sabe siquiera esto último, aunque tal vez lo intuya. Es de noche. Siempre escribo así, cuando ya he rendido mi tributo al día cargado de trabajo. Me encierro a deshacerme por dentro pensando que puedo recuperar el placer, como si este no fuera fugaz, momentáneo, etéreo. El placer es instantáneo, único, irrepetible. Pero aun esta certeza no te devuelve la de la ilusión y la esperanza, y es inevitable caer en el vacío.» Andrés escribe un rato más, cree decirlo todo. Luego se levanta tomando el vaso y sorbiendo el licor. Afuera la ciudad se empeña en hacerle ver que sí hay exterior, que no todo es ese cuarto estúpido donde no tiene nada. Va a la grabadora y su cinta toca Wagner y el *Lohengrin*. No hay Tristán ni Isolda «porque la vida no es trágica sino cómica», se dice, y la música lo encierra aún más en esa habitación. Los ruidos de la ciudad afuera empiezan a desvanecerse. Regresa a su máquina y entonces intenta hacerle decir lo que no puede. Los dedos bailan en una música ya tantas veces tocada, repetida, monótona y asfixiante. Él se detiene, repasa la idea en la cabeza, la medita, le da vueltas y al fin se decide colocarla en el papel: «Solo un idiota no se enteraría de que te necesito, Mónica. Ven». Luego no se atreve a nada más. Espera. No llega nada aún.

Espera.

Era la mañana y amanecieron de mejor humor, hasta jugando. Cuando Andrés despertó, Mónica ya tenía una charola con el desayuno que había preparado y ambos lo tomaron, oyendo la *Toma 5* de Dave Brubeck. Amanecía y todo era espléndido. Las caderas de ella desapareciendo en su diminuta cintura, sus pechos ágiles y delgados, su cuello, los hombros emergiendo como una esperada constelación. Luego los ojos —«Siempre los ojos, los ojos», piensa Andrés— que desaparecían al seguir subiendo la mirada en las cejas perfectas, redondas, negrísimas, delgadas. Y el pelo cayendo como una cascada sobre los hombros, ocultándole un lado de la cara, haciéndola misteriosa, huidiza, arrogante. Todo era espléndido, pensó Mónica; sus pechos con aquellos pocos vellos, los brazos fuertes, los hombros delgados y la boca —«Siempre la boca, la boca», pensó Mónica— emergiendo húmeda y perdiéndose en los ojos y la frente amplia y el cabello delgado. Todo era espléndido y él regó el café en la sábana y ella la llenó de migajas de pan, y luego, mojada y molesta, les hacía reírse y acariciarse y otra vez reírse como si no pasara nada. Él cambió las sábanas y se acostaron de nuevo. Desnudos y jóvenes. Recién amados. Nada parecía pasarles. Todo los reconfortaba. Andrés pensó que la vida le estaba dando una cachetada por comportarse así con Mónica y que la verdad de las cosas nunca podría odiarla y ella también pensaba que había estado muy fría, pero que amaba demasiado a Andrés, y ninguno se atrevió a decírselo al otro mientras juntos se iban quedando solos.

A las nueve y media él le dijo que tenía que irse al trabajo y ella lo ayudó a vestirse. Al anudarle la corbata sintió un deseo imposible de contener y ahora lo ayudó a desvestirse casi rasgándole la ropa y subiéndose sobre él, que la sentía rotar ahí, parada en su cintura, y además de penetrarla tomaba fuerza para poder sostenerla encima. Cuando no pudo más se salió de ella y la volteó, separando sus nalgas. Ya en la cama y con un solo movimiento le introdujo el pene, haciéndola gritar y doblar la espalda pidiéndole más y diciéndole que se lo hiciera así, en ese momento. Ella lo fue moviendo con cuidado y quedaron de lado, penetrándose y amándose mientras ella tenía su tercer orgasmo y seguía implorándole, y Andrés se miraba a sí mismo amando a una mujer y sintiendo su cuerpo —suave y hermoso— en el suyo. Al fin, después de un violento final que los hizo estremecerse, Andrés sacó el pene y la empapó de semen, que salía como una fuente chorreante, llenando el cuerpo de su amada, que todavía temblaba en un orgasmo agudo e interminable como el dolor más intenso. Luego, como dos gatos se lamieron sus líquidos, tragándoselos y queriéndose, y ella le dijo que lo quería y él tuvo que decirle que también la quería, y luego ella dijo que prepararía el baño para que pudiera irse a trabajar, asustada con esas dos últimas frases.

El hombre escribe, lo que equivale a decir que el hombre miente. Como la paradoja de Epiménides, que dice: *Todos los escritores son mentirosos*, algo así como «Escribo mintiendo que miento». Andrés lo sabe, se conoce fugaz y sumamente inútil. La noche cae, pesada, amarga.

«¿De qué mal padezco que no puedo liberarme de ti? ¿Por qué no es posible deshacerse ya, al fin, de todo esto? Quisiera desvanecerme y perderme en algún lugar lejano donde yo mismo no tenga memoria y pueda empezar de cero. Es lo malo del psicoanálisis; uno mismo no puede liberarse de echarle la culpa de todo al pasado. No estás, eso es lo peor.»

Se bañaron juntos y Mónica lo enjabonó, lo talló, le lavó el pelo, jugó con su pene, se rio. Cantaron bajo el agua, que los empujaba el uno al otro. Él también la ayudó a bañarse. Se secaron mutuamente, también riendo. Él se vistió y ella se arregló, se maquilló, le puso delineador a sus párpados, un poco de sombra. Él se anudó la corbata y ella se puso unas medias claras y unos zapatos altos. Se decidió por un saco azul marino y ella se colocó un vestido rayado color fucsia. Él intentó quedar mejor con un poco de colonia y ella se perfumó. «¿Adónde vas?», le preguntó Andrés. «No me quiero quedar sola, voy por ahí, donde sea, no importa.» «¿Te llevo y te dejo en algún lado?», insistió. «No, voy a salir después. Vete tranquilo y nos vemos en la noche.» «¿No vas a venir a comer?» «No creo», le contestó, «quiero salir, despejarme».

Estaba guapísima. Andrés lo sabía. «Está bien, nos vemos en la noche.» Le dio un beso en la mejilla. No quería admitir que estaba celoso y salió rumbo al consultorio, iba enfurecido, golpeando el parabrisas. ¿Por qué no le dijo lo que quería hacer, por qué no lo dejó acompañarla? Llegó de mal humor y apenas saludó. Sentía celos, no podía pensar que alguien iba a compartir a Mónica con él. Se sabía tonto y se veía infantil, pero no podía contenerse. Mónica, en casa, esperó quince minutos a que se alejara Andrés y se desvistió, se limpió la cara de todo el maquillaje, se puso una bata y limpió la casa. Arregló las cosas. Todo estuvo planeado. Se estaba pasando de listo aquel hombrecito con el que vivía. A la una y media hablaron. Supo que era él y no contestó. Como esperaba, tampoco vino a comer. Podría haber ido a algún lado, con quien quisiera además. Ese era el problema, le daba celos algo que no haría, que no tenía ganas de hacer aunque sabía que podía, que estaría haciendo el amor con quien quisiera ahora mismo. ¡Qué estúpidos son los hombres!

Andrés llegó a las seis y media, cansado y de mal humor. «Ella ya está en casa», pensó al ver la luz de la recámara mientras ella fingía estarse desvistiendo y desmaquillando y él la sorprendió llegando casi igual que él. «¿Dónde estuviste?», le preguntó. «Por ahí.» «Vine a comer como a las dos», dice Andrés mintiendo, «pensaba encontrarte». «Pues ya ves que tenía ganas de divertirme. Estoy muerta, quiero cenar y dormirme.» «Mónica, te quiero.» Ella bajó a cenar porque Andrés acababa de tomar algo en el hospital. «¡Qué estúpidos son los hombres!», volvió a pensar cuando en la cocina recordaba el último te quiero de Andrés, pensando que había triunfado al demostrar su comprensión y abnegación al venir a comer. «Mentiroso, además», se rio Mónica. No le dejó tocarla. Se durmieron temprano. Ambos estaban exhaustos de actuar su propia obra. Fueron máscaras y la noche los recibió.

Ahora Andrés escribe: «Ese día en que me dejaste solo me moría de celos, solo me sentí bien cuando supe que te remordía la conciencia haberme dejado comer solo en casa». Luego, también cansado, se acuesta a dormir.

11

No siendo estás aquí junto a mi centro
de hierros desatados, de distancias dis-
persas como el humo.

No siendo eres tan mía como yo. Más
mía, pues tu luz sobre mi niebla vive.

JUAN EDUARDO CIRLOT

Es lícito imaginar a Andrés en la onceava noche de su desasosiego. Está sentado frente a su mesa, como siempre; bebe
un trago, digamos de whisky, para no variar; escucha música.
Ahora es Marin Marais, son piezas para viola, un instrumento
que le parece especialmente sensual, que le recuerda cierta
tarde, algún olor también, ¿por qué no? Escribe. Mete una
hoja, piensa un poco lo que va a poner allí, sobre la página
blanca, pero antes de teclear ya lo asalta la más terrible realidad: está solo, ha sido derrotado, la memoria no le sirve.
Mónica no está a su lado, no estará más, nunca. «Lo demás
es silencio, incluso estupidez», piensa, porque las palabras no
le han servido para nada, no han logrado traer siquiera una
imagen nítida de la mujer, de los pocos días y sus noches que
¿compartieron? en el departamento de Andrés. Ojos grises,
tristes, no muy grandes, más bien hundidos, ocultos siempre

por las gafas, se diría inmóviles o impávidos, como si hubieran visto ya de qué materia están hechas las cosas.

No hay nada fuera, y tampoco importa porque ha sido más terrible para él constatar que tampoco hay nada adentro: la mesa, la máquina, dos tantos de hojas: una pila blanca, más abultada y otra ya herida por las letras, pequeña, que se ha ido acumulando debajo de un pisapapeles de vidrio, una roca informe que le regaló su maestro el día de su graduación. ¡Ah!, y el vaso de licor, la silla, el retrato de Bataille encorbatado, puesto con chinchetas en la pared blanca de yeso. Una ventana y una puerta por la que nada entra ni sale, ni su sombra. «¿Dónde ha quedado su sombra?», se pregunta Andrés, y entonces recuerda la última tarde con Mónica y piensa, con cierta ilusión, que la memoria es cierta.

Regresó de una cita con un amigo al que atendió como paciente hace años, una reunión casi terapéutica en la que el conocido realmente se limitó a narrarle con precisión quirúrgica su separación matrimonial, tema que incomodaba a Andrés por diversos motivos, el más evidente, sentirse en el estado de ánimo contrario, en el lugar de la antípoda en la balanza: era feliz, si por felicidad podía recontar el tiempo con Mónica, su carácter de vendaval y de aventura; estaba acompañado, satisfecho. Al llegar a casa lo primero que hizo fue gritar su nombre; quería verla, hacerle el amor, reencontrarse con la mujer. Nadie le contestó a los repetidos gritos, ningún cuerpo atendió a sus búsquedas en la cocina, el jardín, el comedor; temió lo peor. Se dijo que Mónica al final lo había abandonado, que el orden natural de las cosas se había roto, como era de esperarse, pero no tan pronto. Era tal su certeza de hallarse solo de nuevo que en lugar de buscar a Mónica comenzó a hurgar por un recado, una nota, algo que justificara la repentina huída, el desmantelamiento de sus certezas que, al menos, esperaba paulatino, largo. «Así son los vendavales», se dijo, «tienen mucho de estampida». Al llegar a su cuarto contempló la cama deshecha, la ropa de Mónica regada por el piso, desordenada como siempre, su olor inconfundible entre las cosas, lo que lo reconfortó de golpe. Allí estaba, seguramente bañándose, pensó, y volvió a gritar su nombre, a pedirle que saliera a su encuentro: el baño, pudo comprobarlo en seguida, se encontraba cerrado, y Andrés escuchaba del otro lado una llave abierta, o al menos gotas que escapaban de un grifo con regularidad, monotonía. Dijo el nombre de Mónica como si conjurara un fantasma: una y otra vez sin respuesta. Buscó la llave de la cerradura, inexistente por toda la casa, y al final, con una serie de patadas, logró abrirla: fue un golpe seco, el sonido de la puerta que se abre, un golpe que aún resuena en su cabeza. «Pero fue un golpe aún más seco», escribe ahora Andrés, «la imagen tuya, Mónica, atónita, en el río rojo de tu cuerpo, allí, tendida, olvidada de todo, aparentemente muerta. Fue lo que pensé de inmediato, que estabas muerta, que habías caído, que el golpe había acabado contigo y que tu sangre lo empapaba todo con dolor.» Pero eso es ahora, en el recuerdo, en el presente, no en el momento en que Andrés dio la patada definitiva; la puerta se abrió y pudo contemplar, rotundo, vencido para siempre, se dijo, el cuerpo delgado de Mónica cubierto de sangre, desnudo, allí, indefenso.

Gritó su nombre, ahora no para buscarla sino como la terrible comprobación de su aniquilamiento. Fue a ella, la abrazó, caliente aún, viva. La sintió agitarse en un lugar muy hondo y muy oscuro al que no tenía acceso; la cargó, entonces, y la llevó así, lánguida y exangüe, a la cama para comprobar el daño, para percatarse de la magnitud de su destrucción, ya confiado de que se hallaba aún viva, desangrándose: un arroyo de sangre era la estela de los dos cuerpos yendo hacia la cama como hacia la orilla. «¿De qué?», escribe ahora, «¿qué esperaba rescatar de Mónica, nunca mía, mientras la llevaba hacia la cama, ausente, sin conocimiento?». No lo sabe. Andrés no lo sabe tampoco ahora que escribe, toma un trago largo de su whisky, se jala los cabellos, acomoda las gafas, palpa un objeto en el bolsillo de su pantalón, siente su frío.

Colocó el cuerpo solo en apariencia sin vida de Mónica en la cama, fue por unas gasas, vendó las muñecas con pericia, volviendo a ser médico, dejando al fin de interpretar. No había allí nada que decir, solo detener la hemorragia; pero los cortes eran finos, leves, y pronto cerrarían, estaba seguro, con el torniquete aplicado allí, en el sitio justo. Le tomó la presión. Había perdido sangre pero era todo; nada, en realidad, que lamentar, al menos físicamente. Trajo unas cubetas y estuvo limpiando con meticulosidad el piso y el baño, mientras Mónica dormía ya plácidamente, habiéndole aplicado una inyección y después de un muy ligero sedante: hasta allí era como una paciente más después de una crisis, a la que había que devolver a la vida, a la ¿normalidad?, solo eso. Pero cuando terminó de asear se dio cuenta, en realidad, de la magnitud de la tragedia, de lo que había podido ocurrir allí para haber desatado una decisión como la de Mónica. Al principio se preguntó qué era lo que había hecho o dejado de hacer él, «porque ante la tragedia de los otros», escribe ahora, tantos años después, «siempre somos nosotros, no ellos, los que importamos; hay algo terriblemente egoísta en la reacción de duelo, y en su trabajo posterior siempre perdemos algo de nosotros mismos, no del otro. El otro no existe», termina por poner en la hoja y la saca, colocándola con ternura en la pila izquierda, vuelve a poner el pisapapeles encima. Y así era ya en ese momento; Andrés sentado en la orilla de la cama, llorando, preocupado por lo ocurrido, sin saber explicárselo de forma alguna. La verdad, se dijo, es que no conocía a Mónica; no tenía idea alguna de quién era, pocos pedazos de su pasado, insuficientes para un cuadro clínico, solamente cierto conocimiento epidérmico de sus reacciones intempestivas a lo largo del breve lapso de su relación. Nada que le permitiera, he allí lo verdaderamente terrible, hacerse una idea de las causas, aunque el efecto visible era esa mujer sedada, allí, en su cama, ese cuerpo que podía —allí, no ahora, desvanecida por el olvido— reconstruir en un bloque de hielo con la lengua. Nada más. Nunca hay nada más.

Un poema que leyeron juntos al despertarse Mónica al día siguiente le recuerda el fracaso de todo: *Fue un ánima ajena mía,/ traspasando su deseo;/ quien en la rosa que veo,/ vio la que no se veía.* Él le sirvió un desayuno frugal y le pidió una hora para ir por un médico amigo suyo. En el camino compraría, le dijo a Mónica, un suero y algunas medicinas para la convalecencia. «No me preguntes nada, Andrés. No intentes explicártelo, yo tampoco sé nada», le dijo, y fueron sus últimas palabras, al menos las últimas que Andrés escuchó de su boca: al regresar con el médico Mónica se había ido, esta vez para siempre, con solo algunas de sus cosas, las que cupieron en dos maletas. Nada más. No tenía nada más.

Y no hay regreso posible, ahora lo piensa. Al principio la buscó, incluso con cierto apremio, pero pronto se dio cuenta de que era inútil; algo —nunca ha sabido qué, por supuesto— se había descompuesto para siempre entre los dos. En los primeros días creyó que se podría acostumbrar a la pérdida, que era posible vivir una vida, la que fuera, sin Mónica, pero pronto se percató de que también esa era una ilusión absurda: nada podría volver a su lugar, si alguna vez lo tuvo. Ha habido, desde entonces, un hueco, una oquedad que estas once noches han querido conjurar para siempre, sin éxito. Porque es sabido que la separación de los amantes es un adelanto de la muerte en la vida, tan simple y tan terrible: Andrés ha muerto, no hay otra realidad; desde entonces ha sido un fantasma intentando irse del todo, sin lograrlo. «En el amor —a menos de no amar con amor— hay que resignarse a no ser amado», escribe ahora, para finalizar, Andrés. «El sentimiento amoroso es la imposibilidad de escapar de quien se nos escapa siempre: en el amor la presencia es una modalidad de la ausencia, el rostro amado no es de este mundo, aun cuando este mundo sea una prisión», ha puesto allí, en la última hoja, ¿para qué? No lo sabe y siente ya la inutilidad, la insuficiencia del acto.

Termina el vaso de licor, se levanta, mira por la ventana, pero no observa nada allá afuera. Su contemplación es interior, introspectiva, nada hay que no sea él en ese cuarto. Andrés llega, tambaleándose, a la silla, lleva la mano al bolsillo, extrae la pistola, corta cartucho, apunta, cierra los ojos, dispara. Un estallido rompe el silencio, quiebra la pared en mil pedazos: yeso, ladrillo, pintura caen en el suelo como si allí hubiese habido un temblor, no una detonación. Lo que hasta hace poco era la foto de Bataille en la pared detenida con chinchetas es un boquete, un agujero, nada más: los restos del retrato se confunden con los escombros del revocado y el ladrillo del muro.

Andrés está allí, sentado, con el brazo ahora colgante, todavía con la pistola caliente, con humo: ni siquiera ha tenido el valor de hacerse daño. La única salida heroica en medio de la constatación de su triple fracaso: Mónica, para siempre incompleta en el recuerdo, inexistente incluso; la escritura de ese texto, acumulado, inútil, se diría que también irreal; su vida, también vacía, como la grabadora que ha dejado de sonar, dejando en su lugar el peso enorme del silencio como única compañía. Nada se mueve allí, en ese cuarto casi vacío en el que un hombre, pongamos Andrés, ha intentado vanamente recuperar a una mujer, Mónica, digamos.

Todas las noches ha sido igual. Él sentado a escribir, actividad que se prolonga hasta muy tarde. Nada queda al amanecer. Todo permanece al ocultarse el sol. Monótono y al parecer irremediable, el tiempo pasa sin detenerse. Tal vez es ahí —si no, ¿cuándo o cómo?— donde comienza la historia.

La Casa de la Magnolia

Para Lucía,
aprendiendo a amar cuando te veo

*Se resucita siempre en el mismo espejo donde se
ha muerto.*

PEDRO SALINAS

I

Hoy cumplo cincuenta años, exactamente la edad que tenía ella cuando la conocí. El tiempo no se detiene ante el recuerdo, ni ante el amor. Entonces apenas pasaba de los quince y me entregué a esa pasión de la única manera que me era lícito: a través de la imaginación y el incansable alimento de la belleza de Adriana Yorgatos, gracias a mi vecindad con la mansión que alquiló para pasar ese verano en la costa, la Casa de la Magnolia, como se la conocía. Para ella solo un lugar de recreo; para mí, en cambio, la tierra de mis mayores y el pueblo gris y somnoliento de mi infancia.

En una buena historia, todo lo que sucede es causado siempre por algo más. En este caso las cosas fueron empujadas por las palabras. La voz y el rostro que expresaban esas palabras vinieron después. Me pidió desde dentro de la casa, apenas asomada por la ventana, que fuera a ayudarle con su correspondencia. Así lo dijo, y no pude imaginarme cómo era la mujer que pronunciaba esas frases y me cuestionaba si sabía yo algo de mecanografía. Aún ahora me pregunto cómo se le ocurrió a Adriana Yorgatos que pudiese servirle como amanuense durante esos meses de descanso.

El caso es que al día siguiente crucé su puerta.

Y aún no regreso.

II

Sé que esa tarde no pude concentrarme en otra cosa que el tono de la voz que me habló, como una sombra, desde dentro de la Casa de la Magnolia. Repetía las escasas palabras escuchadas como una oración, sintiéndome especial, alguien elegido no por azar o por proximidad; como si el reconocimiento de una cualidad intrínseca hubiese catapultado súbitamente mi nueva fortuna.

Pero las palabras conducen el exilio, marcan la diferencia. Un instante, tan solo, y se ha cruzado el umbral para siempre. Yo tenía, además, una edad en la que se está especialmente alerta a las palabras, en la que se está especialmente alerta a todo lo que ocurre.

Tal vez si Adriana Yorgatos hubiese llegado mucho después a mi vida…

Es muy tarde ahora para pensar así.

Es muy tarde para todo.

Una mañana se fueron para siempre las palabras.

Ensordecí.

Enmudecieron.

El moho invadió la Casa de la Magnolia, las plantas del jardín crecieron, cancerosas, y fueron engulléndose los muros, los techos, los pisos. Destrozaron ventanas y cubrieron los muebles y las copas.

Sitiaron la mansión y luego la redujeron a ruina.

Un buen día la casa desapareció del todo.

III

Pero antes, la primera mañana de todos los tiempos, aquella en que crucé el umbral y miré a Adriana Yorgatos y me perdí en su cabello y en la blancura traslúcida de su piel y en las constelaciones de sus venas, verdísimas, que cruzaban un largo cuello de diosa o de virgen, antes no fue así.

Porque esa mañana hubo palabras. Y hechos y rostros.

Una buena historia que ahora yo me intento contar de nuevo, en una vana tentativa por comprenderla.

Me la he dicho muchas veces, en varios idiomas: la he resumido y la he alargado a mi antojo, sin éxito.

Porque nunca me he atrevido a ponerla tal cual, como ahora.

—Eres más alta de lo que pensé, muchacha —me dijo la voz de Adriana Yorgatos y brillaron sus ojos mientras estudiaba mi cuerpo (yo pensé que me desnudaba y me sonrojé).

—Pasa, pasa. Ponte cómoda que yo bajo pronto para empezar a trabajar.

Nunca convenimos el precio de mis servicios, pero a partir de la primera, todas las semanas me tendía un sobre con una muy generosa suma que superaba con creces mi escasa labor de secretaria.

Escuché sus pasos en el piso de arriba, me imaginé cómo se deshacía de la bata de seda y quedaba completamente desnuda ante un espejo de pie que la contemplaba con lascivia. La pensé sentada así, sin ropa, delante del tocador, peinándose la larga melena para luego maquillarse con meticulosa paciencia, como quien restaura un lienzo del Renacimiento.

Me había sumergido ya, de golpe, entre sus brazos como en un sueño.

Nunca antes me había imaginado así a una mujer. Había incluso coqueteado con hombres sin pudor. Nunca al tocarme los pechos o al introducir mis dedos entre los labios de mi sexo había acudido a mi mente la visión espectral de una mujer, aunque —ahora que lo pienso— tampoco la de hombre alguno, como si esos escarceos hubiesen sido conmigo misma.

Narciso que se mira en el ingenuo azogue de sí mismo mientras se toca y tiembla, trémulo, avergonzado.

Nada más.

Hasta esa mañana en la que yo soñé en lo que mi empleadora hacía en el piso de arriba y dejaba que un lento escalofrío lo inundara todo y se hiciera río y océano y catarata.

Adriana Yorgatos bajó, idéntica, con el mismo salto de cama pero con una caja de cartón bajo el brazo.

Se sentó a mi lado y deshizo el nudo que la ataba y sacó muchos papeles que fue esparciendo sobre el sofá con suma concentración, como quien se prepara, pensé, para afrontar los gastos de un sorpresivo sepelio.

Yo desaparecí, por un momento, de ese lugar.

Ella estaba sola, con lo suyo, con sus fantasmas, con su pasado. Dejó de sacar cartas y empezó a leer la última hasta que lo allí escrito la devolvió al territorio del desamparo. Y hubo unas lágrimas que enjugó presta y que la regresaron al espacio en donde se hallaba:

—Pero he sido una grosera, muchacha, no te he ofrecido nada.

Fuimos juntas a la cocina, preparamos té y una bandeja con galletas de mandarina que afirmó amar desde niña.

—Siempre me recuerdan a mi padre —dijo, y luego prosiguió como si yo la conociera—: las tardes de ajedrez y de poesía, cuando leíamos y le ayudaba en sus ediciones de Íbico, a las que dedicó su vida. «¿Es una pregunta?», me decía cuando yo fallaba en algún adjetivo.

Hizo una pausa y luego me inquirió:

—Y tú, muchacha, ¿sabes para qué demonios sirve un adjetivo?

IV

Alba luminosa esa primera mañana envuelta por las palabras de Adriana Yorgatos.

No mecanografié ni una línea y apenas y entreví la máquina de escribir que sería mi piedra de Sísifo alrededor de esos muros. Supe que había sido profesora en la universidad, como su padre, donde enseñaba literatura griega, pero que la guerra la había hecho claudicar de ese empeño, que había vuelto vana y absurda toda su vida anterior.

—La guerra. Todo se vuelve tan oscuro frente al amanecer que cuando la tiniebla desaparece, el sol te deja ciega. A veces para siempre.

Intuí, entonces, que había allí algo más que dolor y pérdida en su recuerdo de la guerra. Pero es una temeridad querer penetrar en el misterio. Ella calló. Y yo también.

Los muros blancos de la Casa de la Magnolia se tiñeron de sangre negra.

V

Volví a la mañana siguiente y hubo té y galletas de mermelada. Pero también trabajo. Había colocado tres paquetes de cartas en sendas pilas sobre la mesa y estaba allí la máquina; después de saludarme con una distancia que odié como se detesta la traición, comenzó a dictarme las respuestas.

—Vamos a ponernos al día, muchacha. Tantos meses siendo tan grosera con quienes me extrañan.

Me pareció petulante. Y sin embargo todo fue mecánico: yo la escuchaba y tecleaba y se iban acumulando las hojas llenas de letras sobre las páginas. No podía dejar de pensar en que era imposible que alguien recibiera tantas cartas y que se molestara en responderlas, a veces con simples fórmulas, casi repitiendo un estudiado estribillo y otras colocando aquí y allá ciertas frases de cómplice amistad.

Lo que me exasperaba era que me siguiera llamando muchacha. Que en esos dos días no me hubiese preguntado mi nombre. Me encolerizaba mi propia lasitud, mi desconocida largueza ante la mujer. Yo era más bien rabiosa, desesperada, rebelde.

Allí conocí que el amor puede hacer labor de arqueología en tu alma. Y quedan expuestos, vulnerables, los verdaderos hilos que cosen tu esqueleto con la carne. Débil como nunca me creí, la dejaba ordenarme.

Me gritó, incluso, que era demasiado lenta, muchacha.

—Me llamo Maia —le dije como quien pronuncia un conjuro.

No se inmutó.

Dio unas vueltas por la habitación, encendió uno de sus largos cigarrillos y fumó concentrándose en la siguiente frase de su respuesta.

—Hemos terminado por hoy, estoy exhausta. Puedes irte, Maia.

Había ironía en el modo en que pronunció mi nombre antes de desvanecerse como un fantasma.

VI

Y volví.

Sigo volviendo a Adriana Yorgatos como a una maldición.

¿No es una estupidez buscar estabilidad en el vértigo?

Terminamos el trabajo de responder a las dos primeras pilas de cartas y me envió al correo a mandarlas. «El tercer paquete», me dijo, «debe esperar mejores momentos». Así debía ser, puesto que no habíamos hecho otra cosa que contestar a las misivas comerciales, a los saludos y felicitaciones, a alguna esquela. Se me antojaba un trabajo rutinario, falso, lleno de la sutil hipocresía que se esconde en todo intercambio epistolar.

Entonces me descubrí a mí misma presa de una inédita morbosidad: quería hallar allí, entre la correspondencia de mi nueva amiga —¿era lícito llamarla así entonces?—, la clave de su elegante distancia frente al mundo, el origen de su secreto, el código que me permitiese entrar en el único territorio que me importaba: su corazón.

Pero en el sitio donde debió estar el músculo se hallaba un témpano.

En la primera de una larga serie de conversaciones, Adriana habló de su padre, el mismo con quien estudiaba la *Antología palatina* y jugaba larguísimas partidas de ajedrez.

—Era un hombre maravilloso, dejarlo para irme a vivir con mi esposo representó mi primer dilema moral verdadero en la vida. ¿Cómo se puede querer tanto a alguien y sin embargo estar dispuesta a herirlo por el puro egoísmo de querer vivir una su propia vida?

Me atreví a interrumpir con un lugar común:

—Pero esa es la ley de la vida, se deben dejar atrás lastres para poder volar.

Soltó una carcajada.

—¡Suenas tan estúpidamente moderna! El deseo catapulta al amante hacia dos destinos opuestos por imposibles: actuar o no actuar. Lo otro es solo grosera circunstancia, banalidad de lo contingente. Lo sabía Sófocles mucho antes que tú: naciste desgraciadamente mucho después que él.

Se hizo el silencio, no me salía palabra alguna.

—Deberías leer un poco, a tu edad es la única manera de ser sabia. O enamorarte. Es más doloroso pero más efectivo.

—Ya lo estoy.

Otra vez el silencio. No me preguntó sobre la ordinaria circunstancia de mi amor ni yo me hubiera atrevido a decirle que era de ella de quien me había prendado. Se me ocurrió entonces preguntarle por su marido.

—Somos mortales, Maia, aunque tengamos nombres de diosas. Se perdió, lo olvidé. Y luego murió en la guerra, se convirtió en número, en estadística: una más de las bajas. Sirvió con lealtad a la patria. Escueto. Los telegramas de pésame de sus enemigos a sus propios deudos habrán sido idénticos. ¿De qué bando era entonces la patria que juraban defender?

Siempre aparecía la guerra, pensé, como una mosca molesta dentro de una naturaleza muerta, posándose por igual sobre la fruta o encima del sangriento pavo pintado en primer plano.

Pero no fue entonces cuando supe que Adriana Yorgatos era pintora y que solo dibujaba naturalezas muertas.

Era solo una metáfora, una manera de comprender un mundo lejano y ajeno y otra vez lejano.

Como ella.

VII

Otra mañana, cuando ya habíamos despachado la mayoría de las cartas y teníamos tiempo de sobra para que ella me enseñase a jugar ajedrez entre recriminaciones —«¡Te falta maldad para este juego, muchacha!»—, llegué un poco antes y me introduje, como siempre, por la puerta entreabierta sin llamar. Se puso furiosa, tapó con una sábana el lienzo que estaba pintando, me gritó, me humilló, me insultó.

La había sorprendido en algo que era solo suyo y que ahora debía compartir. Me echó del lugar y yo me fui a caminar por la playa, llorando —me cuidaba ya de decir, o simplemente de pensar, algo tan trillado como «hecha un mar de lágrimas»— y así llegué al faro, un lugar al que nunca me había acercado.

Gaviotas, brisa, olas golpeando contra las piedras, mi soledad enorme, el dolor. Sobre todo el dolor, como una finísima daga introduciéndose en la piel, cortando la carne, sin misericordia.

Pero incluso así no podía ya pensar con mis palabras ni con mis propios pensamientos. Me encontré citando, de memoria, unos versos que le había escuchado a mi nueva enemiga —y sí que era lícito llamarla así desde entonces—:

—¡Estoy enamorada!, ¡no estoy enamorada! ¡Estoy loca!, ¡no estoy loca!

VIII

No fui a ayudarle al día siguiente; me quedé encerrada en mi habitación, sin comer, nada más contemplando las manchas de la humedad en el techo: sucia, despeinada. ¡Hecha una ruina!, aunque ella hubiese despreciado mi metáfora.

Entonces mi madre me subió una pequeña nota de Adriana. La había traído el mismo mandadero de la taberna de Lamprus Kusulas que le llevaba de comer todos los días.

Era escueta: «¡Perdóname, he sido una tonta!».

Pero suficiente para mí: le había ganado esa primera partida.

IX

Sin embargo no respondí ni fui a verla en dos días. Quería que sufriera por mí, que me necesitara tanto como yo a ella, que me suplicara que, por favor, no podía más sin verme.

Pero comprendí pronto que no habría más recados, ya que había roto una barrera en la fortaleza inexpugnable de Adriana Yorgatos y ahora me correspondía a mí dar el próximo paso.

—Te enseñaré mi cuadro, muchacha —dijo nada más verme, como si continuara una disculpa nunca pedida—, cuando esté terminado. Ven, siéntate a mi lado.

Me senté y me tomó las manos antes de hablar.

—Trabajaremos dentro de un rato. ¿Has pensado en lo que te pregunté hace días?

—¿En qué?

—En para qué demonios sirven los adjetivos.

—No, sinceramente había olvidado esa pregunta.

—Para liberarnos de la generalidad. Los adjetivos nos hacen únicos. Rompen las cadenas del ser, nos liberan.

En ese momento entró por la ventana una mariposa negra, enorme, y revoloteó por encima de nuestras cabezas.

Adriana se trastornó por completo, perdió su estudiada compostura, me pidió que la sacara, cuanto antes, que la apartara de su vista y de su vida.

—Pero ¡no la mates, por lo que más quieras, Maia, no vayas a matarla!

Luché con el animal por unos minutos, asustándolo y arrinconándolo hasta que lo sometí en una esquina y pude asirlo con cuidado entre mis dedos para sacarlo al jardín.

—¡Lávate las manos! —seguía gritando—. Dejan un horrible polvillo negro como polen.

Cuando terminé me pidió que la abrazara. «Muy fuerte», me dijo, y me lo solicitó con desconocida dulzura, pero con miedo.

Esa mañana me tocó por primera vez los pechos por encima de la blusa y me dio un beso muy húmedo, como el deseo, de despedida.

X

—Fue un presagio, Maia, no lo olvides.

—¿Qué fue un presagio? —fingí no entenderla.

—La maldita mariposa, ¿es que no te das cuenta?

—¿De qué, entonces? ¿Qué anuncia?

—Es una agorera de mi muerte.

Sonaba música en la sala. Era Brahms, lo supe después. Una sonata para piano dedicada a Clara Schumann.

—Era hermoso, Brahms —me dijo después de un rato de escucharlo en sacro silencio—, casi femenino. Él y Clara se enamoraron. Pero él también amaba a su maestro, a quien consideraba el más grande músico vivo. Y no podía traicionarlo. Hasta que Robert se volvió loco y lo encerraron en un manicomio.

—¡Será por haberse dado cuenta del amor de los otros dos!

—No digas tonterías, muchacha. Clara solo lo visitó dos veces en el hospital, siempre acompañada por Brahms. Deseaba olvidarse de él. Ella, que había sido mucho mejor pianista que su esposo.

Seguimos escuchando.

—Pero al menos él tuvo la sensatez de aceptarlo. Y dejó de tocar y empezó a componer. Primero para ella. Luego para los otros, para el propio Brahms que, además de ser hermoso, tenía unos dedos fantásticos que aleteaban encima del marfil. Cuando Robert Schumann murió (poseído por los demonios), Brahms se apresuró, ¿lo sabías?, para llegar al entierro y acompañar a su amada.

—¡Al fin solos! —dije, insensata.

No me hizo el menor caso. Prosiguió:

—Lo peor de todo es que se quedó dormido y se pasó de la estación de tren. Vino a saberlo unas horas después.

—¿Por qué se quedó dormido? —Al fin me había interesado la historia, deseaba comprender cómo alguien que ama perdidamente y que ha esperado tantos años pasa al fin de largo.

—Siempre, aun después de muertos, sabemos que el amor es una traición, Maia. La más terrible y suprema de las traiciones.

Me fui de allí perpleja, sin saber qué pensar. Sentía que cada una de las frases de Adriana Yorgatos sobre el amor era un mensaje cifrado para mí y que si no lograba comprenderlas, nunca podría introducirme en su mundo, compartir con ella esos días de verano que sabía cruelmente fugaces.

No hubo beso de despedida.

Extrañé el sabor agridulce de su saliva.

Y me perdí por las calles del puerto como quien busca a un muerto, como quien desea encontrarse con él de una vez por todas.

XI

Había terminado el cuadro.

Y estaba dispuesta a enseñármelo, me dijo. No antes de una pequeña ceremonia de iniciación. Me volví loca de pensarlo, imaginé la escena, me creí entre sus brazos, navegando por la superficie de sus sábanas. Pero no se trataba de eso. No me iniciaría en los misterios de su cuerpo, sino en los de su pasado, más arcanos y menos placenteros. Solo así, si ella regresaba a sus orígenes y me los develaba, podría yo comprender el empeño de su pintura.

—Solo he dibujado variantes de una misma escena, siempre. *Natura morta* en todas sus versiones.

Se trataba, me lo explicó con moroso deleite, de una reminiscencia: la magdalena de Proust, o mucho antes, la involuta de Thomas de Quincey. Un bodegón de su casa en Corfú y ella volviendo a esa isla y a esa construcción rústica cada verano con su padre.

—¿Y tu madre? Habrás tenido madre alguna vez —le dije, tuteándola por vez primera.

—Sí, tocaba el piano. Hacía largas giras por el mundo. La veía poco. Siempre en recitales. Él me cuidaba, me acompañaba, me leía. Mi madre, durante un buen tiempo, era una señora que sufría de terribles cefaleas y cuyas visitas efímeras robaban la atención de todos en la casa. Se olvidaban de que yo existía. O al menos así parecía. Menos él, él siempre guardaba algún instante, antes de dormir; o en la mañana antes de partir a la universidad. Yo era todo para él, y me lo decía. «Eres mi Afrodita», me repetía, y me colmaba de besos.

No era una confesión solamente lo que ocurría allí, entre los muros de la Casa de la Magnolia; era algo más solemne y más íntimo: me hacía su cómplice, compartía conmigo no solo las razones de su ser, si no sobre todo un lapso, acaso el único de completa felicidad.

—Luego me fui, Maia, ya te lo he dicho. Con otro hombre. Y creí que sería lo mismo que con mi padre, superado el dolor de su pérdida. Pero pronto las cosas mostraron su verdadero talante.

—¿Tuvieron hijos?

Pareció dudar, como si ella misma no estuviese muy segura.

—Sí, un hijo, Giorgos, como su abuelo. Pero también él me fue arrebatado.

No sabía si continuar: los ojos de Adriana Yorgatos se nublaron, como en un atardecer, súbitamente. Me deslicé por la pendiente de su recuerdo.

—¿Se fue con su padre?

—Su padre se fue a la guerra, ya te lo he dicho. ¿Te imaginas a un niño en la trinchera, muchacha?

Me arrepentí. Algo muy hondo se hallaba roto dentro de la memoria de mi amiga; ahora sí, ella aceptaría también el mote, estoy segura.

—Me lo arrebataron también, ya he dicho todo.

Un aroma a borrasca sacudió la habitación. Fui a la cocina a preparar más té. Me encontraba, así me sentía ya, en mi propia casa.

Avisé a mis padres y acepté la invitación de Adriana a quedarme a dormir.

—No puedo estar sola, ¿podrás comprenderlo?

Entonces me sirvió mi primera copa. Y ella hizo lo propio. Me supo amargo el whisky, sin gracia alguna que no fueran el par de hielos flotando como náufragos en medio de la malta. Me hice tonta con esa copa toda la tarde. Ella fue apurando los tragos con fruición. Pronto —habrán pasado dos horas— dio cuenta de la botella.

No tiene caso referir aquella conversación entrecortada ora por las lágrimas ora por la risa. Repitió muchas de las cosas que ya sabía de ella.

Y finalmente se emborrachó. Intentó retirarse a descansar, pero no podía mantenerse en pie. La subí como pude. Desnudé su cuerpo, casi inerme. Me extasié contemplando los lunares que salpicaban sus pechos, cerca de los pezones erectos por el frío.

No deseaba vestirla. Hubiese podido pasar toda la noche extraviada por la belleza de Adriana Yorgatos, acariciando el vello del triángulo de su pubis castaño.

—Espera, ayúdame otro poco. Voy a vomitar —me dijo.

Alcancé a traerle el bote de basura del baño. La sacudieron tres espasmos y arrojó lo bebido, salpicado de pedazos de queso y jamón serrano. Sudaba frío.

Me sentía una socorrista en medio de los Alpes. La vestí, le subí un café cargado y me quedé acompañándola hasta que se quedó dormida.

Solo entonces me arriesgué a besarla.

Sus labios secos eran los de una muerta.

XII

Me fui a la habitación de los huéspedes luego de comprender que yo también estaba exhausta y que no tenía caso quedarme a verla dormir. Algo beatífico había suavizado sus rasgos: incluso los altos pómulos se habían tornado de arena, como móviles dunas en medio de la tremenda belleza de ese rostro esculpido por los dioses para el amor.

Y para la desdicha.

«Será de piedra quien pueda resistirse a ti», le dije a Adriana antes de dejarla en su mundo onírico, pero sé que no me escuchó.

XIII

Me despertó muy temprano con una bandeja en mi cama.

—Pobrecita de ti, Maia. Padeciste mi tristeza, déjame compensarte.

Se metió debajo de las sábanas, colocó la charola entre las dos y me preparó un café. Todos los olores de ese desayuno, mezclados, vienen a mi mente como si hubiese ocurrido hoy mismo: el jugo de naranja recién hecho, la mantequilla y la mermelada de arándanos sobre el pan tostado, el café con leche sin azúcar.

—Parecemos dos viejas cómplices —lo dijo así y me encantó su voz pronunciando ese adjetivo que me liberaba, me hacía única, le prestaba unas hermosas aunque frágiles alas a mi ser, hecho de tierra.

La contemplé, etérea pero firme como un trozo de granito. Me devolvió la mirada con una sonrisa y retiró la bandeja para volver a acostarse a mi lado.

Suspiró. Suspiré. Suspiramos.

Transcurrió un minuto quizá, pero tuvo el peso de un siglo. Yo veía su seno izquierdo bajar y subir, alisando el camisón de seda, e intuía el pezón como quien imagina el paraíso pero no se atreve a romper el efecto del conjuro.

¡De qué dura materia puede estar fabricado el silencio!

Me arrojé al precipicio.

Con una mano temblorosa, de adolescente, mojada de sudor y de deseo, casi alga, tomé su pecho, acaricié el pezón, acerqué mis labios dispuesta a perderme en la fruta madura.

—No puede ser, muchacha —me dijo, pero era como si me escupiera la cara—, no estoy para estas cosas. No ahora, al menos.

Solté la carne, no de golpe, sino como si me desprendiera de mí misma.

—Me causas dolor siempre que te veo y te amo cuando estoy lejos de ti, Adriana.

Y entonces fui vendaval, tornado, huracán.

Me volví de la misma sustancia que el viento: invisible.

Desaparecí.

XIV

Pero el aire se condensa. Y de nuevo se vuelve agua.

Lloré cerca del faro y en la playa, y dentro del mar, para no probar más el sabor de mis lágrimas.

Todo se había acabado, era la culpable de perderla para siempre. ¡Con qué cara iba a volver a la Casa de la Magnolia!

Tal vez el dolor no se ha mitigado desde entonces; esa mañana descubrí que el ser amado huye siempre, se da la vuelta, abre los brazos, escapa.

Pero, aun así, era yo la que había provocado su rechazo. Nada en Adriana, lo supe con toda su fuerza entonces, había propuesto ese acercamiento. Yo me había aprovechado de su pena, de la fuerza de su recuerdo para acercarme a ella. Había aguardado, como un cazador astuto, el instante de mayor vulnerabilidad para herirla.

Y era de muerte.

Volví muy noche a casa, exhausta, destruida. Y tomé por primera vez un libro entre mis manos que no fuera del colegio. Un libro de Adriana Yorgatos, por supuesto.

Y se hizo el invierno.

XV

Otro recado, dos días después, me hizo volver a la Casa de la Magnolia. Era menos lacónico que el primero: «¡Regresa!, es escaso el tiempo. Te necesito, Maia».

Los brazos de Adriana estaban llenos de manchas azules.

—¿Qué te pasó? —grité—, ¿qué tienes?

—Nada, tropecé por la escalera. Eso es todo.

—¿Y por qué te has puesto así?

—Se llama hemólisis y no duele. Es solo un mal en la sangre. Así como ha aparecido se irá. Significa simplemente que debí haber tenido un hermano gemelo o gemela y algo falló allí del todo. Tal vez es lo que he estado buscando todos estos años, mi andrógino. Real, el hermano que genéticamente debí tener.

Besé sus brazos heridos.

—No seas tonta, de verdad que no es nada. Vamos a trabajar de nuevo, necesito que acabemos las últimas cartas.

Al fin, me dije, la tercera pila, la personal. Allí descubriría a Adriana.

Era vana la idea. No había parientes cercanos, ni siquiera una rival, alguien por quien celarla. Dos amigas muy queridas fueron las primeras a quienes respondimos cartas nada especiales. Luego un hombre, un primo lejano que vivía en Estambul y prometía visitarla en diciembre para llevarle unas fotos de su padre que, sabía, le serían muy gratas.

Suspendimos la labor para comer.

—Te he hecho musaka, Maia. Hoy no comeremos lo que traen de la taberna.

Me agradó el sabor de la berenjena, el sabor de la carne de cordero, las tres o cuatro copas de vino tinto. Ahora era yo la achispada, pero no tanto como para saber que era tiempo de partir, que no deseaba volver a cometer una tontería.

Esta vez fue ella quien lo propuso.

XVI

Es condición del agua abandonarse a la corriente, seguir el lecho del río. Es condición del agua, también, llenarlo todo a su paso.

Todo.

XVII

El tacto sustituyó a la imaginación. Se sucedieron días de sabia paciencia en los que aprendí, más allá del ímpetu inicial —es condición del fuego consumirse, agotar torpemente la llama— a conocer los tiempos de mi cuerpo, un reloj que ignoraba hasta entonces.

Inútil la piel y sus pliegues.

Adriana Yorgatos, en cambio, sabía que el amor es siempre pasajero, y se entregaba con deleite pero sin prisa a la tarea de explorarme, de clasificar los accidentes de mi orografía.

Un día con los dedos, otro con la lengua, otro más enseñándome que hay más de un abismo en el cuerpo por donde se escapa la vida.

Porque aprendí que se puede morir varias veces la misma muerte.

No todo era intimidad, por supuesto. Me dejaba verla pintar una nueva versión de su imagen fija, ahora una hermosa ave, todavía sangrante sobre el plato y algunas frutas caídas, como por descuido, del paraíso.

—En el paraíso no hay libros —me dijo un día, por lo que había suspendido sus lecturas.

Y hubo una noche en que volví a quedarme a dormir, y ella bajó otra caja de cartón y me enseñó sus fotos.

Giorgos, su padre, era hermoso como un efebo. Idéntico a ella, se diría el hermano gemelo que nunca tuvo pero cuyo cuerpo estaba preparado para conocer. Había fotos de su casa en Corfú. De la madre en un recital en París, del esposo y ella el día de la boda.

Ninguna del hijo.

Ninguna imagen recordaba allí su existencia.

No dije, entonces, nada sobre él.

—El soldado. El gran soldado —dijo mientras sostenía la imagen del esposo en otra instantánea de antes de partir a la guerra.

»Todas las guerras son estúpidas, Maia, pero las guerras civiles son doblemente estúpidas. Son hermanos quienes se asesinan.

»Mi padre siempre odió el desorden como a una peste. Detestaba a la gente que revolvía en sus cajones para encontrar sus pertenencias. Decía que su cerebro estaba igual. "¿Cómo hallar algo allí, si para ellos mismos es imposible?", vociferaba. Pero mi padre nunca alzaba demasiado la voz. Era un hombre que apreciaba, por encima de todas las cosas, su mundo interior. Era lo que puede llamarse un hombre privado. No encerrado en sí mismo, ni solamente reservado, como se dice. No había secretos en él, era solo que una esfera de su ser era solo suya y en otra solo cabíamos él y yo. Un día me dijo que estaba preocupado por mí. Ni siquiera esa pena quería causarle; le dije que estaba bien, que no se preocupara. "Es por tu madre", me respondió. Sé que la odias y eso no es bueno. Solo entonces me di cuenta de que era cierto, de que odiaba a mi madre por encima de todas las cosas. "Debes aprender a perdonarla, porque si no te harás un daño enorme". "¿Perdonarla de qué?", le pregunté entonces, Maia, porque yo misma no quería saber de qué demonios la culpaba. Yo vivía encerrada, con cadenas y candados, tras una poderosa reja. Lo supe entonces. Y estuve a punto de volverme loca. Y no lo sé aún, ¿me entiendes?

—¿No sabes de qué la culpas?

—Es peor aún, no sé de qué perdonarla.

XVIII

Ahora me pregunto, también, si el hecho de no haber podido olvidar a Adriana Yorgatos se debe a que no he sabido de qué perdonarla. Pero es muy temprano para ir por allí. Baste decir que nunca he comprendido lo que significa mi vida porque nunca he sabido cómo salirme de ella.

La culpa es también una larga penitencia.

XIX

Rompimos la rutina esa tarde, por eso la recuerdo. Me pidió que saliéramos a caminar por la playa. Se puso un largo vestido de lino, blanco como la luna, que no tardó en aparecer iluminando sus ojos.

No he hablado de los ojos de Adriana Yorgatos porque las palabras les son insuficientes. «¿Alguien puede ver desde un azul tan transparente?», me dije al verla por vez primera. Miraba muy dentro, como si tuviera un terrible microscopio de disección, lo sé muy bien.

Llovió esa noche y llegamos hasta el faro. Nunca la había visto fuera de la Casa de la Magnolia, era un espectro recortado contra la oscuridad. Las olas se afanaban, inútilmente, para romper el encanto.

—Los días son largos, Maia. Demasiado largos para mí. Y aun así no deseo que termine este verano.

—Yo tampoco, Adriana. Para mí los días son cortos, se me van como agua.

—¿Dónde aprendiste a usar tantas frases hechas? El agua puede estancarse y huele a podrido. Eres demasiado joven y yo demasiado vieja, debimos saberlo a tiempo.

—¿No lo sabías? —Probé a herirla, insensata como siempre.

—Eres igual a todos, nunca escuchas con atención. —Era ella quien me hundía un escalpelo: yo era única, debía serlo siempre para ella.

—Discúlpame —cedí a mi orgullo.

—¡Solo por hoy! —bromeó mientras me tomaba de la

mano y caminábamos pisando la espuma de las olas recién reventadas. Dije entonces otra frase hecha:

—El mar me fascina, me atrae, como si no tuviera fin.

—Y lo tiene, como todo.

Me derretí, de cera, frente a sus palabras. Me sentí idiota, una niña imbécil enamorada de una mujer mucho más sabia, mucho más vieja, mucho más mujer.

Nunca más yo misma.

XX

En el momento más racional del enamoramiento, el amante sabe que desea al amado. Pero en el momento más irracional, en el del deseo más extremo —¡arrebatado!—, el amante sabe qué dura, qué difícil es la confrontación con el amado, aun a la distancia: lo desnuda, lo revela en toda su indefensión, en su nada. El amor es la forma más lenta de aniquilación.

¿Cómo ser mirado por quien me ama sin que me destruya, me fulmine?

Eros, hubiese dicho Adriana Yorgatos con su pasión por la etimología, es deseo, pero sobre todo ausencia: es deseo de lo que no se tiene.

XXI

Y yo creía tenerlo todo con ella. ¿Por cuánto tiempo?, no dejaba de preguntarme en mis escasos momentos de lucidez.

Si realizo el deseo seré destruida por él, para siempre. Eso lo sé ahora, tantos años después, lo sabe mi piel, lo saben mis huesos, lo saben mis labios. Lo conoce mi alma: nunca he vuelto de ese viaje.

XXII

Pero esa noche solo estaban la luna y el vestido blanco de Adriana Yorgatos. Todo lo demás no existía. Y si la naturaleza no tiene un guion, la imaginación lo posee de sobra. Y con la imaginación llenaba yo entonces los huecos que mi escasa conciencia dejaba ya en mi amor por mi amiga, la amada.

Todos los amantes sienten que inventan el amor, que por primera vez están viviéndolo en todo el universo, a través de los tiempos. El amor es siempre banal cuando ajeno, pero esencial cuando propio. Nadie, además, cree que su amor terminará algún día: inconscientes del tiempo, los amantes no hacen, sin embargo, otra cosa que esperar.

El tiempo del amor es el tiempo de la espera.

Todo eso me iba yo diciendo de la mano por la playa con mi amiga. Ella entonces se refirió a una triada celta:

—Tres sonrisas que son peores que la angustia —me dijo mientras me besaba en una escena de película, con la luna enorme, escenográfica, en el fondo del mundo—: la sonrisa de la nieve que se derrite, la sonrisa de tu mujer tras haberse acostado con otro, la sonrisa de un perro que brinca.

—¿Por qué me dices eso? —le pregunté, como si sus palabras produjeran un tajo en el oscuro telón de la noche.

Me respondió con otro beso, más prolongado. Y seguimos nuestro paso cansado hasta la casa.

Avisé a mis padres que me quedaría en casa de Adriana Yorgatos todo el verano, les dije que era la única manera de terminar con el trabajo que me había encomendado. No me reprocharon nada.

Esa noche, sin embargo, ella decidió que dormiríamos separadas. Pensaba que es mejor buscarse, necesitarse, que aburrirse de la presencia del otro.

—Hay que preservar la intimidad, es un tesoro demasiado preciado para desperdiciarlo. ¿Hasta dónde resiste el pudor, además? Es mucho mejor que ciertas áreas del cuerpo y sus excesos sean siempre tuyas. ¿Hasta cuándo resistirán tus intentos, Maia, la necesidad de aventar al aire una flatulencia? Tarde o temprano perderás esa exquisita liviandad, dejarás de buscar agradarme. Y yo también.

Las sábanas me parecieron especialmente húmedas, frías.

Todo volvió a ser oscuro.

XXIII

Ya en la madrugada la recibí entre mis brazos, fue nuevamente huésped de mis caricias, de mis afanes inútiles por hacerla mía cuando, allí, sudorosa y exhausta, era mucho más suya que nunca.

—Lisias, un terrible sofista, pronuncia alguna vez un discurso que sobrecoge, Maia. Dice allí con vehemencia (y enumera con inusual denuedo las razones de su elección) que es mejor para el joven ser amante de un hombre mayor que no lo ame. El amado niño, *paidika*, debería tener un compañero erótico, nunca un amante, pronuncia Lisias, el cruel. ¡Pero es tremendamente cierto! Bien haría yo en no enamorarme de ti para que así puedas aprender de mi vejez y luego correr sin remordimientos fuera de mi cuerpo ya amarillento y manchado de bilis. El deseo es enemigo del tiempo, no puedes intentar comprenderlos a ambos.

Tan típico de Adriana Yorgatos que me sonrío al recordarlo ahora, tantos años después, finalizar una serie de orgasmos con una referencia clásica, el único mundo —el de su padre, Giorgos—, que le era verdaderamente propio. En el que se sentía a sus anchas.

Le dije, sin embargo, que no la comprendía. Me perturbaba tanto que se hiciera la fuerte, la lejana, la impasible.

—Es mejor entregarse totalmente, Adriana, dejar que el alma siga al cuerpo en su carrera loca tras el amor. ¡Yo te amo!

—Vanidad, eso es todo. Amas al amor. Amas el placer erótico, los goces de tu cuerpo que se convierte en jardín y florece y se marchita y canta y llora al mismo tiempo. Amas la deliciosa ambigüedad del amor que lo mismo te sostiene que te obliga a caer sin paracaídas. Amas la Maia en la que te has convertido: ¡una desconocida!

—Te amo a ti, Adriana, no digas tonterías. Y te odio cuando me lastimas así. Eres tú, no mi cuerpo, lo que deseo.

—¡No te engañes, muchacha!

—No me llames muchacha, por lo que más quieras. Tengo un nombre.

—Para qué discutir contigo, Maia. —Nuevamente la ironía, el tono insoportable—. No entiendes nada. O lo entiendes todo y lo único que ocurre es que tú ves la vida desde su inicio y yo desde su fin. ¿Te parece poca diferencia?

Rio, como si hubiese descubierto una verdad universal, una ley de la física, la maldita gravedad. La detesté, quería que se fuera de mi vista. Me desagradaba su desapego.

¿Para qué amar —me decía ingenua—, si se va a estar pensando en que todo terminará tarde o temprano? Me parecía que ella era la estúpida.

Ahora sé, por supuesto, que la ansiedad es el presente perfecto del deseo. Y que ella tenía razón. Pero entonces me dio rabia, una ira como un escalofrío me recorrió el cuerpo, cubriéndolo de espanto: ¿eso era el amor, un pequeño instante de placer y largas horas de reproche?

Se fue depositando una serie de besos sobre mis párpados, en una curiosa ofrenda.

No pude dormir nada.

XXIV

Pero los sobresaltos se compensaban con la tranquila cotidianidad de la palabra. Como en el principio, en medio de esta historia las palabras hacían el resto.

Largas conversaciones llenaron de dudas y afianzaron mis certidumbres. Éramos de pronto dos viejas amigas que se cuentan sus vidas solo para corroborar que ya las saben. Mi pasado, mucho menor y sin ninguna relevancia, surgió de golpe, lo narré en una sola sesión, de corrido: antepasados, cómo se conocieron mis padres, mis hermanos.

Una infancia sin atropellos, con pocas anécdotas dignas de mención. No sé qué escritor dice que lo único que importa en la vida de un ser humano es lo que ocurre antes de los cuatro años. Si fuese así entonces mi vida sería una línea recta, corta distancia entre dos puntos: nacer y morir.

No me ocurrió nada, nada pasó antes de Adriana Yorgatos.

Si no fuera una temeridad me atrevería a decir que tampoco después de ella pasó nada.

Mi vida reducida a la intensidad de un único verano.

XXV

Tuve un sueño. Era mi propio entierro. Había mujeres vestidas de negro, niños jugando. Lágrimas. Y yo descansaba dentro del ataúd con todos los elementos del ritual: cirios, una corona olorosa y marchita; un cura, incluso, confortaba a los dolientes.

Y allí, en medio de ese cuarto, Adriana.

Sin lágrimas, más bella que nunca, con su vestido de lino blanco y una *pashmina* de seda igualmente blanca, colocada debajo de los hombros, transparentes como de recién nacido: inmaculados.

Me miraba entonces, dentro del ataúd (yo con los brazos cruzados; nunca he entendido para qué colocan los sepultureros a los muertos en esa posición incómoda), y me hacía un guiño coqueto, como si no le importara mi muerte. Burlándose también de eso.

Pero comprendía pronto la razón de su alegría: ella estaba muerta, también. Me venía a buscar desde el otro lado para que juntas subiéramos a la barca de Caronte.

Y era feliz haciendo ese papel de guía, de Virgilio, como le hubiese gustado decir.

Pero lo que me provocaba más miedo, casi pánico, era que yo no deseaba estar muerta en ese sueño, quería seguir viva. ¡Prefería la vida a acompañarla al inframundo!

Estaba segura que ese era el lugar que nos correspondería para transitar la aburrida eternidad.

Yo quería vivir.

Entonces desperté y fui a verla. Estaba dormida como un bebé: sin hacer ruido, como si una paz completa la invadiera. Igual siempre: nunca roncó, nunca la vi emerger, sofocada, de una pesadilla.

El sueño era absolutamente reparador y amanecía siempre de buen talante, sin el mal humor común a varias de sus otras horas.

Era feliz al despertar.

El transcurrir del día, en cambio, la trastornaba.

Yo, una insomne, sé, en cambio, que la dicha me ha abandonado una vez que pongo la cabeza en la almohada.

Viene la larga espera; nunca se sabe cuándo, por cuántas horas, se conciliará el sueño.

El insomne es un desesperado, solo porque sabe el peso de la espera. Quien puede, en cambio, conciliar el sueño con facilidad es paciente, no sabe lo que significa perder los estribos en medio de la noche, cuando el más mínimo ruido te electrocuta y hace infinitas las horas hasta el amanecer de un ¿nuevo? día.

Pero en realidad lo que me preocupaba del sueño —lo supe al regresar a mi recámara, después de un vaso de agua— era que la vida se me figuraba más importante que el amor. Prefería perderlo a morir.

Me dije que no era así en realidad, que vivir sin ella podía ser como estar muerto y que no valía la pena.

Me repetí todas las mentiras que se dicen los que aman.

Empezaba a clarear cuando al fin pude cerrar los ojos.

XXVI

¿De cuántas acciones está hecha una vida? ¿De cuántos hechos? ¿De cuántos sucesos? Muy pocos, a decir verdad. Todo
lo demás es un ir y venir sin sentido en el que se gastan las
horas.

Se entra. Se sale.

Nada más.

Un telefonazo, quizá, de vez en cuando, que te recuerda
que hay algo allí afuera, que eres recuerdo, vaga memoria.

Luego ceniza.

XXVII

¿Y cuáles son las cosas que importan? ¿Las esenciales? Un atardecer en la playa, una cabalgata en caballo, el amor que nunca se termina, ni se corrompe, ni se aniquila. El nombre de una mujer pronunciado como oración.

Todo lo demás es accesorio: la taxonomía de las aves y sus géneros, familias y especies. Los nombres de los partidos políticos, la puntualidad, el temor a la altura.

Muchas más, tan banales que sería aún más banal enumerarlas aquí.

XXVIII

De todos esos días del verano, sin embargo, hubo uno; de todas las horas de ese día, hubo una; de todos los minutos de esa hora, hubo al menos uno por el que todo, absolutamente todo, se recompuso.

Ella me desnudó como si desvistiera una estatua, bajó por mis pechos y se detuvo en mi entrepierna.

Su lengua, sabia, abrió mis labios, humedeció el lugar, rodeó el clítoris.

Dos dedos se hundieron dentro de mí; se movían y nadaban y eran pinceles pintando una nueva Altamira en mis profundidades: un enorme mamut cazado por seis hombres y sus lanzas.

Una mujer que prendía por vez primera el fuego.

Y todo se reducía a Adriana encima de mí, su cabello ocultando el rostro, esparcido, como una cascada por su espalda. Y luego su cintura y las nalgas y la hendidura por la que yo también deslizaba mis dedos, sin otro ritmo que el impuesto por ella dentro de mi sexo.

Mojé mis pezones. Solo tocarlos provocaba una descarga eléctrica.

Y de pronto ya no estuve allí, en ese lugar. Ni Adriana ni su cabello ni sus nalgas perfectas y redondas como duraznos maduros.

Era otra tarde, lejana, en casa de mi abuela, y yo tomaba pastel y ella me contaba un cuento y me dormía con ternura, acomodando las sábanas para que no me diera frío.

Otro espasmo. El cuerpo se ondula. Un dedo, travieso, que se hunde por detrás: oficia Adriana Yorgatos, sacerdotisa del amor en todos los altares de mi cuerpo.

Me voy. Me vengo.

Una, dos, tres veces.

Luego no hay nada: un vacío silencioso, la sensación de un supremo cansancio, el aire que se escapa de los pulmones y hace falta.

Y otra vez el cuerpo perfecto de mi amante y sus manos de amiga que se trenzan en las mías y me dicen que no me vaya.

Que nunca he de irme.

XXIX

De días sin cambio estuvo hecho casi un mes del verano. Luego todo se volvió sombrío. Las cosas dieron un giro inesperado: Adriana Yorgatos se sumergió en el más negro sol.

Y todo se oscureció de golpe. ¡Fría tiniebla que todo lo corroe con su aliento de fin de crepúsculo!

Atardeció, de pronto, entre las dos. Ninguna supo qué hacer.

Y fue de golpe, sin aviso para ponerse en guardia. Una mañana amaneció nublado. Adriana me llamó a su habitación y me dijo que no se levantaría, que mejor me fuera, que no deseaba importunarme con sus cosas.

—Tus cosas son mis cosas, lo que te pase me afecta. ¿Qué tienes? ¿Quieres que llame a un doctor?

—No se puede administrar un fármaco a quienes ya perdieron la vida.

No podía yo saber que estaba citando. Que allí, de nuevo, la poesía encarnaba en realidad el fantasma de su padre.

—¡Estás radiante, Adriana, en tu plenitud!

—También puede llenarse un cuerpo de desperdicio. Déjame en paz, por favor. Si no quieres irte está bien, pero vete de mi cuarto, déjame sola.

Le preparé un desayuno que rechazó.

Más tarde un té que no tocó en todo el día.

Le quise subir un poco de comida; estaba aún caliente tal y como la había traído el muchacho de Lamprus Kusulas. Me previno: no pensaba comer nada.

Por la tarde le llevé un vaso de agua que pidió a gritos, como si se estuviera ahogando. Lo apuró de un trago, pero tampoco parecía calmarle un fuego interior que le quemaba.

Se quedó dormida al caer la noche. No supe entonces que gracias a una dosis demasiado grande de fármacos. Cantidad que repitió para encontrarse en duermevela, sin regresar del todo a la vigilia, durante toda la semana.

Me iba preocupando poco a poco, pero no se me ocurría hurgar en sus cajones. Nada me hacía sospechar de las pastillas.

La veía adelgazar, consumirse, arrojada a las aguas profundas de su melancolía.

El domingo me pidió que le subiera sus lienzos, las pinturas.

Me pareció un síntoma inequívoco de mejoría. Me alegré como ante el nacimiento de un hijo. Presta, atendí sus súplicas y le preparé un pequeño taller frente a su cama.

Se encerró.

Dos días, con sus noches. Sin hablar, sin pedirme nada, ni agua, ni comida, ni palabras, el alimento preferido de Adriana Yorgatos.

De vez en cuando tocaba a su puerta, le preguntaba si se le ofrecía algo solo para saber si seguía bien.

«No molestes», me decía. Una y otra vez: «No me perturbes, quiero estar sola, déjame en paz, ¡qué no entiendes!».

Y me herían sus palabras y su dolor y su encierro.

Iba muriendo yo también poco a poco, en un lento suicidio. No más cobarde que el fulminante, al contrario: se necesita valor para dejarse morir: nunca se sabe cuándo será el último día.

XXX

Las tardes a las tardes son iguales.

Cuenta San Jerónimo la triste historia del poeta Tito Lucrecio Caro, aquel que nació y tiempo después se volvió loco al ingerir una poción de amor. En los escasos intervalos de lucidez en medio de su arrebato escribió varios libros que compiló con esmero Cicerón. Murió por su propia mano a la edad de cuarenta y cuatro años.

Nada más elocuente que su historia de amor para referirme al lapso —brevísimo— de lucidez plástica de Adriana Yorgatos en medio de la más profunda desazón. En tres días de furia pintó un óleo terrible y hermoso, su último cuadro, en el que la consabida naturaleza muerta se encuentra contaminada por la presencia de un libro extraño, *De rerum natura*, del propio Tito Lucrecio, el poeta enamorado y loco que se quitó la vida presa del peor de los furores, el enamoramiento.

Nada empequeñece tanto a un ser humano como saberse no correspondido, por eso en el libro cuarto de ese volumen que salpica de vida la pintura de mi amada —ella sabía que ese apelativo le era propio desde siempre, desde que la miré por vez primera emergiendo de la sombra del pasillo de entrada de la Casa de la Magnolia, pálida y espectral como un recuerdo imborrable—, en ese fragmento de su larga reflexión sobre todas las cosas, el poeta ataca sin misericordia al amor.

No porque no lo entienda, solo porque le duele.

Y Adriana no podía haber pasado por alto que el poeta, después de haber contado la historia de la desilusión erótica, inmediatamente discuta a profundidad el deseo femenino, aunque de él sepa más bien nada.

Los animales, dice el atormentado Lucrecio, solo pueden sentir placer —*lepos*— gracias al contacto de sus cuerpos. Nosotros, en cambio, lo encontramos en las palabras y en los pensamientos.

Las palabras son aparejos más heroicos que las armas.

XXXI

No de otra sustancia está hecho el deseo que de vacío, de ausencia.

Es también lo que nos acerca, en su más puro estado, al *more ferarum*, como Adriana Yorgatos gustaría decir, al modo de las bestias.

Las diosas como ella, en cambio, no tienen más alternativa que vivir dentro de sí mismas.

Solas.

Todo contacto humano termina por contaminarlas, es una mancha indeleble, más azul que las heridas subcutáneas causadas por la hemólisis.

Todo lo humano les es ajeno.

XXXII

Salió del cuarto presa de una exaltación mayúscula. Nunca la había visto así, vehementemente débil, viva:

—Tienes que ver el cuadro, Maia. Lo he terminado al fin.

La melena revuelta, los ojos perdidos, las ojeras profundísimas. Había estado, era claro, del otro lado.

Y lo que había visto no era del todo descorazonador.

Miré su *Natura morta* de la misma forma en que la estoy contemplando ahora: extasiada.

—Es bellísima, terrible.

—Lastima y deleita, ¿no crees?

—Me encanta. No sé decirte más.

—Es tuyo. Te lo pinté a ti. ¿Ves el libro? *La naturaleza de las cosas*, de Tito Lucrecio Caro. Él, como yo, odiaba el amor solo porque lo temía.

—Te quiero, Adriana, te quiero.

—Cuélgalo en tu habitación, luego lo enmarcaremos. Llévatelo ahora; voy a dormir, ¡estoy muerta!

Parecía una descripción literal de su semblante.

La besé. Nos besamos. Su lengua y la mía como dos hermanas, abrazadas, húmedas.

Sus pechos fríos tocando los míos.

Su vientre liso, los brazos delgadísimos.

El abrazo fue prolongado: hasta el hielo y la cera se derriten de vez en cuando.

XXXIII

La naturaleza de las cosas… Así podría llamarse también esta historia, si acaso yo tuviese una explicación de cómo ocurrieron, de por qué fueron encadenándose así, en una espiral de desasosiego.

El periodo de exaltación duró tres días: Adriana Yorgatos era un volcán en erupción. Y había lava y fragmentos de piedra volcánica incandescente volando por los aires.

Fue entonces cuando adquirí plena conciencia de mí misma, de mí misma en medio de todo lo que ocurría allí dentro, en la Casa de la Magnolia. Como si la euforia inexplicable de mi amiga me sacara al fin del teatro en el que estaba desarrollando esa pieza esquizofrénica.

Duró unas horas, es cierto, pero fui espectadora y no actriz central en el drama. Y se sentía bien.

No podía haber sido en medio de lo gris, de la quietud y el silencio de los días anteriores.

Una fina lluvia caía sobre el puerto cuando me di cuenta al fin que allí iba a ocurrir algo y que yo no tendría valor para hacer nada.

Salí de casa. En el camino regresé a mi pueblo, a sus angostas calles, a la neblina que todo lo cubría como una pátina de olvido. Un perro pasó a mi lado, ondulante, con la vacilación de un borracho. Parecía mirarme con compasión desde su mundo de perro, como si supiera algo. Luego gimió y siguió de largo, entre desdeñoso y suplicante. Me miré en la imagen de ese perro: anodina, desechable. «Adiós, Maia», y todo se desvanece como en un sueño.

O en una pesadilla.

Miré el mar, tan poco azul a esa hora, como si se arrepintiera de ser mar. Un pájaro anunciaba su regreso a los acantilados de la isla de enfrente como quien predice el nacimiento de un hijo que siempre emergerá furioso y lleno de espasmos, temblores en una oscura e inevitable maldición a su progenie.

Entonces me di cuenta, de golpe: las calles estaban solas, el puerto vacío como si una súbita migración lo hubiese despoblado. Habrá sido la hora, pero me pareció que Adriana Yorgatos y yo estábamos irremediablemente solas, las últimas de una especie; dos que han decidido permanecer atadas al mástil en medio del naufragio.

Del Apocalipsis.

Fui a la carnicería, quería preparar unos filetes a la pimienta. Un aliento a muerte me contuvo antes de entrar, una especie de hedor tal vez imperceptible en otro momento me hizo percatarme de la condición de extraña invitada a un rito del que se desconoce el propósito, en el que se participa porque uno llegó a la mitad y el oficiante no quiso interrumpirse. Me faltaría siempre una llave para entender las extrañas hebras que tejían nuestras vidas, la mía de forma indiscutible, aunque no lo aceptase.

¿Qué había ocurrido? En esa fétida carnicería con su aliento de infierno ¿qué había yo sentido al fin, haciendo surgir de dentro de mí esa cosa extraña que se llama conciencia y que nos impide vivir?

Todo había cambiado, sin embargo, y en lugar de la felicidad se apoderó de mí la angustia.

Me había sido encomendada, así lo sentí, la custodia de un tesoro demasiado preciado y no tenía arma alguna para la empresa.

¿Qué se rompió? ¿Qué rompí, entonces?

Llegué a casa en medio de unas náuseas terribles, tambaleante, apoyada en las paredes. Me dolían los ojos y la cabeza estallaba. Aun así entré en la cocina, iluminada por el sol tenue de la tarde lluviosa, llena de rincones de sombra, y preparé la comida.

Todo cobraba un sentido inédito: el borde de un plato desportillado, un tenedor sucio en el fregadero, el filo romo de un cuchillo con el que intenté cortar el pimiento.

Entonces me percaté, fue como una iluminación: yo misma estaba componiendo una naturaleza muerta, solo que no con pinturas, sino con los elementos del guiso. Y además en la carnicería había estado en contacto con esa imagen obsesiva de la infancia de Adriana.

Me recorrió una arcada, pero contuve las ganas al final y apuré un vaso de vino tinto, al que en tan poco tiempo ya me había aficionado.

Después de guisar salí al jardín. Los árboles cuchicheaban sobre mí, los podía escuchar, a los muy mustios, encima de mi cabeza, moviendo sus ramas en señal de reprobación.

Me sentí culpable, como un criminal que solo espera a que, inevitablemente, vengan por él y termine todo.

XXXIV

Tres noches duró el relato de Adriana Yorgatos y, a diferencia del mío, el suyo cubrió los dos años de la guerra. Aun así, me dijo, no podría decirme todo.

Nunca lo diría todo.

Al inicio, cuando su esposo se fue al combate y ella se quedó sola con su hijo, me contó, sintió un gran alivio, como si todos los lastres que la ataban a la tierra fuesen arrojados al unísono y ella al fin reemprendiera el vuelo. La guerra era una referencia y empezaba a sentirse en la escasez de comida, pero aún se libraba en el frente y no alcanzaba a la ciudad con su ola de destrucción y muerte. Ello le permitió conocer realmente a Giorgos, ir a ver al padre, después de largas caminatas, y ayudarlo en algunas traducciones: para el filólogo, encerrado allí entre sus libros, tampoco había conciencia de las bombas y de los ataques aéreos que ya empezaban a asolar algunas regiones.

Ese tiempo inicial fue lo más parecido a la felicidad.

—¿Te imaginas, Maia —me decía, alarmada aún—, en medio de la destrucción el grado de estupidez al que puede llegar alguien? O de inconsciencia. Pero pronto la muerte te sacude. Y de golpe comprendes que todo ha cambiado. La guerra todo lo trastoca, hace bueno al malvado, beatifica a la puta, premia al traidor, condena al inocente. Un día vi morir a una mujer acribillada por una ametralladora cuando cruzaba la calle: cayó allí fulminada y los soldados la pisaron, ignorándola, mientras seguían su paso. ¿Les estorbó, tan solo, y la desaparecieron? Allí iba ella, con su bolsa del mercado, en un día normal, como cualquier otro que habría de ser el último. No hay manera elegante de encarar la guerra, Maia; lo pierdes todo, incluso la dignidad.

Se detuvo. Pensó lo que me estaba diciendo y rectificó:

—De hecho lo primero que pierdes es la dignidad.

Estábamos acurrucadas en la cama —su cama—. Había decidido que era mejor que estuviésemos juntas el poco tiempo que nos quedaba antes de terminar el verano. Adriana Yorgatos me acariciaba el pelo como a una hija. Yo tenía la cabeza en su regazo, así que no podía ver su rostro. Las palabras me llegaban así, con el tono y el timbre roncos de mi amiga como de un pasado muy lejano.

Oscuro y profundo, nunca luminoso.

Yo quería poseer ese pasado. Era mi única arma: su memoria, las palabras.

—Un día allanaron la casa. Buscaban papeles, libros, lo tiraban todo a su paso. Eran tres soldados, jovencísimos, casi unos niños, pero armados. Gritaban insultos, me ensuciaban con sus gritos, me salpicaban de mierda, Maia, y a mí solo me salían gritos y lágrimas, el pánico te enmudece. Lo intentaba, pero nada. Otro aullido, más llanto. El que parecía ser el jefe se desesperó y me abofeteó; todavía me duele esa cachetada. «Deja de gritar, mujer, que te vamos a matar», me decía. Yo deseaba que se fueran, que no viesen al niño dormido en la otra habitación, pero mi estupor me impedía la calma. Tenía sangre en los labios, me los había roto el soldado. Lamí la sal. Algo que no era la cara me dolía. Entonces el otro, el niño, me arrancó la blusa, levantó la falda y se abrió la bragueta.

—¡Por Dios, Adriana!

—No me interrumpas, Maia. Lo que cuento, lo sé, no es más que una historia muchas veces contada y vivida. Pero cuando te ocurre a ti es tan terrible como si fueses la primera mujer violada en una guerra. Introdujo el miembro e inició un movimiento torpe, que no podía provocarle excitación, pensaba yo. Era solo una descarga de rabia, de coraje. Yo no era una mujer, ni siquiera un cuerpo; era el enemigo y una forma de mostrar su poderío consistía en destruirme allí con sus embestidas de semental furioso. Como no se bajó los pantalones, el cierre me raspaba, me rasgaba la piel que me ardía más que su miembro. Luego tembló y vi sus ojos. ¡Estaba asustado, Maia, te lo juro! Lo hacía solo para mostrarse viril frente a los otros dos, tal vez era su primera vez. ¡Había sido violada por un soldado virgen! No sé por qué entonces solté una carcajada. No pude contenerme. El otro, el que podía ser el jefe, ordenó al tercer que me hiciera lo mismo. No recuerdo cómo fue: se detuvo el tiempo y he perdido esos instantes, solo recuerdo cuando el niño entró en el cuarto con mi hijo en los brazos, sujetándolo con fuerza. El pequeño pataleaba y gritaba y veía al jefe rematarme en el piso sin saber de qué se trataba. O intuyéndolo, yo nunca lo supe. Eran tres bestias acabando de golpe con toda la armonía del mundo. Porque se detuvo para siempre la música dentro de mi alma, para siempre.

—¿Le hicieron algo a tu hijo? —le pregunté, aterrada.

—Nada. Se fueron después, como si no hubiese pasado nada. Y es que allí, objetivamente, no había ocurrido nada. Yo no tenía a quién recurrir, no podía denunciarlos, estábamos en guerra. Me hubiesen acribillado, como a la mujer de la calle, para que tampoco les estorbase. Reportarían quizá esos tres que no habían encontrado nada, ni a nadie, en esa casa.

Me levanté de su regazo y la abracé, como quien se reencuentra con una hermana muy querida. No podía decir nada, expresarle que sentía como un dolor propio lo que hace tantos años la había marcado.

Me hería oírla, revivía ella la escena y yo la contemplaba por vez primera y era como si hubiese ocurrido allí, en la Casa de la Magnolia, ayer. Y odiaba a los soldados, deseaba matarlos. Encontrarlos y desollarlos vivos.

—¿Los odias? —pregunté, en cambio.

—Ya no. No tiene caso. Quizá también murieron y sus familias recibieron una escueta esquela: defendieron con sus vidas a la patria y la madre no pudo consolarse con un héroe porque en realidad tenía un hijo muerto.

—Pero nada justifica que te hicieran eso, ni todo el amor a la patria. ¿Necesitaban ultrajarte para ganar la guerra?

—No se trata de ellos, Maia, se trata de ti. Eso lo sabes mucho después, cuando el odio se convierte en aceptación. Entonces perdonas.

—Lo dices como si fuera fácil.

—No, ¡es dificilísimo! Te ocurrió a ti. Pudo pasarle a otra, pero no. Fuiste tú. Pero fue pasajero, no te mataron. No se llevaron a tu hijo, no lo asesinaron frente a tus ojos. No ellos, al menos. Estaban jugando a ganar la guerra, como lo hubiesen hecho en el parque, con otros adolescentes.

—¿Me vas a decir que no sabían lo que hacían?

—No lo sé, tampoco. Estaba segura que esta sería tu reacción si te contaba lo ocurrido. Eres tan previsible.

Sonrió. ¿Cómo era posible que sonriera?

—¿Aceptación de la barbarie, Adriana? —le pregunté hilando una de sus frases que se me había quedado pegada al paladar como aceite de ricino.

—Lo más importante sería saber qué hacer con el mal, Maia. Nadie ha encontrado la respuesta.

XXXV

La siguiente noche prosiguió su relato, como si no nos hubiese interrumpido el día o el amor. Adriana había estado de buen talante, inusualmente amable. Pensé que el tema de la guerra no regresaría y me entregué a su sexo y a sus labios y volví a comprender que era la encarnación de la belleza.

De la perfección.

Su cuerpo tallado en el mármol traslúcido de su piel por manos maestras.

El rostro de una diosa recién despierta (o después del baño, no lo sé).

Ella me devolvió el empeño con sudor y con terremotos y uñas que penetraban en mi espalda como espinas y me decían que sí, que allí estaba debajo de mis dientes y mi lengua.

Y no quería perderme, no, era suya.

Ella mía.

En ese único instante para siempre.

XXXVI

Pero volvió el recuerdo, regresaron las palabras y ella retomó el hilo de la historia como si nada:

—Llovía ese año. Llovió todo el tiempo. Odio tanto la lluvia como la guerra. Mi padre decidió irse a vivir conmigo. No podía permitir, me decía, que me volviese a ocurrir algo. No era una defensa, y él lo sabía, pero sí una dulce compañía. Había dejado de traducir, no podía en medio del caos y la bestialidad. No era tiempo para la poesía. No le era posible, además, concentrarse cuando luchaba por conseguirnos un pan o un litro de leche. Y en eso se le iba la vida.

La noche entraba por la ventana, era nuestra invitada. Todo era noche en esa habitación siempre clara.

—Lo vas perdiendo todo con la guerra, sobre todo la razón. Cuando empezaron los obuses y las bombas y dejó de haber vidrios y puertas y techos y resguardo, entonces era imposible seguir cuerdo. Te escondías debajo de la cama, de las mesas, abrazando a tu hijo con la conciencia plena de que no le estabas brindando protección alguna. Pero al menos era más tranquilo que salir corriendo a los albergues, obligada por los soldados, en medio de la lluvia, del lodo, del miedo. Nunca se te quita el miedo. Solo se aguza la conciencia, te dice que te vas a morir, que no hay escapatoria. ¡Sientes pena por todos los ratones que has matado, arrinconándolos, con la escoba!

Le gustó, quizá la comparación, porque se detuvo, luego mojó los labios y me dijo:

231

—Sientes pena, Maia, por no tener cerca un ratón para comértelo. Guardas lo que puedes y se lo pasas a tu hijo cuando ya grita de hambre y de sed y de dolor. Él no sabe aguantar. Tú, sí. Tu padre también: es un artista de la resistencia, lo sabes pronto. Y no se queja, como tú, cuando están solos y ya el niño ha podido conciliar el sueño. Dice que pronto pasará, que alguno tendrá que ganar o perder y que poco a poco todo volverá a ser como antes. Pero tú sabes que te engaña, que nunca nada volverá a ser como antes. Te han arrancado un pedazo de ti, te lo han extirpado: sin anestesia.

Ahora otra vez había rabia en las palabras de Adriana Yorgatos. Me di cuenta, entonces, que había perdonado a los muchachos que la violaron, pero no había podido olvidar. Y todo volvía allí, a esa habitación, a la noche, lugar de su origen.

—No tienes que proseguir, Adriana. No lo hagas si te duele.

—No se calma tampoco el asco con no decirlo.

—Entonces cuéntamelo si te sirve de algo.

—No te lo cuento porque a mí me sirva de algo. Es para que te sirva a ti. Nunca comprenderás la guerra, ni su justa dimensión, pero sí podrás tolerarme mejor, ¿no crees?

Las caricias sustituyeron al recuerdo. Al menos por un rato.

XXXVII

Y después, ¿qué?

Eso me preguntaba siempre, todos los días, a todas horas.
¿Qué habría de ocurrir cuando el verano terminara? Lo que
quería decir, ¿qué habría de ocurrirme a mí cuando todo llegara a su fin?

No podría saber que lo peor estaba aún por venir.

En mi principio está mi fin.

Las casas se suceden: se levantan y caen, se derrumban, se
amplían, se trasladan, se destruyen.

Duermen las magnolias en el silencio vacío.

XXXVIII

Y llegó la tercera noche, la última de su relato, como una oprobiosa comprobación de que se acercaban todos los finales: el nuestro, el de los tiempos, el de la vida.

Nunca el del amor.

—¿Sabes qué es peor que el sonido del motor de un avión antes del bombardeo, Maia? El silencio espantoso que lo sigue. No había viento esa tarde de la guerra, ni lluvia, solo ese terrible y oprobioso silencio, la voz sin palabras y sin ruido de la muerte. Estábamos los tres en el departamento, mi padre, mi hijo y yo. Debajo de la mesa. Luego el pequeño se hartó y sin hacer caso de los gritos fue a su habitación, como si ese fuera un día normal. Mi padre se levantó a recogerlo. Poca precaución si se quiere, pero la única era estar debajo de la mesa del comedor, esperando los nuevos ataques. De pronto estalló un estruendo enorme junto a mis oídos; pensé que todo había acabado, que estaba muerta. Pero el obús había caído a unos pasos de mí, dentro de la habitación de al lado. Mi padre estaba absolutamente destrozado; fragmentos de su cuerpo, incluso desprendidos, salpicaban el lugar. Giorgos, el pequeño, hecho un ovillo, casi envuelto con la sábana, estaba completo, pero inerte, encima de la cama. O de lo que quedaba de la cama y de los muebles hechos trizas allí. Como si las sábanas hubieran protegido al pequeño, te imaginas.

Estaba llorando Adriana Yorgatos, un llanto íntimo, apenas perceptible, pero lleno de lágrimas. Se las enjugó con un pequeño pañuelo y siguió su confesión:

—Entonces no supe qué hacer. No grité como en las películas, ni me lancé a los cuerpos de mis muertos. Los contemplé como en un óleo ajeno que se mira en un museo, una tabla flamenca, y sin saber por qué empecé a empacar. Hice una maleta con lo indispensable, la llené inconsciente, metí el bulto al final y la cerré con dificultad. Luego, sin dinero, sin comida, salí de la casa y comencé a caminar rumbo a la frontera. Caminé dos días sin cansarme, sin detenerme. Estaba muerta, ¿lo entiendes? Era un espectro caminando, nadie me veía. Nadie podía saber que esa mujer con la maleta a cuestas se fugaba al fin del espantoso lugar en el que se había convertido su tierra. Al fin hice un alto en el camino y, entonces, a muchos kilómetros de mi ciudad, de la casa de mis padres, entré en la estación de tren. Era mi única oportunidad de salir de allí. Los vagones iban llenos, rebosantes de ganado humano apretujado, famélico y desesperanzado: como si fueran al matadero.

No pensé en eso entonces, sino en escapar. Un hombre me pidió dinero para subirme. Le dije que no tenía dinero, que se cobrara como pudiera. Quiso entonces arrebatarme la maleta. Podía haberle dado todo, incluso mi cuerpo, pero no la maleta. Forcejeamos mientras el ferrocarril silbaba y hacía todo por anunciarnos que pronto iba a partir. Unas mujeres le gritaron que me dejara en paz, pero tampoco le importó. Después de mucho forcejeo al fin logró arrebatármela, pero la rompió y salió todo su contenido, desparramándose sobre el andén.

Hizo un alto. No podía proseguir, era obvio.

Le pregunté, entonces, cómo había escapado.

—Escapé, al fin. Eso es todo lo que debe saberse.

XXXIX

Se emborrachó. Toda la noche y la mañana bebió hasta consumir la última gota de alcohol que había en la casa.

Hasta apurarlas y consumirse ella.

Rompía todo y yo no podía hacer nada para contenerla.

Se hizo de día en la Casa de la Magnolia, pero era todavía de noche en Adriana Yorgatos, para siempre. Entonces me lo propuso:

—Vamos a acabar de una vez con este juego, Maia. Ayúdame a morir.

Y sacó un revólver de su escritorio. Me encañonó, riendo, y lo puso en mis manos.

—Ayúdame, por piedad.

—No puedo hacerlo.

Así estuvimos todo el día. Ella impidiendo que yo escondiese la pistola y yo negándome a cumplir su capricho.

—Estás borracha, Adriana, no puedes pensar. Date un baño, descansa y mañana hablamos. Las dos estamos exhaustas.

Aceptó al final, pero a cambio de que le devolviese la pistola. No tuve más remedio.

Se encerró en su cuarto toda la tarde. Yo no la oía y temía que pudiese disparar el arma. Pero luego me tranquilicé pensando que se habría dormido.

Ya de noche volvió a la carga, con una nueva propuesta:

—Ayúdame, entonces, de otra forma. Hemos encontrado la plenitud. Ahora debes acompañarme también en ese viaje. Sé que no te atreverás a matarme, ya no te lo pido. Yo misma puedo hacerlo pero solo podré tener el valor suficiente si me aseguras que tú harás lo mismo después de mí.

No le respondí. No sabía qué hacer, ni qué decir. Se había vuelto loca, no era posible que le pidiera más calma. Entonces se lo dije:

—Está bien, Adriana. Te lo prometo. Yo me mato después de ti.

—El cielo es infinito y el infierno eterno, Maia.

Eso me dijo. Esas fueron sus últimas palabras.

Luego disparó la pistola. Se había metido el cañón a la boca.

Volaron, salpicadas, las palabras.

Todo se hizo sangre.

Yo no pude seguirla. No tuve el coraje para cumplir mi promesa. No me moví después del disparo.

Tarda tanto en caer un cadáver.

Es como si no quisiera tocar el suelo.

¿Qué hace el noviembre tardío con el revuelo de primavera y las criaturas del estío?

El fuego arderá hasta que el casco polar reine.

XL

Me escribió esa carta, que sabía póstuma.

La encontré encima de mi cama mientras recogía mis cosas y avisaba a mis padres lo que había pasado. La leí llorando.

He seguido llorando desde entonces.

En ella me decía:

Me preguntaste, Maia, si había podido escapar en aquella última jornada en la frontera. Te diré al fin, ahora que no puedes verme. Nunca en ese tren se deshizo el bulto y quedó a la intemperie el cuerpo calcinado y muerto de Giorgos: pequeño, indefenso. Las mismas mujeres que me defendieron ahora me vituperaban, me gritaban maldita, me suplicaban que lo enterrara, que era el deber de una madre darle sepultura a su pequeño, porque yo gritaba, aterrorizada, que dejaran a mi hijo. Me llevaron entonces a la comisaría del lugar a dar parte de lo ocurrido. Un policía llevaba los restos de la maleta y de mi hijo en una carretilla, como si transportara basura. Fueron días de largos interrogatorios. El lugar estaba en manos del bando contrario al de la capital, eso al menos me hacía prófuga del terror y era obligación para ellos protegerme. Así lo entendí desde el principio. Mi esposo, sin embargo, había sido su enemigo, pero eso no podían saberlo por mis papeles y por el cuerpo sin identificación que transportaba. «No quiero que lo entierren aquí, quiero llevármelo», les decía, pero no lo permitieron. No supe si lo arrojaron a una fosa común. Nunca volví a ver a Gior-

gos, o al bulto, como se quiera. Él ya no estaba allí, eso he venido a comprenderlo mucho después. Porque entonces, querida Maia, era una sombra envuelta en el sudario glacial de la locura.

Me dieron un salvoconducto y al fin me dejaron ir. No sabía adónde, cualquier lugar era mejor que ese. Hice de todo: me prostituí, lavé ropa, atendí bares, bailé en extraños establecimientos nocturnos para hombres idiotizados por el alcohol que ni siquiera me veían. Y un día pude volver, al fin.

¿Tenía algo a lo que regresar?, te preguntarás.

Físicamente, quizás no. Pero en otro sentido, sí. Debía enterrar a los míos. Dejarlos morir, cerrar mi corazón. Y lo hice. Luché porque me devolvieran la casa de mi padre y sus libros. Todo estaba destrozado, pero eso llenaba mis horas, hacía menos insoportable las ausencias.

Ahora recuerdo con precisión el momento del obús. Mi grito, el estruendo de un muro derrumbándose a sacudidas y el horrible silencio que sucede a la destrucción. Todo: los cristales se habían hecho añicos.

No había luz, la guerra es oscura. Pero los ojos se acostumbran y ven en medio de la penumbra. Ese ha sido el momento más trágico de mi vida. Hubiese preferido mi muerte a la de ellos. Pero eso también es egoísta, me libera de recordarlos. Y no quiero ni deseo olvidar, sino seguirlos.

Tú lo entenderás, tarde o temprano habrás de comprenderlo.

XLI

Hoy cumplo cincuenta años, exactamente la edad que tenía ella cuando la conocí. El tiempo no se detiene ante el recuerdo, ni ante el amor. Solo delante de las palabras aminora el paso y nos concede una tregua. Por eso he querido volver atrás, responderle a Adriana Yorgatos que no, que no he podido comprenderla.

Ya no se mueven las palabras, aspiran al silencio. Me he quedado seca, sin música, sin palabras.

Lo que solo vive no puede sino morir. No hay quietud, no hay olvido. Silencio.

Yo entiendo poco de dioses, Adriana, pero es cierto:

—El cielo es infinito y el infierno eterno.

La profundidad de la piel

En fa sostenido,
para Andrés Trapiello

Suave es observar desde la orilla el naufragio de otro.
Suave es contemplar desde lo alto del bosquecillo
a los guerreros que se matan entre sí en la llanura.
Suave es hundir el mundo en la muerte y contem-
plar la vida sustrayéndose a todos los vínculos y a
todos los temores.

LUCRECIO, según Pascal Quignard

El arte de perder no es difícil de aprender. Tantas
cosas parecen querer extraviarse que perderlas no
acarrea ningún desastre.

ELIZABETH BISHOP, según ella misma

Primer cuaderno de notas

I

Mi amiga del cuello largo habla esta mañana y me pide que acuda a su país frío. Dice:

—Me ha pasado algo terrible, una experiencia agria.

Nada cambia: el uno o la otra nos llamamos y huimos de nosotros para reencontrarnos.

Cuando al fin nos vemos, nos quedamos callados o parloteamos de pintura —su vida— o de música —la mía—. Luego cerramos la boca y usamos otras partes del cuerpo para intentar comprendernos.

«Esta vez no será la excepción», me digo al colgar el teléfono, mientras siento el peso enorme de la soledad. Una soledad estruendosa.

Entonces la imagino, a mi amiga del cuello largo, recostada en su cama, tocándose la piel húmeda en medio de ese silencio de final de tormenta de su ciudad enana, de juguete, en su país frío.

II

Tomo un avión y luego otro y luego otro pequeñísimo. El viaje es personal, el viajero anónimo. Cada uno de mis compañeros de vuelo es una historia íntima, oculta entre las nubes. Al llegar encienden veloces sus teléfonos móviles, como si hablasen solos.

Y hablan y hablan pegados a sus aparatitos.

Además de frío, el país de mi amiga es lejano.

Olvido el frío y pienso en su cuerpo de oboe. Un cuerpo que alguna vez creí tocar con cierta maestría. Hay cuerpos tensos como cuerdas en un *fortissimo*, cuerpos de marfil y ébano que necesitan afinación constante, cuerpos de bronce que son impenetrables.

Pero el cuerpo de mi amiga no. El cuerpo de mi amiga es de madera y sus notas son graves como *adagio* de Albinoni.

Muchas veces mi amiga pide que toque un poco. Sabe que he dejado la interpretación y que dedico mis horas a transcribir para otros las notaciones de mis maestros antiguos. Las horas del sueño son solo mías. Pero a ella no le importa. Me pide:

—Toca un poco.

Y yo vuelvo, con mis dedos sobre el piano, a ensombrecer groseramente la frágil superficie del silencio. El silencio tiene piel de mandarina.

Ahora improviso, sin darme cuenta, unos acordes sobre la mesita del avión ante la mirada confundida de mi vecino.

Pienso: «¿Qué puede asombrarlo si él lleva alpargatas azules, blusón amarillo y un pantalón verde que le termina tímidamente apenas debajo de la rodilla, como si se hubiese escapado de un cuadro de Degas provisto hasta con caña de pescar?».

Piano, pianissimo, dicen mis dedos.

Aterrizar nunca es un alivio.

III

Es invierno en el país de mi amiga del cuello largo y el cuerpo de madera. No importa: siempre es invierno allí donde ella ha decidido vivir y el gobierno se empeña en seguir sembrando hermosos parterres que al instante se marchitan o congelan.

En el país de mi amiga no hay hambre y sí, en cambio, flores nuevas. Moradas o amarillas o rojas.

Duran poco.

Al llegar, mi amiga me besa y abraza o me abraza y besa, no importa el orden. Solo sé que el saludo se prolonga y, cuando al fin regresamos a nuestros cuerpos, nos damos cuenta de que nada vale un «¿cómo estás?» o un «nada has cambiado». Nos lo hemos dicho todo, nos lo hemos preguntado íntegro, sin respondernos. Nunca hay respuestas.

Es ella, sin embargo, con su largo cuello escondido tras una mascada de seda azul, quien sentencia:

—Ahora tengo la misma edad que tú cuando nos conocimos. ¿Recuerdas?

Ella siempre será menor y yo más viejo; la suerte de haber nacido casi dos décadas antes que mi amiga. El calendario personal no puede modificarse a capricho.

Tomo su mano y la llevo a mis labios. Le pregunto por sus animales, un perro odioso y un loro que estornudaba todo el día.

—Ya no soporto ningún ser vivo a mi lado —declara.

—¿Y yo?

—Tú solo has regresado de la tierra de los muertos.

IV

Antes de acostarnos ha abierto una botella de vino y cortado rebanadas de al menos media docena de quesos diferentes. Los comemos o engullimos como si fuese la primera comida desde que nos expulsaron del Paraíso. Dormimos abrazados, desnudos.

Cuando despierto me percato de su cuerpo de madera, delante del mío; de los olores a rancia humedad de los quesos; de mi brazo que la abraza. De nuestra posición cóncava. Nuestra piel sigue tocándose.

Ella duerme aún. Tiene en el rostro el pétreo espanto de una muerta.

V

No la apuro para que me cuente nada, para que exprima la acritud de lo que dice haberle ocurrido. Hago café mientras despierta y me doy un baño largo y beatífico. El vapor esconde mi cuerpo dentro de la ducha.

Luego espío sus cuadernos y bocetos, sus cuadros inconclusos, como un padre que espera encontrar una pista sobre el mal comportamiento de su hijo adolescente revolviendo sus cajones.

Hay mucho desorden esta vez en el taller de mi amiga del cuello largo. Parece que no hubiera tocado sus cosas en meses, lo que es imposible porque encuentro una paleta con pintura fresca y un lienzo a medio pintar. Me perturba ver un cuadro que no ha sido terminado, como cuando se contempla a esos embriones que los profesores de biología guardan en formol para asustar o asombrar el alma de sus alumnos.

La oigo llamarme desde su recámara y acudo, sin prisa, con mi taza de café y otra para ella. Al verme entrar estira su cuerpo de oboe sobre la sábana gris posando para mí.

Se despereza con un gemido de recién nacido.

Le tiendo su café. Ella lo prueba y, después de un mohín, me dice:

—Tuve un sueño terrible. Era yo de niña… o eso creo. Es tan confuso. Y estaba él, con su edad última y un látigo. Deseaba pegarme, lo sé, pero solo golpeaba la pared. El ruido mismo hacía daño, ¿entiendes?

Le confío, a riesgo de herirla aún más, que no comprendo porque no sé quién es «él».

—El pintor del mundo flotante —intenta explicarse. Y es que, para ella, la frase explica todo.

—…

—Abrázame, por favor.

Y así nos quedamos largo rato hasta que mi amiga llora, como Beethoven al inicio de la octava sinfonía, sin aviso, con las fuerzas encandecidas del centro de la tierra.

Le acaricio el largo cabello marrón y me quedo callado. Una lágrima recorre la mejilla y deriva en su cuello.

Nada puedo hacer sino ofrecerle mi abrazo, inútil.

VI

Por la tarde, mi amiga del largo cuello me dice que tiene hambre, que vayamos a comer y a caminar un poco. Yo asiento y ella, vestida de negro, delgadísima, sin una gota de maquillaje, se coloca un pesado abrigo, una bufanda de *cashmere*, guantes y unos lentes enormes que la ocultan.

Yo también me escondo en la ropa. Salir a caminar en la ciudad enana del país frío de mi amiga es una temeridad. Se lo digo y ríe. Por vez primera en todo el día, ríe.

Caminamos por un lago congelado sobre el que otros, más intrépidos que nosotros, patinan y ensayan piruetas. Ella ve miedo en mi gesto, me dice que en esta época del año no debo temer.

—No llegarías al fondo del lago. Te daría hipotermia —afirma casi científicamente—. Nadie dura más de ocho segundos.

Yo, que he regresado del territorio de los muertos, no oso decirle que ni falta hace, que ya soy un fósil, una curiosidad para los paleontólogos. Solo la tomo del brazo y caminamos, rodeados de árboles desnudos, vestigios de una glaciación infinita que desde siempre intenta aniquilarlos.

—Pronto brotarán las hojas y se derretirá el hielo —dice mi amiga de cuerpo de oboe, dulce y triste como un *adagio* de Albinoni—. Volverán los barcos. Volverá la vida.

No sabría decir si se trata de una constatación de naturalista aficionada o de su última esperanza por recobrar la cordura.

VII

Volvernos pájaros, pienso. Es la única manera de amarnos: ruidosos, francos, bebiendo agua fresca por las mañanas y regresando por la noche a la sombra silenciosa del follaje.

—Volvernos pájaros —le digo a mi amiga del cuello alto, del cuerpo de oboe, y ella me contempla ahora con sus ojos de arce. Y es que a fin de cuentas todo árbol aspira a ser ave.

Caminamos por el lago congelado hasta un restaurante fantástico. Así lo llama ella.

—Volvernos pájaros es nuestra única salida.

VIII

Ya en el restaurante, la conversación se aleja de nuestro súbito deseo involutivo. Ella inicia su confesión después de un poco de *foie gras* con ciruelas secas que saben a abismo.

—Estuve en Kioto seis meses con él, aprendiendo *ukiyo-e*. Sí, con el pintor del mundo flotante.

Así es mi amiga del cuello largo: retoma una conversación con los otros para seguir hablando consigo misma.

—Un amigo mutuo consiguió que me recibiera en su taller. ¿Te imaginas trabajar con un heredero de la técnica de Hiroshige?

Asiento apenas. Nada sé del pintor del mundo flotante ni de los artistas que lo precedieron.

El mesero trae los platos fuertes. El restaurante fantástico de mi amiga es un sitio curioso, presa de esa moda que llaman «degustación». El comensal no puede escoger sus platillos; cada noche los cambian al arbitrio del chef, quien, por cierto, la admira y ha colocado uno de sus cuadros en el comedor principal. Un cuadro negro, proveniente de ese momento que los calvinistas buscan con denuedo: el instante en que las tinieblas llevan a añorar la luz. Pero en el cuadro no hay esperanza de luz. Entonces nos sirven pato, cocinado de las más diversas formas: hervido, rostizado, asado. Pequeñas gotas de salsa adornan los platos como lágrimas de un comensal anterior. Al comer mi amiga procura no desdibujarlas. Luego continúa:

—Fui a aprender de una escuela pictórica, pero el arte es

254

experiencia. En realidad aprendí que no sabía nada, ni siquiera que estaba viva.

Después de una declaración como esa, el silencio se interpone, semejando el pudor de dos jóvenes amantes.

—He dejado de pintar desde la razón, lo único que había hecho todos estos años. Ahora mis lienzos son sueños, ofrendas de fragmentos a las ruinas que fui.

—Y entonces ¿por qué tu dolor, tu descripción de la experiencia como agria, tus lágrimas? —increpo al fin.

—Porque ahora no sé vivir sin él... sin el pintor del mundo flotante.

IX

Mi amiga del cuello alto y el cuerpo de oboe estuvo casada alguna vez, como todos —como yo—, y eventualmente tuvo que separarse. En este caso del arquitecto, así llamaba a su marido, un enorme glaciar. Hecho de hielo el arquitecto.

Mi amiga lo encontró en su país frío. Muchas veces, durante sus años de convivencia, guardó en una gaveta de su cuerpo la íntima certeza de que habría amor. Pero el matrimonio es un contrato con la polis, no con la piel. Aun así mi amiga no se despeñó en su intento, creyendo que la voluntad es superior a la carne.

Incluso su voluntad de acero amaneció un día convertida en mercurio: densa y envenenada como una gota que escapa del termómetro.

Abandonó entonces el deseo y creyó en el placer, aunque sabía que provienen de reinos distintos. El deseo elonga el horizonte. El placer crece, alivia, disminuye y abandona. El deseo agrava, semeja la crecida y permanece. El placer es efímero como una fruta tropical. Su belleza se vuelve humedad y la humedad carcome. La polis tolera el placer pero no el deseo.

El deseo permanece siempre en el territorio de la muerte, que es el territorio del amor.

Por eso un día el arquitecto se fue para nunca más volver, como dice la canción. Y de él fue borrado el recuerdo, el boceto, la impronta. Cuando mi amiga decidió separarse, nada me comentó. Se aisló en la ciudad enana de su país frío. Fue otro quien me lo refirió con la calma que inspiran los hechos ajenos:

—¿Sabes que tu amiga del cuello largo se ha separado?

Entonces fui yo quien tomó el teléfono. Largo rato conversamos sin llegar a ninguna conclusión.

—Necesito estar sola —me dijo—. Tengo sed.

Colgamos.

Los ojos de arce de mi amiga se lamentaron hasta que se acabó la savia que los nutría.

Secos los veneros, mi amiga salió de viaje. Lo supe por una postal que me envió desde un país caliente y arenoso como una garganta que tose:

Todas las mañanas oigo al almuédano que llama a la oración en los tonos permitidos. Todas las mañanas amanezco mojada, insoportablemente pegajosa; me doy un baño y bebo infusiones en el hammam *mientras me dan masaje y le dicen a mi cuerpo que es preciso volver. Mi piel es una brújula. El norte.*

Eso escribió mi amiga en la postal, creyéndose curada. Ignoraba la existencia del simún, un viento enloquecido del Sahara. «Quien lo escucha una vez», quise decirle a mi amiga en la distancia, «reconoce que el deseo es áspero».

El corazón es la tumba de nuestros amores.

X

Esa noche, después de los postres, mi amiga continúa su relato. Me refiere que al poco tiempo, dos semanas quizá, de haber llegado a Kioto, fue invitada por el pintor del mundo flotante a vivir en su casa de papel y madera.

—Una casa hermosa y frágil, habitada por estanques, lotos, cerezos y arbustos. Una casa con jardines de arena y rocas caprichosas, sin música, rodeada del sonido grave del silencio y del agua. Una casa que es una isla y que es un taller.

Luego me dice que la mujer del pintor padece Alzheimer y que reina en ese espacio como un dios apático.

—Los criados la sacan a tomar el sol todas las mañanas, rodeada de bonsáis, antiguos y pequeños como su memoria. Nunca sonrió.

En esa casa frágil se encuentra la habitación en la que por las tardes mi amiga y el pintor trabajaban técnicas de caligrafía y grabado deseando atrapar la vida interior de los paisajes.

—Algo así como su estado de ánimo —dice mi amiga del cuello largo—, y de allí saltamos a los rudimentos del *han-shita-e*, el cuadro original que un artista daba al grabador o impresor para que hiciera el resto del dibujo. Lo demás eran reproducciones infinitas. «Hasta de mi cuerpo pretenderían hacer dinero estos chacales», se dice que bromeaba, «mejor que me coman los lobos hasta que se sacien y no quede nada de mí» —me dice mi amiga y lo repite otras dos veces, como si fuera su propio epitafio.

Volvemos a la noche. Dos espectros. Abrazo a mi amiga, que se apoya en mi cuerpo.

El clima nos obliga a tomar un taxi. En el país frío de mi amiga los conductores de taxi llevan turbantes como tuaregs y seguramente esconden cimitarras debajo de sus asientos.

Ella, mi amiga, apoya su cabeza en mi hombro y se queda dormida.

XI

—La primera vez fue casi una violación —me dice antes de
dormir—. No porque yo no consintiera. No hubo resistencia.
Se trató más bien de la sorpresa. Entró a mi pequeña habitación muy de mañana. La luz se filtraba apenas desde el jardín,
pero era una luz hermosa: una sombra de luz, más bien. Su
cuerpo sin ropa entró en mi cama y me desnudó, casi diría que
con violencia, aunque no aplicó fuerza alguna. De hecho no
sentí sus manos nunca sobre mi cuerpo, ni toqué el suyo ni vi
su sexo erguido. Como si no existiera la gravedad o como si el
pintor del mundo flotante no pesara. Solo percibía sus labios
húmedos y calientes que recorrían mi cuello, mis pezones. Su
lengua en mi ombligo, su saliva ora en mi boca ora en mis
axilas o mi sexo. Su lengua entró en cada uno de los orificios
de mi cuerpo igual que la probóscide de una mariposa. Me
penetró una y otra vez con su lengua hecha de espuma, casi
etérea. Suave y firme entró en mi sexo y lo chupó y lo lamió y
lo devoró como un caníbal. Vivíparo insaciable, el pintor del
mundo flotante estuvo allí en mi espalda y en mis nalgas y en
mis veinte dedos. En mis fosas nasales y en el caracol de mis
orejas, en mis dos párpados cerrados para no mostrarle mi
estupor. En mis labios abiertos como las puertas del infierno.
En mis cejas y en mis senos, que volvieron a la tierra como pequeños volcanes recién nacidos. En mis caderas y en los labios
abiertos de mi vulva. En mi único enloquecido clítoris que fue
primero nube y luego lago y al final océano en medio de la
tormenta. Y naufragué con su lengua y gocé a gritos mientras

sentía el silencio de él, su silencio de depredador sobre mi cuerpo devorado. No supe cuánto tiempo pasó, ni cuándo se fue. Habrá sido mucho después que sentí su ausencia, que en realidad era un escalofrío por mi cuerpo desnudo, completamente expuesto, cadáver final de su deseo. Solo entonces supe que estaba sola y me cubrí con la sábana como en una sepultura. La que estaba allí era por vez primera un cuerpo vacío. Me había convertido, sin saberlo, en una deseante. Padecería ahora el más intenso de los dolores.

XII

Por cierto, al fin he ido a los aposentos privados y debo admitir que no existen ni poco ni mucho. ¡Curioso! Y yo que creía tan firmemente en los aposentos privados.

XIII

Hay mañanas en la ciudad enana, de juguete, del país frío de mi amiga del cuello largo, en las que la aurora se apodera de las cosas con su velo blanco de niebla y de murmullo. Son mañanas *mezzo voce*, en las que las cosas no se dicen, ni se miran.

Caminas y solo escuchas pasos en el asfalto: pasos que te preceden o te siguen; no lo sabes y pierdes orientación dentro del velo de seda de la aurora. A la vida, así, la envuelve el misterio tremendo y fascinante.

He salido por jugo y otras viandas.

Oigo los pasos que no dejan huella. Nunca sabré si me persigo a mí mismo.

¿Por qué dejé de componer o descomponer música? Algo en la repetición mecánica del gesto me empezó a parecer absurdo. ¿Por qué dejé de tocar en público, aborreciendo para siempre la modalidad misma de los recitales? La pretensión de entender las notas me dio asco. Desde entonces creo que leer música en silencio es la única pasión que alimenta. La música proviene del silencio. Un silencio que estremece, tan enorme como la página en blanco o el lienzo vacío. Un silencio que rasga hasta el último velo, que asesina.

Como cuando dos se tocan.

XIV

Un gato viejo se acicala. Así mi amiga:

—Dedicaremos esta tarde a la belleza —anuncia al tiempo en que me embadurna la cara con mascarillas exfoliantes.

Nos recortamos las uñas de los pies después de haberlos remojado en agua tibia. Ella me arranca antiguos pellejos. Me unta aceite y continúa su historia:

—La segunda vez fueron sus dedos. Empezó a acariciarme. Lo interrumpí con brusquedad, buscándole los ojos. «¿Quién eres?», pregunté. «Nunca me encontrarás. Soy todos los hombres», me dijo el pintor del mundo flotante e introdujo un dedo en mi cuerpo. Me hirió y quise gritar pero solo emití un gemido que onduló mi cuerpo. Aprendí la impiedad de mi amante. El extraño sabor de la pasión que se impacienta.

Se queda callada mi amiga del cuello largo y el cuerpo de oboe melancólico y ausente como un *adagio* de Albinoni. Yo le miro sus ojos de arce y peino su cabello largo.

Nos enjuagamos los rostros. El rostro limpio y suave que entrega al espejo la infinita precariedad del otro. Es el abismo del otro, su vacío, la forma verdadera del amor. Se lo digo y mi amiga sonríe como una sibila.

—Mete dos dedos en mi boca. Son alados, esos dedos. Yo lo dejo hacer. Pasmada: ese es el adjetivo que describe mi rostro estupefacto, inmóvil, que recibe por segunda ocasión a un hombre que desconoce. No lo toco aún, pero miro su cuerpo delgado, el sexo que me aguarda, las canas apenas sugeridas como si se resistiera a aceptar la vejez.

Mi amiga me aplica un ungüento por toda la cara. Ella también cambia de mascarilla, se transforma en otra persona. Reímos al contemplarnos.

—Nos hablamos en francés, el pintor y yo. Él desconoce mi idioma y yo el suyo, así que requerimos un tercero para entendernos. La lengua extraña nos vuelve extranjeros de nosotros mismos. Es como si otra yo fuese quien lo recibiera en la pequeña habitación, de mañana, a hurtadillas. Por la tarde ninguno hace referencia a lo ocurrido. Volvemos a nuestra rutina de tinta y oscuridad, como si en el taller no pudiese entrar el espanto.

Ella mira el reloj comprobando si debíamos retirarnos las mascarillas. Continúa:

—En el taller, mientras lo observo pintar un árbol, le pregunto si lo que pinta son las cosas. Me responde que no. «Pinto una idea perdida. Pintar es nunca encontrarse con las cosas. Es un hallazgo inútil en el fondo del mar.»

No la interrumpo. Solo miro a mi amiga del cuello largo, bellísima y rotunda como una sinfonía de Mahler. O mejor: como el primer movimiento de la segunda sinfonía de Mahler. Mi amiga del cuello largo, casi siempre en *allegro maestoso*.

—El pintor del mundo flotante leía un único libro: *Elogio de la sombra*, de Tanizaki. Su ejemplar había sido leído cientos de veces: «Desde ahora en esta casa llevarás un nuevo nombre: Kage».

La sombra errante.

XV

Le pido a mi amiga del cuello largo que salgamos muy de mañana. Al glaciar. A la nieve. Al hielo que es todo menos blanco: verde, marrón, parduzco, incluso violeta, pero nunca blanco.

Al silencio.

Y ella acepta. Difícilmente cabemos en su pequeño vehículo. Subimos a las montañas, una cadera de tierra que estorba al horizonte, escarpada, petrificada por la nieve, inmemorial. Parece estar allí desde el principio de los tiempos.

A la mitad del angosto trayecto debemos dejar el coche y tomar el teleférico. Su fragilidad me agrada. La beso. Ella apenas responde: abre los labios, me deja sentir su humedad de heno recién segado, absorta en los recuerdos que todavía pertenecen a un presente ciego cuyo significado desconoce.

Al fin tocamos tierra, sin esos enormes esquíes de los otros que han subido hasta allí con sus *anoraks* de pluma de ganso, coloridos y brillantes.

Inútiles, sin otro oficio que el de mirones, bajamos del teleférico para meternos a un hostal de cuento de hadas donde la chimenea está encendida y el fuego se agradece como el abrazo de una madre.

Allí mi amiga del cuello largo y el cuerpo de madera me sigue relatando sus jornadas en Kioto con el pintor del mundo flotante:

—Los dos días siguientes no pude verlo. Me dejó un escueto mensaje avisándome de un viaje a Tokio y reiterando la invitación a usar su estudio a mis anchas. No eché de menos a alguien, puesto que el pintor del mundo flotante como mi amante bien podría haber sido un fantasma; ni siquiera se trataba de extrañar un cuerpo, porque tampoco lo había habido allí, en esas dos mañanas de placer inmenso e inesperado. Su ausencia me dolió. Había sido todo menos un cuerpo. Vas a pensar que deliro, pero fue la primera vez que extrañé una esencia.

Con ese énfasis lo dice mi amiga del cuello largo. Me quedo callado, esperando la conclusión de esa sentencia, que nunca llega. Se pone entonces a perorar sobre el glaciar que pronto veremos, yo por vez primera. Pondera sus años, su tamaño, su naturaleza.

Esos pensamientos me devuelven a mi absoluta vulnerabilidad de insecto atrapado en el ámbar de las rutinas.

XVI

Mi amiga del cuello largo está hecha de cristal. En ocasiones tengo la impresión de que, al acariciar su rostro, la piel le suena en fa bemol.

Parece difícil que llegue a romperse.

XVII

El nombre del glaciar es impronunciable. Produce en mí, cuando me encuentro frente a él, una sensación de pequeñez. Frente a algo de esas dimensiones uno nunca puede aprehender su totalidad, sino una minúscula parte.

En la vida, uno se halla delante de un fragmento, de un trozo, de una ruina. La palabra «completo» podría retirarse del diccionario sin que se perdiese nada.

Mi amiga continúa su relato intermitente:

—No supe cuándo regresó. Fueron tres días sin su presencia en la casa. Me dio por echarme a descansar toda la mañana, lo mismo en mi habitación que en el hermoso jardín de arena que la rodeaba. Las tardes me sumergían en un extraño sopor que poco tenía que ver con la creación, pero las utilizaba afanosamente, como si arara en una tierra especialmente pedregosa. Con dificultad iba al estudio del pintor y tomaba mis cosas; hacía tinta, preparaba el papel y copiaba lo mismo animales que plantas. Nunca paisajes completos. Descargaba mi fuerza sobre el papel intentando que mis trazos salieran de la mente, no del brazo, como él me había enseñado. Me encontraba torpe, lenta, sin ganas. Al tercer día llamaron a mi cuarto. Era él, que me invitaba a tomar el té afuera, cerca de un estanque de lotos enormes. No hablamos. Me sirvió el té y me enseñó con sus gestos a apreciar una ceremonia que después me explicaría. Era una especie de representación teatral, mímica, en la que yo participaba. Con exquisita sensualidad, las manos del pintor del mundo flotante vertían el agua o colocaban más té. La diminuta tacita en su mano y luego en la mía. La cortés reverencia. El aprendizaje de la lentitud.

—No te imagino allí aguantando todo ese tiempo.

—Te he dicho que no aguanto las solemnidades, que no tengo paciencia suficiente —me dice mi amiga al recordarlo.

—Hasta donde sé no se trata de paciencia sino de ir amoldando el cuerpo al ritmo de la mente, aquietado.

—Me parece imposible. Te lo he dicho otras veces. Esa ha sido mi lucha más azarosa, la más denodada: vivir a gusto en el silencio.

Luego vuelve a Kioto:

—El estanque, la casa, las paredes de papel, el té mismo, nada de eso me importaba, solo los ojos de él. Para mí todo se desvanecía menos sus ojos. Incluso el tiempo dejó de existir. Nos quedamos viendo muy fijamente y sonreímos como dos niños que se dan por primera vez la mano y luego se abrazan. Ya no éramos desconocidos tocados por la suciedad del apetito que él había borrado con su viaje a Tokio. Entonces habló:

—Hasta ahora solo me has deseado con tu cuerpo. Eso no sirve de nada.

—Tu ausencia ha sido una tragedia para mí.

—La tragedia proviene de tu rabia y la fuente de esa rabia es tu dolor. Deja en paz mi viaje —me respondió tranquilo.

—Sí, ya, ya. Nací para evitar que los demás vivan en paz.

—No lo creo. La prueba está en que pintas para limpiarte, para aclarar tu oscuridad.

Mi amiga del cuello largo calla. Bajamos del camión y quedamos frente al glaciar del nombre impronunciable. Me dice:

—Mirar mata. La verdadera pasión solo puede verse de soslayo.

Quise contradecirla. La nieve, más sabia, nos hizo guardar silencio.

XVIII

Si nos viéramos dormir, seríamos menos ególatras, tendríamos una infinita piedad por nosotros mismos. Mi amiga del cuello largo, por ejemplo, adopta las poses más complicadas mientras duerme. Ahora mismo, para no ir más lejos, está tumbada bocabajo y ha subido las piernas trenzadas en el aire. Así se está un buen tiempo mientras yo leo una dolorosa partitura de Gluck. Mi lámpara encendida apenas la perturba, y mi amiga sigue detenida en ese gesto circense. Una hora antes, ovillada, abrazaba a su almohada en pleno sueño. Amanecerá, quizá como otras veces, con la cabeza en el lugar de los pies o abrazándome o de plano tiesa, como si su sábana fuera un sarcófago demasiado estrecho.

Apago la luz y la luna invade intrusa, como si no necesitase pedir permiso.

XIX

Sorda a las señales de su cuerpo, mi amiga del cuello largo amanece mojada en su propia sangre. Una mancha entre las sábanas, seca.

«Curioso», pienso, «que los hombres, desprovistos de todo ciclo, vivamos nuestros días condenados a la muerte. Las mujeres, mientras tanto, recuerdan inevitablemente que están vivas cada veintiocho días».

Huelo las sábanas de mi amiga, que se ha ido a la ducha avergonzada. Hace media hora escucho el agua caliente que la lava como si hubiese cometido otro pecado.

La noche anterior me ha enseñado el último regalo que el pintor del mundo flotante le dio antes de irse. Es un cuadro original de Matsuo Bashō. Allí, además del motivo central, aparece el siguiente poema, que mi amiga leyó en japonés:

Midokono mo
are ya no
caki no nocho ni kiku.

Y sus dedos danzaban por los caracteres de Bashō, hermosos y fugaces. Me tradujo el haiku:

Un asidero
crisantemos después
de una tormenta de otoño.

272

Así las sábanas que recojo y llevo a su lavadora; así mi amiga del cuello largo y el cuerpo de madera, dulce y melancólico como un *adagio* de Albinoni.

Un asidero después de la primera nevada, de la última nota. Un asidero fugaz mientras el vapor la envuelve en la ducha como un manto de ternura.

Cuánto lamento que ahora mis dedos no puedan interpretar como antes a mi amiga del cuello largo.

XX

Ella sale envuelta en una bata blanquísima con el pelo envuelto en una toalla. Se extraña de que haya hecho la cama, colocado sábanas nuevas. Me lo agradece. Le tiendo una taza de café humeante, igual que el cuarto de baño del que recién ha salido como si se tratara de un acto de ilusionismo.

—¿Qué tal dormiste? —me pregunta para romper el silencio que la hiere. A ciertas personas les pesa el silencio y se les hunde igual que una daga en medio del pecho. Le digo entonces que he dormido bien, lo que es una mentira, y me dice que ella no ha podido del todo, lo cual es falso. Me he pasado la noche en vela, leyendo el *Orfeo* de Gluck como si yo mismo regresara de los infiernos, y la he visto dormir y hablar dormida y hacer piruetas y dar vueltas por la cama, pero nunca abrió un párpado. No digo nada.

—Me siento fatal. Voy por un camisón de franela para meterme de nuevo en la cama. ¿Me acompañas?

Me pide dos aspirinas. Le descubro entonces unas ojeras enormes y pienso que quizá sea cierto: el sueño no siempre es reparador. Ya en la cama la abrazo y rasco su espalda suave y limpia. La acaricio y beso el cuello largo y toco su piel de madera. A media mañana, en medio de la luz invernal, se queda dormida.

Entonces vuelvo a mis lecturas. Esta vez se trata del *Perseo* de Händel, cuya entrada tiene algo de fantasmal, una vía de ingreso al mundo de las sombras.

Muchas horas después yo también alcanzo el sueño. Antes de lograrlo siento que Händel, incapaz de enmudecer como ha querido durante la obra, solo atina a gritar.

Sueño entre alaridos.

XXI

¿Adónde van las luces, los colores de las coronas súbitas de las ideas, cuando su dios las rompe? ¿Qué se esconde en el fondo de la noche?

XXII

—Lo nacido es frágil —me dice o me susurra cuando, al fin despiertos, creemos que la mañana es un reencuentro, que estamos vivos de nuevo.

Han pasado dos semanas desde mi llegada a la ciudad enana, de juguete, del país frío de mi amiga del cuello largo.

—El pintor del mundo flotante dio en el clavo: yo usé la pintura como una excusa, un acto de expiación. ¿Entiendes? Para limpiarme.

—En realidad buscamos la única expiación posible, la de haber nacido —le digo a mi amiga.

No contesta a mi remedo de aforismo. Alguien dijo bien que este tipo de frases son tan mitad verdad como mitad mentira. Pero fue lo único que se me ocurrió decirle.

—«El verdadero artista», me dijo aquella vez el pintor del mundo flotante, «no aspira a la expresión sino al silencio». Luego me besó repitiendo mi nombre japonés, Kage, y yo me decía en mi lengua «Sombra, sombra», mientras sus labios jugaban con mis pezones y mi cuerpo se llenaba con su saliva y su voz de murmullo. Kage.

«No puedo estar más de acuerdo», pienso decirle, pero callo de nuevo, celoso como he estado tantas veces de los amantes de mi amiga del cuello largo.

—Me besó cada uno de los dedos; luego los metió a su boca y me tomó por la cintura, de espaldas. Podía sentir su respiración en mi oreja y su sexo endurecido entre mis nalgas. El silencio de los cuerpos que solo pueden tocarse. Una de sus manos soltó la prisión de mi cintura y vino a mi sexo. Se introdujo entre esos labios mudos y los separó. Un dedo suyo, su aliento de nuevo, cada vez más cerca. No podía más. ¿Puedes entenderlo? Quería tenerlo dentro de mí, entero. Me excitaba, sí, pero necesitaba más. Me hastía ese juego hecho más de quietud que de aventura. Impaciente, se lo dije. Mi voz fue un gemido, pero entendió mis palabras y se apartó como si en realidad nunca hubiese estado a mi lado.

Mi amiga del cuerpo de madera, de oboe, solloza. Se le seca la garganta mientras recuerda, toma aire como una nadadora en medio de una larga competencia a muerte y me cuenta:

—«La nuestra es la historia de un vacío, de un abismo, de un secreto, de un silencio», me dijo el pintor del mundo flotante desde un rincón, entre las sombras que tanto le gustaban.

Sentado en una pequeña estera, en flor de loto, ordenó al ver que me acercaba:

—Es todo por hoy.

Luego cerró los ojos y yo me fui a mi habitación, o más bien corrí hacia ella.

En esa casa hecha de silencio y de muros de papel, de cortesía infinita y de madera antigua, una mujer occidental corre estruendosa a su cama, se tiende y se acaricia.

—Luego, ya exhausta y dolida, lo supe: nada tan feroz como lo efímero.

XXIII

Esta noche, mientras mi amiga del cuello largo duerme, yo también pienso. O mejor, siento. Porque la orilla de la razón es siempre la orilla errónea: se la busca como a una idea en una barca endeble y se deja del otro lado la inocencia primera.

La pintura ha sido un fin en sí mismo para mi amiga del cuerpo de oboe, grave y apenas melancólico como un *adagio* de Albinoni. Por lo menos hasta el viaje. Y ahora no sabe qué hacer con ella misma, acaso porque intuye que el arte —para ella la pintura, para mí la música— no es sino un medio para acercarse a algo que se desconoce y que de cualquier forma retrocede siempre hasta nuestro avance, se desvanece.

Sabe ya, mas aún no acepta, que no se trata de entender la vida sino de ser la vida: serla. Pero aunque lo intuye con la razón, no lo permite aún en su cuerpo, en su ser mismo. Algún día se rendirá ante la única evidencia que vale la pena: la vida consiste en participar de un secreto que nunca nos será revelado.

XXIV

La nuestra, más que una prolongada amistad, es un atrevimiento. Mi amiga del cuerpo de madera y del cuello largo vuelve a su relato, a su herida. (Es lo mismo. Hay heridas de hiel y hay otras, como la de mi amiga, hechas de esplendor.)

—No pude dormir después de esa revelación —me dice mi amiga—, o lo hice a ratos, a lo largo de la noche, rabiosa aún. Cuando al fin logré abandonar mi cuerpo al sueño o a la pesadilla, él regresó junto a mí y se tendió desnudo. Untó toda mi piel con aceite de sándalo. Llenó de sándalo mi cuerpo, la habitación, el mundo entero, convirtiéndome en un veneno oleaginoso para esa lengua suya que me devoraba. Luego, también sin palabras, separó mis piernas. «Al fin sus ojos en los míos, al fin su sexo listo, al fin su cuerpo, al fin él entero», me dije respirando a su ritmo, complacida y sonriente, abrazándole las caderas de muchacho con mis piernas, apretando su sexo con mi vulva mientras él, encima de mí, cual árbol, me abrazaba y extendía sus ramas desprovistas de frutos para envolverme a mí, la dichosa, con su cuerpo de cerezo ligero que acompasaba con su ir y venir mi respiración, cada vez más entrecortada. Quise hablar, decírselo, declarar lo que pensaba, pero un dedo rápido puesto en mis labios lo impidió, como si ese dedo mudo me dijese «Insensata» y me ordenara «Siente». La casa se movía, el piso se movía, las paredes de papel se movían, el universo se había hecho líquido, había perdido su densa consistencia de roca, la pesadez de lo real. Flotábamos, ingrávidos, como si en lugar de estar en la habitación nos hubiéramos introducido en un cuadro de Dalí. Elongados, planos, habíamos perdido nuestra forma, nuestra consistencia, como relojes sin tiempo. Hasta que los dos estallamos con toda la lava encendida de nuestros cuerpos y así, ígneos aún, nos seguimos moviendo absurdamente mientras él languidecía y yo le susurraba «Gracias» con mis besos y con las palabras de mi idioma y del suyo y del que nos había sido prestado para comunicarnos hasta entonces. Después de no sé cuánto tiempo, el pintor del mundo flotante emergió de mi sexo y fue a lavarse. Luego salió de mi cuarto, se hizo de día y la luz al fin invadió mi soledad, hecha ahora de ceniza volcánica. Pero yo no quería moverme, no quería que ningún agua lavara mi cuerpo convertido en aceite y saliva y semen y sudor. Un cuerpo que ya nunca más sería mío. Nunca, ¿me oyes? Nunca.

Digo «Sí, te entiendo» como quien dice azul o profundo o ángel o verdolento. Entonces mi amiga, que este día está hecha para las frases célebres, remata:

—El amor es una sustancia viva que mina, socava, desde dentro y en la que, si se cree firmemente, se termina no hechizado sino vencido.

XXV

He salido de la casa de mi amiga del cuello largo y he venido a caminar por las estrechas calles de su ciudad diminuta, de juguete.

Me pregunto cuánto más podré soportar sus revelaciones eróticas antes de que llegue a mostrarme ese sabor agrio que se esconde tan profundamente detrás de su experiencia con el pintor del mundo flotante. ¿O será que en realidad se halla a flor de piel, en la superficie, y mi amiga necesita dar ese largo rodeo sexual para darse cuenta al fin de qué es lo que pasó con ella en esos días? La pregunta viene a cuento porque se trata, eso lo sé desde ya, de una experiencia límite. El único instante en que percibimos cuánto tiene de excesivo la vida.

¿Cómo puedo estar pensando esto en un bar de la ciudad enana del país frío de mi amiga del cuello largo, mientras apuro un vodka tras otro y contemplo a quienes me rodean como si fuesen no solo extraños sino de otra especie? Tienen las mejillas eternamente rojas no a causa del alcohol o del frío, sino más bien de su naturaleza vagamente irreal, como si yo estuviera bebiendo con los personajes de un cuento, arrugados y viejos, compañeros silenciosos de parranda, con tantas grietas en las superficies de sus rostros como en la ajada pared de la vida.

En mi ciudad la gente que bebe nunca lo hace en silencio. Beber es un estruendo. En esta pequeñísima taberna de madera todos parecen estar muertos.

Quizá yo también les parezca a ellos, los ebrios elfos de esta noche, un fantasma. Varias copas después, harto, vuelvo a la calle ligeramente mareado, como si aquí el alcohol no produjera otra cosa que el ligero desteñido de la realidad. La luna es traslúcida, se diría que de cristal. El frío es otra presencia de vidrio, más verdadera que la de los escasos seres que a esa hora regresan a sus casas sin prisa.

Toda la gracia de la nieve que cae se vuelve filosa estalactita al golpear mi rostro con inusual velocidad, regresándome a mí también, por medio del dolor, a esta noche material y tangible, odiosa, en la que descubro a qué he venido de tan lejos, tomando un avión y luego otro y luego hasta esta calle estrecha.

Y tampoco el viaje final posee su consuelo. Se trata de algo más simple y brutal: reunir fuerzas para hacer de mi cuerpo alma.

XXVI

—¿Cuánto debe retrocederse para dar con el origen? —le pregunto a mi amiga del cuello largo mientras cenamos frugalmente, igual que dos ancianos. Ha sido un día arduo para los dos y la sensualidad parece habernos deshabitado como los difuntos a su vestido.

—No lo sé, quizá ni siquiera hay un origen.

XXVII

—Esas mañanas de renovada sexualidad, de goce —declara ahora mi amiga, como si estuviese recitando un aria solemne—, y mi sopor posterior me impidieron las primeras cuatro semanas saber qué hacía el pintor del mundo flotante con sus mañanas. Las tardes, en cambio, las compartíamos en su taller con estoica disciplina. En ese espacio nunca volvió a tocarme, como si él mismo quisiera preservar esos atardeceres para transmitirme lo que había aprendido en todos sus años con sus viejos maestros. Sabía que el arte ocurre con naturalidad extrema, que no se trata de forzarlo, es *yügen*, lo mismo un misterio que una despersonalización. «La flor no sabe que será fruto y, sin embargo, ocurre», me decía. «El arte no es tuyo; tú eres solo un vehículo.» En las tardes me enseña que pintar es una purificación, una nostalgia que sin buscar la verdad nunca la niega, la acepta compasiva.

Esta tarde, la nuestra, mi amiga del cuello largo y el cuerpo de madera está más bella que nunca, aunque parezca el más común de los lugares comunes. La miro como si fuese la primera vez, con el asombro de un adolescente que retrocede ante la contemplación de aquello que lo fascina y espanta.

—Murió mi eternidad y estoy velándola —le digo, pero ella no me escucha; sigue en su historia, la que le importa.

—Una noche el pintor del mundo flotante me llevó al teatro. Íbamos solos en un coche viejísimo que nunca usaba. Un objeto demasiado occidental, ese vehículo. Fuimos a ver *El emperador* a un edificio muy antiguo y renegrido. La obra era lenta, casi inmóvil, pero se trató de una de las experiencias más hermosas de mi vida. Yang Kuei-fei se ha quedado en mí para siempre. Era la favorita del emperador Hsüan-tsung y los soldados de su guardia la asesinaron. De ese amor y de ese dolor trata la obra de Nō que el pintor del mundo flotante me llevó a ver una noche, con Mitsushiro Honda en el papel de la favorita del emperador. De mí misma trata esa obra que el pintor del mundo flotante me llevó a ver una noche. De mi dolor, de mis fantasmas, de la fragilidad del goce y de la infinita pesadumbre de estar viva. Pero eso tú no puedes ni podrás entenderlo nunca.

XXVIII

«El místico en sus *Dichos de luz y amor* lo dijo mejor que yo», pienso mientras en soledad intento sacar de mi cuerpo la daga que, innecesariamente, las palabras de mi amiga me clavaron hondo como un ocaso. Vivo únicamente para que ella arribe a un lugar que desconoce; sé que mi presencia es meramente tangencial, la de una sombra. Pero me hiere. Por eso insisto con el místico en que las condiciones del pájaro solitario son cinco: la primera, que se va a lo más alto; la segunda, que no sufre compañía, aunque sea de su naturaleza; la tercera, que pone el pico al aire; la cuarta, que no tiene determinado color; la quinta, que canta suavemente.

XXIX

Hoy mi amiga del cuello largo me anuncia con cierto desdén que necesita pintar. Le pregunto si puedo acompañarla (lo he hecho muchas otras veces, aunque no en este viaje) y ella acepta, quizá porque se sabe cruel y tiene todavía mucho que decirme, no lo sé.

Le digo que la alcanzaré en su estudio más tarde y vuelvo a la cama y a una partitura que me ha seguido hasta su país frío (la olvidé en otra ocasión y ella recién me la ha devuelto). Son las *Lecciones de los muertos* de Brossard, que ejecuté con mi última orquesta en varias ciudades, como si esas viejas y sabias notas pudiesen decirles algo a los espectadores en esas noches imbéciles de teatros vacíos o llenos donde nadie escucha pero todos aplauden.

No puede haber música desesperada, es un contrasentido. La desesperación es ruido. Cerca de la desesperación están los grititos histéricos de Debussy —sobre todo en su *Orfeo*, tan fallido, tan pretendidamente moderno—, o mucho antes en la música falsamente expiatoria de Händel, un espíritu atormentado ante la insuficiencia de medios para expresar lo que necesitaba decir, como alguien que se atraganta siempre con las espinas del pescado. Tampoco puede haber una música racional, esa pretendida matemática del alma que solo genera espíritus cartesianos, binarios, que creen que la complejidad y el caos pueden controlarse y en los que la música se torna axioma: Bach, la parte final de Beethoven, todo Schönberg. Solo creo firmemente en una música que no es resultado de una búsqueda, sino de un hallazgo tan natural como una flor: todo Monteverdi, el *Farnace* de Vivaldi, todo Mozart, casi todo Chopin, menos el lastimero, porque allí la autobiografía entorpece y es él quien quiere hablar, no la música sola. Antes Gluck, su *Paride ed Elena*, tan nacido de un río incognoscible —esa agua que camina— que nunca sabremos de dónde vino. Por eso el más trágico es Schumann. Representa el final de la ilusión musical, se percata de la sordera de la música y se interna en un manicomio, solitario. Desde allí contempla con las armas de la locura el largo romance de su mujer, Clara —la pianista excelsa—, y su discípulo Brahms. «Son dos crédulos, allá ellos», se dice. Está convencido de que su música solo logrará ser carnicería, nunca más sacrificio.

De lo estrictamente contemporáneo, yo solo puedo con dos obras: el *Catálogo de las aves*, de Messiaen, y el *Adiós a la filosofía*, de Bryars. Y apenas esas dos por razones absolutamente distintas: la sonoridad de la inocencia que solo pretende imitar a las aves; impotencia. Música de los orígenes.

Yo vivo en el refugio de mis maestros antiguos. Ayer el *Salmo 103*, de Alfonso Ferrabroso, y hoy, reencontradas, mis *Lecciones para los muertos*, que bien podrían llamarse *Lecciones para bien morir*. Mi consuelo. Los muertos no precisan ya piedad alguna, se han liberado al fin de nosotros.

Somos los vivos los que no alcanzamos el reposo del sabio, porque carecemos de su templanza: estar vivos es no saber nada.

Para nosotros la noche nunca desemboca en el día: la noche no termina nunca. Sometemos los crepúsculos al alba.

La canción del dolor imperecedero

(Este *ballet* debe cantarse acompañado de cinco
violines, tres tiorbas, dos claves, un arpa, un
contrabajo y una flauta dulce *piccolo*.)

El amor y el azar viven en pareja, asaltando el tiempo muerto
de los seres humanos. El destino, en cambio, siempre arriba
sin compañía: solitario y monógamo se solaza sabiendo que
el corazón no se conforma con hacer circular sangre en el
cuerpo.

爱

Voy a continuar una leyenda muy antigua: ya lo era cuando
pasó a Japón. Algunos de sus personajes existieron en China. Otros los ha agregado la imaginación. ¿Desde dónde vemos lo que vemos? El horizonte, lo saben los grandes pintores
y los poetas más excelsos, solo existe dentro del corazón de los
hombres. El horizonte es una línea imaginaria que desvanece
la historia y la mentira.

爱

En Japón, entonces, le añadieron dos o tres nuevos personajes
para hacer más dramática la historia —las historias de amor
solo necesitan tres seres humanos—. Yang Kuei-fei, la favorita
del emperador, aún vivía cuando Li Po escribió un hermoso
poema en 753; el esplendor de su belleza se dejaba contemplar
en todos los viajes del monarca a sus distintos palacios. «Un

hijo puede traer deshonra, pero una hermosa hija logra modificar la vida de toda una familia», rezaba un dicho entonces.

Otro de los dos grandes poetas de china, Tu Fu, redactó su *Li ren hsing, La balada de la hermosa dama*, describiendo un paseo en un parque en el sureste de Ch'ang-an de la favorita del emperador y su familia. En sus versos destaca la infinita belleza de nuestra dama cuando aún vivía. Volvió al tema en el año de la desgraciada muerte de Yang Kuei-fei en su aún más hermoso *Lamento en la ribera*, en el que se pregunta —con ese *tedium vitae* de todos los poetas cortesanos sin importar la época o la cultura— qué fue de sus brillantes ojos, qué fue de sus brillantes dientes, su alma ahogada por la fría soledad sin reposo. El río transcurre cerca de su sepultura con leguas, infinitas leguas, aún por recorrer.

Es inevitable, escribe Tu Fu, algunos se quedan y otros siguen su camino. Un hombre viejo llora con amargura. Es el anciano emperador Hsüang-tsung, adolorido aún, con el solo recuerdo de la belleza de su amada.

Un año antes él la había sepultado vestida de púrpura, después de que sus propios soldados la mataron.

Innumerables poetas menores de la dinastía T'ang trataron el tema con menor fortuna. El amor es un tema banal en manos de un poeta menor.

爱

Po Chü-i, en cambio, era de la estirpe de las mejores aves canoras. Un ruiseñor, no un simple grajo. Menos aún un canario de los que seducen por su colorido y cuyo canto es monótono como una cascada. En la voz de Po Chü-i había diez mil aves. Con muchas de ellas compuso el poema más hermoso sobre Yang Kuei-fei que se haya escuchado jamás: *La canción del dolor imperecedero*.

Era un funcionario menor con un puesto burocrático nada envidiable en el pequeño poblado de Chou-chih. Allí había llegado en el año 806, dato que a nadie importaría de no ser porque ese mismo invierno visitó el monasterio de Hsien-yu con dos grandes amigos, Wang Chih-fu y Ch'en Hung, dato que sería igualmente irrelevante si una noche de ese invierno en el elevado monasterio la conversación no hubiese girado en torno a los últimos años del emperador Hsüang-tsung y la desfortuna de la más bella de sus concubinas, la favorita Yang Kuei-fei, sucesos ocurridos cincuenta años antes de esa helada noche en el monasterio.

Y esto último tampoco merecería ser anotado aquí. Tres amigos pueden conversar sobre lo que se les venga en gana aun en un hermoso templo como el de Hsien-yu, que ha inspirado vidas muy nobles y santas sin que a nosotros, tantos siglos después, nos importen las hojas de ese rábano.

Ch'en Hung llegaría a ser con el tiempo un gran poeta y Wang Chih-fu, de los tres, el de las ideas superlativas. Él sugirió a nuestro poeta que escribiese el largo canto al dolor del viejo emperador, actividad que le pareció a Po Chü-i honorable y bella, aunque quizá fugaz, como la caída de las rojísimas hojas de los innúmeros arces en otoño.

Tiempo después, terminado el largo poema, le pidió a su amigo que escribiera algunos fragmentos en prosa para que los lectores pudieran comprender mejor el infinito dolor de sus versos, que ya se sabe que la prosa dice algunas cosas de manera más clara y directa pero carece por ello de la verdad universal de la poesía. Así que a *La canción del dolor imperecedero* la acompaña en todas sus ediciones el *Cháng hen ko,* como los dos amigos escritores se acompañaron a lo largo de sus breves vidas. «La vida es breve, pero quedan las palabras», se decían el uno al otro sin vanidad, puesto que sabían que sus voces habían sido puestas al servicio de un cantor mayor.

Ni en el poema ni en la prosa está dicho todo. Escribir es en realidad el arte de omitir.

¿Quién fue la infinitamente hermosa Yang Kuei-fei?

爱

Nació en 719 y en todos los anales de la historia de China es celebrada por su belleza.

Treinta y siete años estuvo en el mundo, al menos con la forma de mujer, con el nombre de Yang Kuei-fei. Treinta y siete veranos son pocos pero suficientes para que se la recuerde más hermosa y duradera que las intrigas del poderío de su señor, Hsüang-tsung, aun cuando en los primeros años del reinado de su amado se viviese una gran paz y prosperidad. Hasta los corazones más lastimados lo reconocían. Había logrado reconciliar a su país.

爱

En 755 An Lu-shan comenzó su rebelión y el emperador huyó de la capital hasta que, al llegar a Ma-wei, en medio del amotinamiento de su propia guardia, sus soldados lo convencieron de terminar con la raíz de los males: su concubina. Hsüangtsung dudó unos momentos —los emperadores que dudan más de unos segundos son ejecutados— y finalmente aceptó.

Un año después de que el obeso An Lu-shan se hubiese alzado en armas, la favorita del emperador fue ejecutada. Lo demás es literatura. Este relato que sigue.

爱

¿A quién es preferible creerle, al poeta o al biógrafo? Tal vez a ninguno. La vida de la favorita del emperador se halla inscrita al menos en tres recopilaciones históricas. El *Chiu T'ang-shu*, en el parágrafo cincuenta, escrito en 945, y el *Hsin T'ang-shu*, en el parágrafo ochenta y seis y redactado en 1060. La primera podría titularse en español *La vieja historia de la dinastía T'ang*, y la segunda simplemente *La nueva historia*. Es en el *Tzu-chih t'ung-chien*, un libro excepcional escrito por Ssu-ma Kuang después de 1070, cuyo título podríamos traducir como *Un espejo completo para ayuda en el gobierno*, en los parágrafos ciento quince a ciento dieciocho, donde se encuentran más datos para el interés del curioso.

Pero ya lo dije antes: para que existan historias de amor se precisan tres seres humanos. En la de Yang Kuei-fei deben aparecer el emperador Hsüang-tsung, quien la llevó a la corte con no pocas mañas de soberano, y An Lu-shan, sin cuya rebelión la favorita nunca hubiese muerto tan cruelmente.

Porque de cualquier forma moriremos todos.

爱

En 618 dio comienzo la dinastía T'ang. Su sexto emperador fue un excepcional patrono de las artes a quien ya nos hemos referido y también llamado en múltiples textos y en su propia corte: Ming Huang, el Ilustre Monarca. El suyo fue el más largo reinado de toda su dinastía. China era, quién puede dudarlo ahora, el imperio más poderoso y civilizado del orbe. Su capital, Ch'ang-an, era la más grande ciudad de comercio que el mundo conociese. Los japoneses estaban tan prendados de ese apogeo que importaban lo que podían de China: costumbres, ropa, formas de gobierno. Heijo, la capital, quería parecerse lo más posible a Ch'ang-an. Lo importante venía de China, incluso este cuento.

爱

Cuando Yang Kuei-fei nació, el emperador tenía ya treinta y cinco años. Había sido coronado hacía seis. En ese tiempo erradicó por completo la corrupción —eso dicen incluso sus enemigos—, y amaba a los pintores y a los poetas.

Vista desde fuera, la vida de un emperador puede parecernos sencilla. La de Ming Huang, que entonces era solo Hsüng-tsung, era más bien una pesadilla. Nació en 685 y entonces ni siquiera su madre podría haber predicho que llegaría al trono. Era el tercer hijo de Jui-tsung, de su segunda consorte, la dama Tou. Su padre era nominalmente el emperador, pero había abdicado *de facto* a favor de su madre, la poderosa emperatriz Wu.

Ella misma tampoco la había tenido fácil. Había llegado tarde, por así decirlo, al harén del emperador T'ai-tsung. Tan tarde que cuando este murió tuvo que convertirse en monja en un monasterio budista, donde pensó pasar el resto de sus días en meditación. Hasta que la emperatriz Wang, consorte del nuevo emperador Kao-tsung, la trajo de nuevo al harén. Ningún libro explica las razones, siempre misteriosas, por las que una mujer puede hacer algo así, estampando como con un sello maldito de jade el resto de sus días.

La concubina Wu asesinó a la emperatriz Wang y desde entonces logró el control completo del palacio, de la corte y de China entera. Desde 684, las diez mil cosas de esta tierra estaban a su sola disposición.

Hay una pequeña historia, si lo anterior no fuera suficiente, que nos revela el carácter indómito de la emperatriz Wu, nunca más concubina de nadie. En 668, cuando dos de las princesas intentaron rebelarse en su contra, mandó matar a todos los que estaban emparentados con ellas, casi un tercio de la familia imperial.

爱

En ese entonces, al ilustre Hsüan-tsung se lo conocía por su nombre personal: Lung-chi. Sobrevivió con dificultad esa primera purga contra las dos princesas y sus familias, e incluso una segunda purga igual de sanguinaria a principios de 690.

En la más estricta reclusión, Lung-chi vivió con su padre hasta la muerte de la emperatriz asesina. Entonces su tío Chung-tsung ascendió por segunda vez al trono nombrando a Hsüang-tsung viceministro de la corte de la Insignia Imperial.

Sin embargo, el poder femenino y las pugnas familiares no tendrían un final feliz. Hay un ideograma chino que describe esto a la perfección, el que designa la palabra «conflicto». Su representación plástica es brutal: dos mujeres debajo de un mismo techo.

En 710 el nuevo emperador, Chung-tsung, fue envenenado por su consorte, la emperatriz Wei, quien quiso imitar a su antecesora y reinar tras la figura de su hijo quinceañero.

Descubierto el plan, ella misma fue asesinada por los guardias de la princesa T'ai-p'ing, quien era hija de la emperatriz Wu y tía de Hsüang-tsung, a cuyo padre logró coronar como emperador después de haber frustrado el plan de la consorte Wei.

El anciano emperador no se dio cuenta de que se formaban nuevamente dos bandos en el reino, el de su hijo y el de la princesa T'ai-p'ing, quien deseaba el trono para ella misma. En 713 Hsüang-tsung, que ya nunca sería llamado Lung-chi sino el Ilustre Monarca, frustró el golpe de Estado de su tía.

Ella se suicidó.

En 713, seis años antes de que la hermosa Yang Kuei-fei fuera concebida, Hsüang-tsung se convirtió en el sexto emperador de la dinastía T'ang.

爱

Las vidas de los emperadores y sus cortes son una vida ejemplar inversa: nos muestran lo que detestamos. Pero son aún más terribles porque revelan las caras más siniestras del poder, su indefensión, su infinita banalidad.

De no ser por la belleza de su favorita, apenas recordaríamos a Hsüang-tsung. Joven y ambicioso, tuvo dos primeros ministros excepcionales, Yao Ch'ung y Sung Ching. En manos de ellos ocurrieron las grandes reformas jurídicas y la prosperidad alcanzó todos los rincones del imperio, no solo a las grandes ciudades.

—Primero el imperio, luego la propia vida —les repetía a sus cercanos.

En esas primeras épocas las mujeres tenían prohibido llevar joyas en la corte. Clausuró las fábricas de seda y se preocupó mucho más de la defensa que del ataque, contra lo común en sus predecesores. A la prosperidad le siguió la tan ansiada paz.

爱

La familia de Yang Kuei-fei era apenas eminente. Descendía en cuarta generación de Yang Wang, gobernador de Liang durante la dinastía Sui. Su verdadero nombre era Yü-huan, aunque después se la llamó también T'ai-chen, o Gran Verdad.

«¿Qué hay en un nombre?», se preguntó alguien una vez. En el caso de Yang Kuei-fei esto es claro. La belleza es siempre verdadera o no es belleza. En el nombre hay verdad.

Ese apelativo le vino al entrar al monasterio taoísta del Palacio Imperial.

爱

El padre de T'ai-chen o Yü-huan o, mejor y de una vez por todas, Yang Kuei-fei, era supervisor de censos en Szechwan. La favorita del emperador tuvo ocho hermanas mayores, tres de ellas también figuras importantes en la corte.

Solo se le conoció un hermano, Chien.

Muerto su padre, un tío, asistente militar en la prefectura de Ho-nan se hizo cargo de su orfandad, no de su tristeza. De la pena, nadie sino uno mismo puede entenderse.

Nada más sabemos de su infancia, para infortunio nuestro. Desaparecen los datos, los registros. Años transcurrieron, qué duda cabe, que solo podemos llenar con la imaginación.

Pero la imaginación es la loca de la casa, dejémosla en paz.

爱

En todas las historias de la dinastía T'ang, Yang Kuei-fei vuelve a aparecer convertida en novia. Y desde aquí cualquier recuento tiene un halo sombrío.

En 735, a los diecisiete años, fue escogida para ser la consorte del príncipe de Shou, el decimoctavo hijo del emperador Hsüang-tsung.

No necesitamos imaginar la belleza de la adolescente para comprender los desvaríos del decimoctavo hijo del emperador. Su prisa por desposarla, por sacarla de aquella provincia, por llevarla a palacio, así fuera al austero palacio de su padre, al que no le preocupaban ni la seda ni las joyas.

De seda y de joyas quería llenar a su mujer el príncipe de Shou desde que la vio por primera vez, y le solicitó a su madre que iniciara las negociaciones con la familia de Yang Kuei-fei, la hermosa huérfana, la bella joven.

La delicada mujer, a sus diecisiete años, era dulce como una ciruela madura. Dulcísima y bella le pareció al príncipe de Shou. Dulce y bella la quiso para sí como quieren para sí los príncipes todas las cosas. Así el decimoctavo hijo del emperador más poderoso del mundo.

爱

A decir verdad, desde 720 algunos cambios habían ya ocurrido en la corte. El joven austero se había convertido en un emperador refinado, rodeado de un clan particularmente culto, el de Kuan-chung. La prosperidad trae siempre ocio, y el ocio o engendra diversos vicios o permite disponer de tiempo. Y el tiempo o bien se llena con vicios o con placeres.

De hecho, vicio y placer son sinónimos perfectos.

爱

Con el transcurrir de los años y con una corte al fin en paz y sin pugnas internas, el emperador comenzó a ocuparse de su vida personal y del taoísmo, así como de cierto budismo esotérico. Todos los asuntos de gobierno los depositó sabiamente en Li Lin-fu, quien era más bien un dictador bastante despiadado, aunque esas noticias no llegaban a oídos del emperador, quien confiaba en su fiel ministro.

La desgracia también ablanda. La emperatriz Wang había muerto sin descendencia en 724 y Hsüang-tsung tuvo dos concubinas que lo acompañaron desde los inicios de su reinado, la dama Yang y la dama Wu.

La dama Yang —tataranieta de Yang Shih-ta, ministro de Sui— entró en su harén en 710 y murió poco después. Le dio dos hijos, una hija y el futuro emperador Su-tsung.

La dama Wu murió en 737 y era pariente de la otra dama Wu, la emperatriz asesina. Como ella, estuvo involucrada en una revuelta dentro de la corte, intriga que terminó con la muerte de cuatro princesas imperiales, ella misma entre los cadáveres.

La razón aparente: conseguir que su primogénito llegara al trono, lo que nunca ocurrió. Su primogénito era, por supuesto, el príncipe de Shou.

爱

El príncipe de Shou fue enviado a un puesto militar de gran rango en 727. Allí conoció a Yang Kuei-fei y enloqueció por ella.

Desposó a la mujer de diecisiete veranos recién cumplidos en el octavo mes del año 735.

No tuvieron descendencia.

爱

Cinco años después, Yang Kuei-fei dejó a su marido e ingresó como monja taoísta con el nombre de T'ai-chen, la Gran Verdad, al Palacio Imperial.

Cuatro años tuvieron que pasar para que el príncipe de Shou consiguiera una nueva novia y un nuevo matrimonio. La segunda hija del guardia imperial Wei Chao-hsüan se casó en 744 con el decimoctavo hijo del emperador Hsüang-tsung. La monja taoísta tenía veintiséis años.

¡Huyan, ateridos, los biógrafos y los historiadores! En este amor una flauta dulce anuncia la entrada de los poetas.

爱

El emperador Hsüang-tsung, también llamado Ming Huang, llevaba nueve años perdidamente enamorado de Yang Kuei-fei, la entonces novia de su decimoctavo hijo, cuatro años enamorado hasta la más adolorida de sus articulaciones de la monja taoísta T'ai-chen, la Gran Verdad. Por fin, en 745, diez años después de soñarla todas las noches, pudo llamarla Yang Kuei-fei, la consorte preciosa del clan Yang, el nombre con el que recordamos su infinita belleza.

Una belleza tan grande que ni el poeta Tu Fu pudo capturar cuando la vio una mañana paseando con su familia por un parque del sureste de Ch'ang-an.

El amor no lo hizo menos cauto: primero la registró como monja, luego casó correctamente a su decimoctavo hijo, el primogénito de la malograda Wu, muerta en la intriga de 737 que el emperador recordaba tan bien.

El amor de un viejo emperador puede ser todo menos impaciente.

爱

Cuando por fin la tuvo desnuda frente a él, magnífica a sus veintisiete años, el emperador había cumplido sesenta y uno. El Estado lo aburría y la corte lo hastiaba.

Solo el amor lo redimía.

爱

Y con el amor, la felicidad, la felicidad de los cuatro puntos cardinales y de las diez mil cosas celestiales. Toda la felicidad llegó al Palacio Imperial. Además de bella, Yang Kuei-fei llegó llena de tacto e inteligencia, como lo prueban las historias escritas en los diversos anales de la dinastía T'ang.

Bailarina dotada, excepcional cantante. El emperador y ella tenían otra cosa en común además del amor: la música. Dejemos que el historiador se entrometa un poco, solo por cariño a las anécdotas, y oigamos lo que nos dice desde el *Chiu T'ang-shu*: «Su talento y sabiduría sobrepasaban la norma. Cada uno de sus pasos fascinaba al emperador, y sus andares siempre seguían sus sentimientos. Con qué gracia interpretaba la pieza favorita del emperador, vestido de arcoíris y capa de piel».

Hasta aquí la intromisión.

La pieza, de origen hindú, había sido revisada por el propio emperador. La leyenda dice que en realidad unas hermosas jóvenes de la luna le transmitieron la música en un sueño.

El movimiento final de la danza, lentísimo, parecía detenerse al compás de la última nota larga. Yang Kuei-fei se colocaba su hermoso vestido de arcoíris, su capa blanca y una pañoleta transparente y bailaba para su emperador. Los dos allí, acompañados solo por los músicos.

Hsüang-tsung, después de tres décadas de pacificación y de atender con esmero los asuntos del Estado, se retiró a un lugar de su alma que desconocía. La favorita pasó a ser la única que lo acompañó a tal aposento interior.

Viajaban juntos a los palacios y cuando ella montaba, el propio emperador le prestaba a su eunuco favorito, Kao Li-shih, para que le llevara las riendas.

La frugalidad dio paso al placer, y el placer —como ocurre siempre—, a la extravagancia. Cientos de artistas fueron contratados para intentar capturar la belleza de Yang Kuei-fei: en madera, en bronce, en jade. Había esculturas de todos tamaños. Poetas y pintores cuyos trabajos tampoco satisfacían al monarca intentaron rescatar su belleza.

A la favorita le fascinaban tanto los liches que mandaban traerlos desde Cantón en carreras de relevos para que su dulzura no amainara con la distancia del viaje.

爱

El favor imperial se trasladó a su familia e incluso sus padres, muertos en el anonimato, fueron desenterrados e inhumados con honores reservados al emperador. Sus tres hermanas mayores —las tres rivalizaban en belleza con ella, decían los entendidos— fueron llamadas en su propio harén «las tres hermanas de mi esposa», y les ofreció los títulos de damas de los países de Han, Ch'in y Kuo.

Ch'i y Hsien —los dos primos de la hermosa emperatriz, quien ya nunca más sería la Gran Verdad sino solo Yang Kuei-fei— también recibieron títulos nobiliarios. Y a Ch'i incluso se le confirió el máximo honor: la orden de desposar a la hija favorita del emperador, la princesa T'ai-hua.

Yang Chao, primo segundo de la favorita, tuvo incluso mejor suerte: fue nombrado primer ministro en 752 y el emperador le cambió el nombre a Kuo-chung, con el que se lo recuerda.

Disoluto de tal forma que su familia lo recluyó, Yang Kuo-chung era hijo de un oficial menor. Tarde ya en su vida, tomó al fin la carrera paterna y se hizo oficial en Szechwan y llegó a ser juez provincial, por lo que desde allí ayudó mucho a la futura emperatriz, quien siempre le recordó sus favores.

Una huérfana nunca olvida a quien le tiende la mano cuando todos la rechazan, aun cuando esa huérfana sea bella o quizás aún más por eso.

Los Yang llegaron a ser una familia muy poderosa gracias a la belleza de la emperatriz. Envidiados y admirados, poderosos e influyentes, sus mansiones fueron las más lujosas y las puertas de sus casas llegaron a ser comparadas con las puertas de los mercados por las grandes filas de gente con obsequios para llegar así algún día a tocar en la única puerta que importaba: la puerta del Palacio Imperial.

爱

Solo cinco familias cercanas podían acompañar al emperador a este palacio. La crónica dice que era tal el esplendor de la procesión que con lo que tiraban en el camino podrían hacerse banquetes y que la fragancia de los incensarios, mientras se alejaba, era percibida después de que se encontrara a muchas leguas.

Tampoco es bueno creer en todo lo que afirman los cronistas.

爱

Los libros no consignan las dos ocasiones en que Yang Kuei-fei cayó en desgracia. La belleza no siempre atempera el orgullo de un emperador. En 746, un año después de serle conferido el título de la gran consorte, «Kuei-fei», el emperador la retiró del palacio y la mandó con su primo Hsien. Una trasgresión, quizá algún capricho, un error al estar en ese entonces recién aprendiendo las costumbres de la corte: váyase a saber la razón verdadera del destierro.

El día que ella partió a su castigo, Hsüang-tsung no probó bocado y entre alaridos sacó de sus cámaras a tantos invitados como entraron.

Rabioso, enfurecido, separó la mitad de la comida de toda la corte y la envió con su eunuco, Kao Li-shih, para suplicarle a su amada que regresase.

Al volver a la noche siguiente al palacio interior, la favorita se hincó frente al emperador y con lágrimas aceptó el error.

Hsüang-tsung ya la había perdonado y los días siguientes hubo música y banquetes y obsequios. Era él quien buscaba el perdón del corazón de su amada.

Cuatro años después otra acción de Yang Kuei-fei molestó al soberano, quien la mandó a vivir a una residencia fuera del palacio. Las intrigas no se hicieron esperar. Chi Wen y Yan Kuo-chung le dijeron al emperador:

—Esta mujer merece la muerte por obstinación y desobediencia. ¿Para qué exhibir su desgracia? ¿Es por el tamaño de un colchón que se empieza esta batalla?

Lejos de mandarla matar, el emperador la recibió sonrojado.

—Debería ser ejecutada por mi desobediencia, señor, por los diez mil crímenes que he cometido. Pero lo único que tengo es mi piel y mi pelo. Todo lo demás pertenece al emperador. Si muero ahora, no tendré cómo expresarle mi gratitud.

Un mechón de su pelo cortado la noche anterior yacía como regalo a los pies de Hsüang-tsung, quien volvió a perdonarla.

No se conoce ningún otro disgusto entre los dos amantes.

爱

Desde su llegada a la corte, Yang Kuei-fei trabó una profunda amistad con el general favorito del emperador, An Lu-shan, quien finalmente se sublevaría contra él.

An Lu-shan nació en 703, hijo de extranjeros que emigraron a China después de que su padre se vio envuelto en una rebelión. En el norte se sumó al ejército apenas a los quince años. Era un sobreviviente, junto con su madre y su tío, de esa pugna política en el país de donde provenía.

Se hizo amigo del gobernador de Yu Chou, Chang Shoukuei, y fue nombrado comisionado de la armada. En 742, cuando P'ing Lu fue considerada provincia independiente, se lo nombró gobernador militar.

Por sus logros en la guerra, en 743 fue nombrado generalísimo de la Caballería Intrépida, y en 744, gobernador de Fa-yang. Rápido acenso para un extranjero.

Pero tuvo la suerte de descubrir y aniquilar una revuelta

y en los Cielos Imperiales empezó a convertirse en el militar favorito de Hsüang-tsung, lo que no impedía que fuera objeto de las más diversas burlas del emperador debido a su gordura y especialmente a su colosal barriga.

Sus segundos debían ayudarlo a andar cuando bajaba del caballo. A pesar de ello era un bailarín notable de otra pieza favorita del emperador, *hu-hsüan wu, La vuelta del extranjero.*

Alguna vez el emperador le preguntó:

—¿Qué llevas dentro de tu barriga que la hace tan enorme?

Mintiendo, el soldado contestó:

—Un corazón leal y nada más.

En otra ocasión el emperador, algo celoso porque siempre se inclinaba frente a Yang Kuei-fei antes que a él, le recriminó:

—Usted, soldado, es un grosero.

—Un extranjero honra siempre a su madre antes que a su padre.

爱

En agosto de 750, An Lu-shan presentó ocho mil prisioneros Hsis en la corte, y la familia Yang salió a recibirlo fuera del Palacio Interior.

El emperador le mandó construir una casa y la decoró con suntuosidad; le permitió acuñar cinco monedas con su efigie. Como regalo de las mujeres de la corte, al año siguiente, en su cumpleaños, An Lu-shan fue recubierto en su inmensa humanidad con tela para pañales y la propia Yang Kuei-fei y sus cercanas lo bañaron como a un recién nacido, ceremonia por la que un enorme oficial de cuarenta y nueve años era adoptado formalmente por la favorita del emperador, entonces con treinta y tres recién cumplidos.

El emperador mismo, deleitado, obsequió a la *madre* y al *hijo* con fiestas especiales y lo nombró gobernador de Ho-tung, con lo que toda la frontera este de la China quedó bajo su mando.

爱

Cuatro años después el primer ministro descubrió que dentro de la enorme barriga del general An Lu-shan lo que se escondía era el corazón de un traidor. El educarse fuera de la rigidez confuciana de la corte lo hizo un extraño para el inexpugnable primer ministro, Li Lin-fu, pero hasta el dictador más cruel envejece. El primo de la favorita del emperador, Yang Kuo-chung, conoció en los últimos años del duro primer ministro cierto poder, el suficiente para que An Lu-shan pudiese escalar con rapidez.

Cuando en la frontera de Szechwan comenzaron de nuevo las guerras, Yang Kuo-chung fue nombrado comandante general y se ausentó del Palacio Imperial. La favorita del emperador temió perder el escaso control que tenía de la corte. Pero su primo logró pacificar la frontera y Li Lin-fu murió finalmente en el noveno mes del año 752, después de dos décadas de ser el todopoderoso de la corte de Hsüang-tsung.

Durante los siguientes tres años el combate no ocurrió allende las fronteras, sino dentro de palacio, entre el obeso general, hijo adoptivo de la favorita del emperador, y su primo, nuevo primer ministro.

Finalmente An Lu-shan tomó las armas contra el primer ministro, pero su intentona fue sofocada al poco tiempo.

El emperador había cumplido sesenta y ocho años y llevaba dos décadas sin ocuparse del Estado. No se dio cuenta de lo que ocurría.

El primer ministro le pidió al emperador que llamara a cuentas al general rebelde. Contra todo pronóstico, el propio An Lu-shan se presentó en el Palacio Imperial, en la audiencia de Año Nuevo en 755, y aseguró al emperador su lealtad eterna.

El emperador sugirió a Yang Kuo-chung que lo nombrase primer ministro honorario. Nunca la corte había estado tan dividida.

—Además —le dijo el primer ministro al emperador—, An Lu-shan no maneja la escritura literaria como para una posición tan compleja.

Al año siguiente, en lugar de atender su audiencia, An Lu-shan envió a un emisario con la solicitud de reemplazar a sus oficiales chinos con oficiales extranjeros. Nuevamente, pese a la oposición de Yang Kuo-chung, consiguió el permiso.

爱

Finalmente, al iniciar 756, en Lo-yang, An Lu-shan se auto-proclamó emperador de una nueva dinastía, el Gran Yan. Muchos altos oficiales del ejército T'ang le dieron su apoyo.

En otras regiones, sin embargo, los rebeldes tuvieron gran resistencia de las fuerzas leales al emperador, quien comenzó a ordenar la ejecución de sus propios generales, incapaces de contener la nueva revuelta.

Ejecutó a Feng Ch'ang-chi'ng.

Ejecutó a Kao Hsien-chih.

Nombró comandante en jefe a un general persa, Ko-shu Han, para contener a otro persa enloquecido.

Durante meses la decisión probó ser la correcta y los rebeldes perdieron fuerzas, hombres y dinero, las tres formas en las que se pierden las guerras.

爱

Fue el primo de Yang Kuei-fei, aterrorizado por su debilidad en la posición de primer ministro, quien convenció al emperador de enviar a Koshu Han a combatir a los rebeldes en su propio territorio.

Maniobra suicida. De nada valieron las protestas del general persa, quien fue emboscado por las tropas rebeldes el séptimo día del sexto mes de 756, el último año de vida de la favorita del emperador.

Dos días después las tropas de An Lu-shan llegaron a la capital.

El viejo emperador y su corte salieron huyendo, esta vez sin hermosos vestidos, ni grandes joyas, tal vez sin ningún perfume tras de sí.

Salieron despavoridos, como huyen todos los animales ante sus cazadores.

爱

Gran hambre, cansancio y dolor llevaban sufriendo en esa procesión el emperador y los suyos, por lo que debieron detenerse en la estación de Ma-wei.

Una embajada llevaba noticias para Hsüang-tsung: su primer ministro, Yang Kuo-chung, se había quedado a transar con los extranjeros rebeldes, por lo que la tropa leal al emperador lo asesinó junto con sus hijos. También habían tenido que asesinar por la misma razón a las tres hermosas hermanas de Yang Kuei-fei. Ya no soportaban más traidores en el grupo, le dijeron.

Más que de un diálogo se trató de un motín de su propia guardia imperial.

—Yang Kuo-chung nos traicionó —le hablaba así al emperador el jefe de sus guardias—. Yang Kuei-fei, como su prima, no debe seguir a su lado. Su majestad debe olvidarse de los lazos de la pasión y volver a gobernar con la cabeza.

爱

Hsüang-tsung permaneció solo en su tienda, pensando.

Jamás hubiera tomado la fatal decisión de no ser por la entrada de Wei Ngo, un hijo del ministro, quien le advirtió sobre el riesgo del amotinamiento de su propia guardia imperial. Iban a matarlo a él.

—Yang Kuei-fei siempre ha vivido en el Palacio Imperial y nada tiene que ver con la traición de su primo.

—Es cierto que ella es inocente, pero si la conserva a su lado, los asesinarán a ambos. Oro porque piense cuidadosamente en ello. Es la vida del imperio lo que peligra.

Tras cavilar una hora, el emperador Hsüang-tsung dio la orden a Kao Li-shih de ejecutar a su favorita.

爱

Kao la llevó a un templo budista fingiendo que allí la protegería por deseos del emperador. La estranguló con un trozo de seda negra.

爱

La procesión continuó su huida después de la muerte de Yang Kuei-fei. La corte tomó un camino falso a Ling-wu, donde un mes más tarde uno de los hijos del emperador ascendió al trono con el nombre de Su-tsung.

Reorganizó a los leales y comenzó un reinado que duró tan solo seis años.

爱

Hsüang-tsung, por su lado, llegó a Ch'eng-tu seis semanas después de la muerte de Yang Kuei-fei, seis semanas después de haber abandonado la estación de Ma-wei, y solo allí supo del reino de su hijo.

Dio la bendición al nuevo monarca. Lleno de tristeza por la muerte de su amada, su único deseo era pensar en ella. Todo menos su palacio vacío, su trono hueco, sus vestidos inútiles, su vida tocada por el demonio verde de la tristeza, con diez mil dragones llorando con él su pena.

Las tropas rebeldes seguían ocupando la capital Ch'ang. A An Lu-shan lo detenía en Lo-yang algo más que su obesidad, una inflamación cutánea que cubría todo su cuerpo.

Además, se había quedado ciego. Uno de sus hijos y un eunuco lo asesinaron previendo que dejaría su recién proclamada dinastía en el otro de sus hijos.

Fue su eunuco quien clavó la larga espada en el estómago.

—Hay un ladrón entre los míos —alcanzó a gritar el ciego general.

Su hijo probó no ser un militar de talento y fue perdiendo fuerza y territorio. En 757 la capital volvió a manos de los leales a la dinastía T'ang.

爱

En la nueva corte recibieron meses después al viejo emperador, Hsüang-tsung, quien prefirió retirarse a su palacio favorito durante tres años, dejando a su hijo proseguir su reinado.

Después de haber regresado a Ch'ang-an, envió a sus eunucos a Ma-wei a ofrecer sacrificios y libaciones por el descanso del espíritu de Yang Kuei-fei.

En secreto, les pidió que cambiaran la sepultura a un lugar cercano al río, más digno. Cuando excavaron la tumba, encontraron solo un saquito de flores perfumado; el cuerpo había desaparecido en la tierra.

Llevaron el saquito a manos de Hsüang-tsung, quien volvió a llorar como aquella primera vez en que contempló a su favorita siendo enterrada envuelta en púrpura.

Mandó hacer un retrato con el mejor pintor de la corte. Lo contemplaba todo el día y las horas de la noche que permanecía despierto, siempre inquieto. Ni esa mirada ausente devolvía al anciano a la tierra, entre los suyos.

Solo vivía del recuerdo de la mujer más hermosa del mundo y murió finalmente a la edad de setenta y ocho años, en el cuarto mes de 762, seis años después que Yang Kuei-fei.

La rebelión del hijo de An Lu-shan y los suyos duró hasta el año siguiente, pero la lucha dejó exhausta por completo a una dinastía que iniciaba su declive final.

爱

¿Qué queda de Yang Kuei-fei?

Allí están los poemas japoneses pequeñísimos que intentan detener esta historia. Pero los cuentos nunca se posan. Se vuelven a contar una y otra vez como si fuese la primera.

Un haiku se obstina en pensar en los dos amantes muertos:

Ten ni araba (En el cielo)
Hiyoku no kago ya (Seremos un nido doble)
Chiku fujin (Oh, dama del bambú).

Pero nada permanece inmóvil, ni las estaciones, ni los corazones.

El río discurre irreverente junto a su sepultura, nunca cesará. Tampoco las lágrimas del emperador, que ha optado por la seguridad del reino y ha olvidado el consuelo de la belleza. Las manos arrugadas de Hsüang-tsung, que nunca más se deleitarán sobre la piel de su amada envuelta en púrpura, aún menos.

La noche infinita.

爱

¿Por qué esta historia pasó a Japón casi de inmediato y allí fue vuelta a contar de todas las formas posibles, en pequeños poemas, en los diversos *Genji*, en pinturas y esteras, en obras de teatro Nō como *El emperador* e incluso en una pequeña pieza para marionetas, *Yokihi monogatari*? ¿Por qué razón Yang Kuei-fei dejó de ser humana y se volvió diosa, reinante incluso en una isla, sabia consejera de monjes zen?

Para Japón, se trata no solo de la crueldad del emperador o de su impiedad, ni siquiera del amor o la belleza que pudieron haber encontrado en otros relatos más efímeros. Se trata de algo mucho más profundo: la historia de Yang Kuei-fei —o de Yokihi, como finalmente se llamará en Japón a la hermosa concubina— es más triste que la naturaleza perecedera de todas las cosas.

El tiempo, el amor y la belleza.

La infinita melancolía que empuja cada instante de esta historia —como logra atrapar quizá solo la pieza de teatro Nō que el pintor del mundo flotante llevó a ver a mi amiga del cuello largo y el cuerpo de madera a un edificio antiguo de Kioto— es la misma que hace importante lo que vale en el arte japonés y en su vida. Proviene de una ciénaga oscura y profunda donde no crecen los lotos y donde se escucha al espíritu de la favorita que dice:

—Lo único permanente es lo perecedero.

Más de uno mataría por saberlo a tiempo.

Segundo cuaderno de notas

XXX

Mi amiga del cuello largo amanece despeinada y con unas ojeras enormes, como si en el sueño librara una batalla desigual en la que ella es la débil, el ejército que siempre emprende la retirada.

Hoy se ha despojado de las sábanas y se encuentra allí, en la enorme blancura de la cama, resto de un animal prehistórico congelado en la última glaciación.

El vello del pubis de mi amiga es crespo y punzante; la única parte, junto con sus pantorrillas de antigua bailarina, que no es suave al tacto. El sexo de mi amiga es un engaño para espíritus cómodos, los que rehúyen la aventura de su gruta oculta y ya incognoscible —la belleza y el misterio son siempre una misma cosa—, como el lenguaje.

Yo me aventuro esta mañana y beso ese pubis y lo acaricio y es mi lengua, también áspera como la pasión, la que la despierta. Ella vuelve de sus íntimos infiernos, insomne Eurídice presa de los besos de un Orfeo demasiado obediente que no mira atrás ni adelante, solo a su sexo, que se abre y humedece como las tierras después de la tormenta.

Mi amiga del cuerpo de oboe cuyos orificios no pueden tapar todos mis dedos al unísono no pierde la lasitud; mi juego, al contrario, le permite estirar los brazos detrás de su cabello. No ha abierto los ojos, traviesa, y el único signo de su presencia en la vigilia proviene de su boca, apenas abierta: un jadeo que es más bien un aliento en *fortissimo.*

Mi índice se introduce en ella, reconoce ese espacio que ha sido propio —o compartido, qué importa— y juega allí a que es un falo, un *fascinus*, un príapo erecto. Mi amiga abre al fin las piernas para recibir mejor mi caricia; inicia un ligero vaivén con sus caderas. Pero hay algo en ella, no en su cuerpo, que le impide abandonarse a mis juegos y que me obliga una y otra vez a variar el ritmo.

Nos detenemos por instantes y luego seguimos, necios ambos: yo, en mi afán de que su placer alcance cierta plenitud; ella, sumergida en otro sueño, quizás atroz, que no la deja estar aquí del todo.

Una hora debajo de mi lengua y con mi índice entre sus piernas, hasta que su cuerpo al fin se detiene por un instante, luego reacomoda sus placas tectónicas en un terremoto que humedece mi rostro.

—El misterio es profundo, no alto —le digo después de un largo rato de silencio tendido junto a su cuerpo y ella vuelve desde su herida, más honda quizá por el placer.

—Las palabras ignoran, los cuerpos ignoran. Tú y yo, estúpidos, nada sabemos, y eso finalmente es la vida: incertidumbre sin fondo, abisal, oscura.

XXXI

La conciencia consiste en no ver que bebemos de un cráneo humano.

XXXII

—Ir al teatro con el pintor del mundo flotante a ver esa obra Nō sobre la favorita del emperador, esa obra intemporal, cambió todos los órdenes de mi vida. La increíble lentitud de los movimientos me hizo comprender, de hecho, que la quietud es un engaño, como ya te he dicho. Todo se mueve, pero algunas cosas a un tiempo tan sosegado que parecen detenidas. La oscuridad, los vestidos que más que añejos parecen extraídos del material de los sueños, y la máscara de la protagonista asesinada por los guardias (todos los actores de Nō son hombres) con su imagen de muñeca hierática o de fantasma. Del sueño o de la pesadilla emergen y provienen los personajes y entran en escena por un puente de madera, el Hashigakari, que los trae del cuarto del espejo, como llaman al lugar en el que el actor se despoja de su mente para introducirse en la del personaje que encarna, según me explicó el pintor del mundo flotante. Más de sesenta de los espectadores llevaban libretos de la obra y leían los textos, tan antiguos que de otra manera sería imposible seguir los cantos del Kaki, o del Shite, del antagonista y del protagonista, o del personaje burlón del acto intermedio, el Kyōgen, que ayuda a que en el último acto aparezca la encarnación de la esencia, del fantasma. Es el tránsito del mundo de las esencias al de las apariencias —declara en una larga parrafada de aliento mi amiga y luego continúa—: «Las cosas son un sueño, una aparición, una burbuja, una sombra», me dijo el pintor del mundo flotante al salir de aquel lugar. Lloré, conmovida por la obra; él me llevó a un restaurante para cenar suriyake. «Los hombres y los héroes», continuó el pintor del mundo flotante después de una copa de sake caliente, «caminan diez mil leguas en el camino incorrecto. La tragedia, Kage, no radica en que el tiempo, el azar y el amor nos sometan a los hombres. También los dioses sufren con sus caprichos. La verdadera tragedia es saberse a merced de los dioses, pues ellos mismos son presa de arrebatos cuyo origen desconocen y en su rabia verde o en su anhelo pegajoso acaban con nosotros…». Y eso me lo dice el pintor del mundo flotante —prosigue mi amiga del cuerpo de oboe hecho de una madera dulce y noble—, presa de un dolor terreno, que sí tiene algo de eterno, anterior a todos los tiempos, posterior también al fin de los tiempos; un dolor que él ha sosegado a fuerza de belleza. Esa noche me explica los pormenores del teatro Nō, pero en realidad pasamos del *monomane*, la mímica lentísima que yo interpreté como imitación de la naturaleza y que es en realidad la búsqueda de una esencia, a mi asombro ante los tambores: uno pequeñito, el *kotsuzumi*, al que se le pega con la mano; el *okawa*, que se lleva a la cadera; el *taiko*, más estridente, al que los músicos golpean con dos varas. Pero en realidad es la gigante flauta transversa, el *notan* de siete hoyos, en la que radica el sonido como de pájaros que lloran, el que sigue a los cantos también infantiles y desordenados de la obra y que yo aún escucho. «La forma es vacío y el vacío es forma», se despidió esa noche el pintor del mundo flotante con un beso en la boca, cuando me dejó en mi cuarto y se retiró al suyo a acompañar el cuerpo de su mujer, que lo había olvidado todo, incluso quién era ese hombre que dormía con ella y que, según me contó en esos días, a veces retrocedía espantada y en otras lo confundía con un hijo de ambos que había muerto muy joven.

La interrumpo, sabiendo que no puede distraerse, para preguntarle si quiere que baje a hacer café. Ella parece no oírme; prosigue:

—Yo también he andado diez mil leguas el camino incorrecto y lo descubro esa noche, después del teatro. Lo único

317

es que hasta ahora no he encontrado el otro camino y mi vida se ha vuelto un errático deambular.

Así mi amiga esta mañana en que, acurrucada junto a mi cuerpo, desnuda, me deja tocar el suyo, que se humedece ante mi caricia y cede como un instrumento magnífico ante mis dedos que lo pulsan, que lo hacen decir cosas que ignora.

Esa media hora de amor vale mi estancia en la ciudad enana, de juguete, del país frío de mi amiga del cuello largo y el cuerpo de madera, como de oboe *da caccia*, no *d'amore*, pero ya volveré sobre esa diferencia sutil que tanto preocupaba a Bach en las notaciones a sus partituras.

Por ahora solo están nuestros cuerpos, la última encarnación del asombro.

XXXIII

Bach le llama al oboe simple *hautbois*, en francés. Siempre pensé que mi amiga era este tipo de oboe: largo, dulcísimo. Nunca un oboe *d'amore*, demasiado simple y sobre todo agudo, aunque el nombre —que viene de la viola— pueda llevarme a engaño. No, mi amiga es un oboe *da caccia*, un oboe de cacería. Johann Sebastian Bach se quejaba amargamente de no encontrar en Leipzig suficientes coros —los niños contraltos eran un problema particular—, pero sí pudo trabajar con un genio de la realización de instrumentos. Y él, Johann Heinrich Eichentopf, le fabricó en 1724 ese oboe especialísimo, que se curva perdiendo la rectitud de sus parientes; está cubierto de cuero y posee un pabellón de hojalata que le otorga un sonido aún más dulce, pero que en realidad es, más que un sonido, una llamada a la cacería, alerta a la jauría sin asustarla, con dulzura y gravedad.

Es una lástima que haya desaparecido ese oboe y que solo lo conserve en el ser mi amiga del cuello largo, prueba viviente de la extraña mutación de lo visible.

He estado leyendo a Monteverdi, su *Orfeo*. No a Bach. Al estudiar su partitura me he dado cuenta de que la estructura es idéntica a la curiosa amistad o atrevimiento que nos une a mi amiga del cuello largo y a mí, viniendo de alientos de mundos tan distintos. Soy para ella no solo un oído sino un acompañamiento, un *recitativo* que está allí solo para respaldar los fragmentos impetuosos y coléricos de sus solos. Sus declaraciones son *piano* y mis apariciones casi inexistentes. La indicación *tutti gli strumenti* siempre es un estruendo, *forte*. Su historia de amor con el pintor del mundo flotante está contada como esa primera ópera de la historia que hoy releo con otros ojos.

Puedo convivir con seres humanos, pero detesto a la humanidad y mi *tempo* ha sido siempre *rubato*, un tiempo robado que no puedo usar solo. No puedo sobrevivir con la vanidad del ejecutante, soy *ripellino*, parte del concierto: me escucho únicamente cuando oigo a los otros. He sustituido la pasión y sus empeños, tema de lo efímero, por la ilusión del deseo, que dura mientras no se sacia, mientras es solo deseo.

Todo antecede al Paraíso. Igual el deseo: la traición, el engaño, el conflicto. Incluso el deseo antecede a la serpiente. Después de la manzana quedó la pasión, tan banal como ridícula.

XXXIV

El ruiseñor sueña que se convierte en sauce. No entiende que no es su cuerpo el que canta sino el viento.

XXXV

—Al día siguiente de nuestra visita al teatro, la casa entera del pintor del mundo flotante se estremeció. Había gritos y movimientos inusuales en un lugar consagrado al silencio y a las formas recogidas de la vida. Me puse un kimono que el pintor me había regalado y que había pertenecido a su familia por décadas, y salí a ver qué causaba el alboroto. Todos se hallaban en el jardín de arena, rodeando a la mujer del pintor: los criados, él mismo. Ella, en el suelo, acurrucada como un bebé pero inquieta, pataleaba y gritaba. Me acerqué, intrusa, a la escena. Entonces la escuché: «¡Las sombras! ¡Las sombras! ¡No puedo olvidar nada!».

»La mujer tenía una de las manos ensangrentada y, como un ave a la que se le ha roto el ala y ha caído del vuelo, fue llevada en vilo a sus aposentos por dos criados que la alzaban amables. El pintor del mundo flotante se quedó solo, frente a mí. Las manos en la cara, ocultando las lágrimas.

»"Lo ha deshecho. Lo ha cortado en pedazos", me señaló el naufragio de uno de sus árboles enanos, fuera incluso de su hermosa maceta de porcelana. "Ese pino blanco perteneció a nuestra familia desde hace trescientos años. Lo he cuidado de la naturaleza y de sí mismo, y ahora ella lo poda para siempre. No entiendo cómo nadie la vigilaba. Se hizo daño con las tijeras. Cortó los troncos viejos. Habrá olvidado todo, menos las sombras, pero tiene una fuerza o una ira enormes. ¿Dónde estaban todos?"

»"¿Dónde estabas tú?"

»"Dándome un baño, después de mi *zazen*. De pronto empecé a escuchar los gritos. Entonces me vestí y salí corriendo. Cuando una mujer como ella ha abandonado tantas veces todo, incluso cuando se ha abandonado a sí misma, quiere decir que existe un impulso interior que la impele a convertirse en niebla, un impulso que, hondo, brota de un lugar de sí misma que ha ignorado siempre, que no es solo la enfermedad."

»El pintor del mundo flotante se sentó y dejó por primera vez que lo abrazara como a un hijo. Allí, en medio de la batalla que su mujer había librado con la vida, en medio de los trozos de su antiguo bonsái destrozado.

»"Ella no está más en su cuerpo, Kage, ya no es nada."

»"¿Y su alma?"

»"¿Crees acaso que el alma es una cosa?"

XXXVI

¿Se puede estar vivo en un cuerpo muerto?

XXXVII

Mi amiga del cuello largo amanece malhumorada. Sus gestos bastan para que yo entienda que ella ha penetrado en una de esas zonas oscuras que tanto le conozco.

—Hay algo peor que la locura —me dice, desnuda, cuando sale del baño. Esta vez no necesita la bata. Su cuerpo de madera, magnífico en su plenitud, parece pertenecerle a otra persona. Su rostro de esta mañana es enteramente suyo.

—¿A qué te refieres? —le pregunto, asumiendo que detrás de su *recitativo* se esconde algo más que una frase aislada.

—Sí. Después de ese día no volví a ver a la mujer del pintor del mundo flotante. Decidió internarla en un hospital. Dijo poco al respecto: que se había hartado, que el médico había recomendado esa solución como la más viable. Tampoco representó para él un completo desprenderse de ella. La visitaba cada sábado, el fin de semana era para la mujer sin memoria. Los otros días eran nuestros. Suena pretencioso allí, el pronombre, pero así lo sentía entonces. Algo muy hondo dentro de mí me decía que compartíamos algo más que el espacio de esa casa bella y silenciosa: el tiempo que fluía sin detenerse, nuestros cuerpos que empezaban ya a conocerse profundamente. Después del alba, que era mía, seguía sorprendiéndome al amanecer, a hurtadillas, como si se escondiese de sí mismo para luego irse a su habitación no bien el sol aparecía del todo. Él seguía utilizando sus mañanas en solitario, en su *zazen* y su trabajo con el jardín. Las tardes volvían a ser nuestras. Me dejaba verlo trabajar en sus árboles de miniatura, algunos bellísimos. Un bosque de abetos que recuerdo por su especial armonía. El universo entero cabía en ese bosquecillo de abetos. A él le agradaba ponderar la edad de sus bonsáis. Este, por ejemplo, tenía cuarenta y dos años y él mismo lo había empezado en su juventud con esquejes de abetos mayores. En las tardes era otra persona. Toda la delicadeza, el silencio de su vida monacal se transformaban. Él era ímpetu, fuerza, decisión. Un solo trazo de su pincel para producir el tallo perfecto de un bambú, el rostro increíble de un mono.

»"Van Gogh amaba a Hiroshige, ¿lo sabes?", me dijo un día. "Se dedicó a imitarlo, como tú haces ahora. Una y otra vez intentó sumergirse en sus paisajes para encontrar algo más que un trazo. La pintura no es eso y él lo sabía, por eso se volvió loco. Yo creo que por tanto color. Nadie puede vivir con tanto color adentro de la cabeza."

Después de esa frase mi amiga regresó a su silencio y me enseñó una carpeta con sus propios trabajos iniciales.

—Pura imitación, pero con destreza. No está mal. Ustedes se preocupan demasiado por la originalidad. Todo el tiempo, cada vez que toman el pincel. Y cuando terminan reconocen algo que sabían antes: nada hay original.

Así mi amiga ahora que me lo cuenta. Yo intento hacerla sonreír.

—Salvo el pecado —le digo en esta tarde mientras la tomo de la cintura, aún desnuda, y la acerco a mi cuerpo, que la aguarda. La ha esperado siempre.

Ella es violenta cuando me ama. Me muerde. Me araña, se aferra a mi cuerpo como si quisiera romperlo, como si yo fuera un violín en manos de una virtuosa que se empeña en destruirlo con notas graves y *staccati* profundos y *vibrati* imposibles. Es quizá la primera vez que su cuerpo conoce tal fiereza en su encuentro con el mío.

Su sufrimiento reclama venganza.

Estoy listo para el matadero.

XXXVIII

La vida, de cualquier forma, es un borrador silvestre. Y sobre todo eso: un borrador.

He vuelto a salir de la casa de mi amiga del cuello largo, solo. Como me había señalado el primer día, algunos pájaros han vuelto a posarse en los árboles menos desnudos, aún tiritando de frío. Han cambiado las flores en los parterres de las calles y esta vez se asoman unas abigarradas, naranjas.

La ciudad enana del país frío de mi amiga del cuello largo está muerta, aunque lo oculten. De nada sirve que sus autoridades se empeñen en revivirla con adornos, que la intenten resucitar incorporándola a los ciclos de unas estaciones que ellos mismos inventan, puesto que si esto es una primavera, el infierno debe de ser gélido. Iré allí, entonces, provisto de un largo abrigo de lana como el que hoy llevo puesto.

Pero está muerta, cansada la ciudad de soportar su destino ora trágico, ora francamente gris.

Antes de dejarla en su estudio me ha preguntado infantilmente:

—¿Por qué no soy feliz?

«Yo qué sé», podría haberle contestado, pero odio la verdad cuando más que incomodar hiere; mejor le dije:

—No se puede solo amar una cosa. El riesgo que corres es terminar no amando nada.

—¡Qué fácil! Dime, ¿qué hago ahora?

Podría haber vuelto a intentar ya no la herida sino la estocada final: «Olvida», debí haber dicho, pero no pude. Lo suavicé.

—Arranca el instante de la muerte con el que vives tus días. Así como dijiste que pinta el artista del mundo flotante: representando lo invisible de lo visible, lo inmutable de lo mutable.

—Pero es la vida, no la pintura.

—¿Acaso me vas a decir ahora que son distintas? No para ti o para mí, al menos. No te vayas por la tangente. A ver, ensáyalo así: ¿cómo aparecerías en una pintura si estuvieses ya en la eternidad?

—Triste, sola. ¿Cómo quieres que lo sepa...?

—La verdadera tragedia no está en perder a quien amas. ¿Cuántas veces te ha pasado ya? No. La verdadera tragedia radica en la imposibilidad de la antropofagia amorosa: tu cuerpo no puede absorber nada de la piel del otro, de su belleza. No puedes beberte su sangre, comerte su carne, cocinar sus vísceras.

—Te queda el placer.

—No puedes fundirte en el cuerpo del otro. Es suyo. Será suyo siempre. El placer es siempre un simulacro.

Ya no seguí porque ella se retiró al baño y la oí vaciar sus entrañas. A los seres humanos debería quedarnos un resguardo de intimidad. Jaló la cadena y por un momento fue solo esa curiosa sinécdoque: el agua que se llevaba lo que su cuerpo desechaba, más agua con la que lavaba sus manos. La imaginé mirándose al espejo, el rostro terrible de esta mañana, las ojeras profundas, como si hubiese regresado de la tierra de los muertos de la que dice que yo provengo.

No le dije nada más, pero lo pensé: el deseo se solaza en la espera, su único territorio. El placer, en cambio, reconoce que finalmente termina siempre en úlcera, rabia, un viento áspero, como de granito, que se convierte en una arena finísima que pulveriza.

Me vestí y salí a la calle. Le lancé un beso desde la puerta. Los besos son también eso, puro aire. Un gesto de vaho, mínimo aliento.

XXXIX

¿Temes acaso hundir tu pie en las débiles tumbas de tus ensue-
ños sepultados?

XL

—Una noche el pintor del mundo flotante vino por mí y me llevó a su habitación. Había instalado una cámara de video, algunas luces cerca del tatami donde dormía (en mi cuarto su cortesía me había prodigado no con una cama sino con un futón blanco como un trozo de hielo) y, en el otro lado, cerca de otra estera con cojines, había colocado en una pequeña mesa todos los implementos para servirme té. Me indicó que me sentara y procedió a una ceremonia que ya conocía.

»Ya sentados me recitó en japonés: *Tsuki ya aranu/ Haru ya musaki no/ Haru naramu/ Waga mi hitoshi wa/ Moto no mi ni shite.*

»Y luego él mismo me tradujo al francés, aunque yo ya entendía bastante que el poema hablaba de su cuerpo, de la primavera: *¿No es esta la luna?/ ¿No es esta la primavera?/ ¿La primavera de lo viejo?/ Solo este cuerpo mío/ el mismo cuerpo de siempre.*

»Hizo una reverencia, me dijo que era un hermoso poema antiguo de Narihira. Me dijo también que quería compartir conmigo una triste noticia. Y me alarmé pensando en su mujer sin memoria.

»"Estoy muy enfermo, Kage. Me inyectarán, empezaré a introducir en mi cuerpo todos los químicos que he rechazado en la vida. Sabes que he resistido volverme, como todos los japoneses, un occidental más con los ojos rasgados. Y ahora, a pesar de mi retiro y de mi forma de vida, iré todas las semanas a un hospital a someter mi cuerpo a terribles pruebas. Es cáncer, Kage, en la médula ósea. Y está muy avanzado."

»"¿Desde cuándo lo sabes?", le pregunté insensata.

»"Hace una semana terminaron los estudios. Nunca me has oído una queja, pero no soporto ya el dolor. Ahora olvidemos eso por un rato. Bebamos té. El té asegura una larga vida", me dijo y rio profundamente, con el estómago, no con la garganta. Rio desde muy adentro, desde donde reímos los que tememos a la muerte.

»"*Cha-Zen-Ichimi*, el té y el zen tienen el mismo sabor", me dijo después, cuando los dos estuvimos cómodos encima de nuestro tatami.

»Lleva tiempo preparar los enseres de la ceremonia. Lleva tiempo acostumbrarse al silencio. El pintor del mundo flotante limpió una y otra vez los utensilios que usó, no derramó una sola gota. El agua hirviendo llenó la tetera y el *matcha* empezó a desprender su olor que entonces sentí hermoso, un poco agrio, pero que ahora sé era el olor de la enfermedad. Detesto el *matcha*. Esa noche, en medio de la oscuridad de la alcoba del pintor, el aire era solemne. Lo que no entendía era para qué grababa todo con su cámara, la luz roja parecía seguir nuestros movimientos, nuestras voces. Quieto el lente como un intruso del futuro en medio de la intimidad. Y la intimidad desconoce el futuro: territorio del presente perpetuo.

»"El *matcha* es amargo", le dije mientras lo bebía.

»"El té es el órgano del corazón y el corazón es siempre amargo, porque es el soberano de los cinco órganos. Amargo es el soberano de todos los sabores. Por ello el corazón ama todo lo amargo, Kage. Recordar es amargo. Detenerse demasiado en las cosas y los fenómenos es amargo."

»El pintor del mundo flotante me tomó de la mano y me acercó a su lado. Me besó, me besó muchas veces, y lloré. Lloré como una estúpida frente a él. "No sé ser fuerte", le dije, "no después de lo que me has dicho".

»"Necesito pintarte, Kage. Pero no hoy. Es lo único que deseo hacer ya, pintarte tal como eres, con todo tu dolor. Por eso he grabado esta pequeña ceremonia, para contemplarla muchas veces antes de empezar el lienzo. Déjame solo, por favor."

»Yo me levanté —me dice hoy mi amiga del cuello largo—. Habían pasado dos horas al menos. Mi relato no logra detener el tiempo y solo puedo referir los diálogos para ti, en otra ciudad. Pero nada de lo que diga puede traer aquí la sutil preocupación del pintor del mundo flotante por el agua: la total transparencia, temperatura y cantidad, mientras compartía conmigo el *matcha* y en realidad su corazón entero. Eres muy estúpido cuando dices que la única razón por la que no podemos amarnos totalmente es porque no podemos comernos al otro, hundirnos en su cuerpo, arrebatarle su piel o su sangre. Hay algo que se transmite por otros medios, aunque difícilmente pueda compartirse con un tercero. El amor en eso sí es totalmente animal: se trata de un asunto entre dos. ¿Lo entenderás algún día?

Así se detiene mi amiga del cuello largo en su historia, que empieza a mostrar toda su acritud, pero que aun así no me explica su dolor actual. No del todo. Ella tampoco me ha revelado aún la verdadera naturaleza de su experiencia. Y lo sabe. El deseo como el relato necesita suspenderse, elongarse. Ella tal vez necesita verse ante el espejo sin la piel: desprovista completamente de apariencias. El rostro y el cuerpo desnudos. Como Dios.

«*Yamazato no, yukima no kusa mo, Kage*. Enséñales siempre a quienes vienen del frío y del invierno, enséñales que hay una primavera de hierba emergiendo silenciosa de la nieve, como has hecho conmigo durante estos meses. Lo demás, olvídalo.»

XLI

Volvemos al restaurante que tanto gusta a mi amiga del cuello largo. Nos asignan una mesa, esta vez frente a su cuadro oscurísimo y hermoso como una madrugada en la montaña: sin estrellas, sin luna. O como una pesadilla que es solo abismo. Un *Lied* de Mahler desprovisto de toda esperanza.

Ella bebe su vino sumergiéndose en la enorme copa de *nebbiolo*. Hoy han sustituido el pato omnipresente de la primera noche por salmón. De todas las formas posibles nos sirven ese pescado que siempre nada contracorriente para ir a desovar y morir; frenético y loco el salmón, que no sabe ahora que lo han convertido en festín en el restaurante monotemático que tanto ama mi amiga del cuello largo y el cuerpo de madera de oboe, grave y melancólico como un *adagio* de Albinoni.

Los ojos de mi amiga no miran esta noche. Parecen los ojos de una ciega.

—Ahora tienes la misma edad que yo tenía cuando te conocí —vuelve a la carga—. ¿Quién se ve más joven?

—Tú siempre serás más joven, esa es la ironía.

—Me refiero a ambos a la misma edad. Tú o yo, ¿quién se ve más joven?

—Yo, por supuesto. Era mucho más atlético que tú ahora —miento, solo por sorprenderle una sonrisa en medio de la noche.

—Eres un mentiroso. Tú siempre te viste más viejo. Quizá por lo serio. O por tus atuendos. ¿Solo te gustan el gris y el negro?

Asiento. Hace décadas que solo me visto en esos dos colores, pero no por gusto, sino por comodidad. Me permite usar el tiempo de mis dudas en elecciones menos banales: qué quiero leer, qué deseo escuchar. Llevo veinte años sin tener un trabajo fijo, una orquesta, un grupo. Algo que hacer para otros. Estamos solos mis maestros antiguos y yo. Ahorré suficiente para vivir con mediana holgura.

Las preguntas de mi amiga del cuello largo me devuelven a la época en que la conocí. Fueron el mar y sus ojos de arce. Un país extraño para los dos. Ambos descalzos en el bar de la alberca de un hotel de playa. Yo tocaba la noche siguiente; ella había perdido un novio, su primer galerista, y se reponía allí no del dolor de la pérdida (el galerista era un frío espectro en su corazón de hielo), sino de la traición con otra pintora. Aunque ella dijo entonces «artista plástica», nunca pintora o dibujante como ahora, palabras anacrónicas para la moda estúpida de entonces, como si no lo fuesen todas.

Caminamos en la playa. Había una luna enorme y el viento hacía más soportable el calor. Estábamos los dos un poco borrachos, o un mucho más bien, y nuestros pasos erráticos en la arena semejaban los de un par de gaviotas. Me preguntó si estaba casado. «Hace tiempo lo estuve. El matrimonio es una larga amistad donde el testigo de honor es la policía», le dije bromeando. «Ahora gozo de libertad condicional.»

Ella no había conocido aún al arquitecto y a juzgar por sus palabras el galerista había sido uno de sus primeros amantes.

Desde entonces gocé su cuerpo de madera, hecho especialmente para un oboe *da caccia*: su timbre grave y melancólico pero dulcísimo como un *adagio* de Albinoni. Su largo cuello, que siempre invitó a mis manos a ahorcarla; sus ojos de arce debajo de esas cejas que son más los arcos de puertas infranqueables que dos cejas.

Nadamos vestidos en el mar. Sus senos tallados en la madera de su piel.

La acompañé a su cuarto y nos amamos como dos viejos leones marinos, sin otra hospitalidad que la del mareo y la resaca.

Decidí quedarme unos días más, ya sobrio, en ese hotel de playa con mi nueva amiga del cuello largo.

Viajamos juntos a mi ciudad hecha de historia y de dolor, y si a la ebriedad la siguió la torpeza, luego el encuentro derivó en júbilo.

No vivíamos dentro de nuestras vidas, individuales e insuficientes, sino dentro de los acordes perfectos de una canción de Claudio Monteverdi. O más específicamente, en aquella que empieza «*Io mi son giouinetta*», de su *Cuarto libro de madrigales*. Después de Monteverdi es que existe la música.

¿Quién gozó más esos días? Quiero que ella, mi amiga del cuello largo y los ojos de arce, puesto que la mujer conoce delicias que el hombre ignora. No lo sé de cierto. Para mí fue un tiempo fuera del tiempo y ni siquiera guardo memoria de su duración.

La miro ahora, esbelta y oscura, oculta tras un largo vestido, maquillada como para asistir a mi funeral, no a esa cena. Esta no es nuestra historia. Es la suya con el pintor del mundo flotante. Además nunca quisimos que nuestra amistad fuera *nuestra*. Yo empezaba a retirarme ya de todo lo humano, incluso de la música como cosa pública; ella, en cambio, poseía esa deliciosa inocencia de quien desconoce el naufragio interior y que aun ahora, sobreviviente de varios, no pierde.

En esa casa oscura de mi ciudad dolorosa quedaron pedazos de cuerpo esparcidos por sus cuartos, regados por las alfombras, salpicando las paredes. Nuestras almas, en cambio, aparentemente intactas, comenzaron a necesitarse desde entonces y se buscaron una y otra vez a lo largo de los años como hermanos.

Estamos en los postres ahora, muchos años después, en su ciudad enana, de juguete, de su país frío, en su restaurante fantástico, y entonces soy yo quien ensaya con su mejor voz de barítono:

—Todas las cosas vivas mueren, incluso el amor que un día nos parece imperecedero. El dolor muere antes aun.

XLII

—¿Has amado a alguien verdaderamente? —me interroga después de apagar la luz, acurrucada en su enorme cama, mi amiga del cuello largo y los ojos de arce. Ella, que sabe todo acerca de mí, incluso mis más oscuros recovecos...

Finjo que ya me he dormido, pero ella no cesa:

—Me refiero a alguna persona, algo que no sea la música.

«Las palabras conducen al silencio», puedo decirle, pero sigo mudo, quizá descubierto. La música no es sino una forma de ordenar el ruido, el estruendo insoportable de la vida.

—Te he amado a ti —ensayo.

—No digas mentiras. Si me hubieses amado de verdad no me habrías dejado ir nunca de tu lado.

—Tampoco te habrías quedado. Nuestro amor no es sincrónico. Vivimos en husos horarios distintos, en diferentes lados del ecuador. La primavera de uno es el tiempo en el que al otro se le caen las hojas. Lo nuestro es un desencuentro.

XLIII

La oscuridad total, el silencio absoluto, la muerte. No se puede renunciar a la música, aunque sí a su reproducción; no se puede renunciar a la luz, aunque sí a la banalidad de su omnipresencia; no se puede renunciar a la reproducción automática de los tejidos que ocurre en el cuerpo, como tampoco a la muerte diaria de millones de nuestras células, pero sí a la insensatez de las pulsiones de esa constante meiosis, tan absurda como incontrolable.

He buscado algo más esencial y más incomprensible que la libertad. Me he refugiado en esa caverna solo mía, llena de digna soledad. Una forma de retiro interior, de paz intocada. Ni por mí ni por los otros. Una calma verdadera, hermosa y oculta como un arrecife de coral e igual de frágil en su aparente eternidad subacuática.

XLIV

—Decidió olvidar a su mujer sin memoria y utilizar el mismo tiempo que dedicaba a visitarla para someterse a sus tratamientos contra el cáncer —continúa mi amiga su historia, a punto de desgarrarse—. Se internaba muy por la mañana los viernes y regresaba el lunes por la tarde, maltrecho y delgadísimo. No pálido: transparente. Muchas veces adolorido, viejísimo como un río que está secándose para siempre. Vomitaba con estruendo hasta quedarse dormido. Nunca me permitió acompañarlo al hospital ni atenderlo esa primera noche de convalecencia semanal. Un criado permanecía junto a su tatami mientras él sorbía su *matcha*. Cada martes parecía renacer. Me sorprendía en mi cama como si nada hubiese pasado. Pero ya no éramos los dos amantes dulces; nos habíamos convertido en animales. Como ellos, desesperados, violentos, llenos de rabia o de impaciencia, nos consumíamos. Él me había pedido que me dejara filmar. Y yo accedí. Me había acostumbrado a su lente, encima del tripié, cada vez más cerca de nuestros cuerpos desnudos. Me pedía que viera a la cámara antes del orgasmo.

»"Necesito tu rostro, tu rostro cuando el placer es idéntico al dolor", me decía entonces el pintor del mundo flotante, y yo miraba al lente como mira un pez, de un solo lado, como si tuviese un solo ojo, cíclope de cristal que nos detenía o inmovilizaba para que él pudiera pintarme, su único deseo de entonces.

»A veces no aparecía por la mañana. En la tarde lo encontraba en su estudio, pintando. Desesperado. Yo me movía por mi cuenta en ese cuarto, seguía con mis cosas, pero él decía no tener nada ya que enseñarme.

»"No hay suficiente dolor en tu rostro", me aseveró uno de esos días, "por más que miro y vuelvo a ver lo que he grabado. Es como si no sufrieras".

Mi amiga del cuello largo se detiene un instante. Luego sigue su relato:

—A la mañana siguiente me hizo el amor como si quisiese matarme, incluso me golpeó el rostro. Me abrió el labio, que sangró. Lloré. No tanto por el dolor sino por su locura. Lo dejé hacer por compasión, no por docilidad. Su maldita cámara guardando para siempre la memoria de nuestros cuerpos, sus caprichos, sus insolencias. *Zoographos* llamaban los griegos a los pintores de las cosas vivas. Y él, el pintor del mundo flotante, quería llevarme, como Parrasio a su viejo prisionero, hasta la muerte si fuera preciso, con tal de encontrar el rostro final del dolor.

Mi amiga del cuello largo llora. Hace tantos días que no la veo llorar que me conmuevo hasta los huesos. La abrazo. Le beso la frente. Mi cuerpo entero la contiene mientras ella tiembla y llora y se deshace.

XLV

De Vacío nacieron Oscuridad y Noche negra, y de Noche nacieron Luz y Día, sus dos hijos concebidos tras amorosa unión con Oscuridad. Nuestros orígenes tienen su propio panteón: la sepultura esconde todas las cosas buenas y las cosas bellas.

XLVI

Mi amiga del cuello largo duerme. Ha tomado un sedante. Es muy noche. O muy temprano. La he abrazado todo este rato. Su llanto se prolongó por más de una hora hasta calmarse. Su dolor se agotó, pero ni el cansancio la vencía. Daba vueltas por la habitación como un planeta enloquecido hasta que decidió tomarse la pastilla.

Alguna vez leí que el amor es una flor bellísima, pero que para recogerla hay que aventurarse a cortarla al borde de un precipicio. No sé siquiera si se trata de una flor bellísima. Sé de cierto que el alma es imprevisible, como los días. No tengo más certezas que el cuerpo de madera de mi amiga cuyos ojos de arce al fin están cerrados. Oigo y puedo sentir el calor de su respiración en la oscuridad. Casi puedo verla moverse. Su pecho se hincha apenas y luego vuelve a su sitio con una expiración que es un murmullo.

Mirarla dormir, como si nada se agitase dentro de ella, como si solo fuera un cuerpo, una caja, un instrumento de madera que con el viento suena grave y melancólico. Dulce, incluso, si se sabe interpretar con mínimo decoro.

«Huye de mí, que soy el viento, el diablo que te sigue», dice el poeta como si me lo dijera mi amiga dormida. Y yo dejo de acariciar su pelo transparente. No he cerrado aún las cortinas para poder entreverla mientras duerme, aparentemente tranquila.

Mi mente recuerda ahora una partitura entera, sin necesidad de leerla. Me viene completo un concierto que di con

341

mi último grupo: Paschal de L'Estocart y sus *Octonaires de la vanité du monde*. Su estoicismo, su simpleza, es como un río o un torrente que proviene de un hugonote que odia la pompa y el ornamento. Lo escucho. Y luego, en medio del sonido que va y viene combatiendo dentro de mi cabeza, yo también alcanzo el sueño.

XLVII

Hay una clase de abeja, bien llamada solitaria, *Anthophora plumipes*, que hiere a sus hembras en un imbécil apareo. Mientras ellas regresan cargadas de polen son ellos quienes las aguijonean. Se trata de un violento *ballet* en el que ellos logran punzar a once abejas por minuto.

La mitad de las hembras perece. De la otra mitad solo un pequeño porcentaje queda preñado, el único objeto de la violencia de las abejas macho. Son inútiles para siquiera construir panales en sus tiempos libres.

Un oso mielero, sin embargo, puede volverse loco por su atracción al panal. Cada tarde, al caer el sol, vuelve a buscar desesperado la miel. Muchas veces consigue su objetivo después de que varias abejas lo pican con fuerza.

La mayoría de las ocasiones, sin embargo, son tantas, tantísimas, que debe dejar el panal y la miel para defenderse y atacarlas en su propia danza frenética. Se tira al suelo para quitárselas de encima. Manotea, gruñe. Golpea el aire y logra acabar con cientos de ellas. Otras escapan y él vuelve, maltrecho, a su cueva.

En alguna ocasión el ataque es masivo. Ningún oso resiste el choque anafiláctico de cincuenta mil aguijones sobre su cuerpo.

La pasión lo consume.

La gula termina por asesinarlo. Y allí, enorme, yace en el bosque como una vieja alfombra que un inopinado cazador dejó tirada. Las abejas continúan revoloteando de las flores a los panales.

Luego vendrán los buitres, si acaso no les gana una jauría de lobos hambrientos.

Existe un grupo de esas abejas que no defiende la miel ni construye nada. Está allí solo para inseminar. Busca con denuedo encontrar a la abeja reina. Pica incesante hasta que la encuentra, abierta. Entonces el embrutecido semental la insemina y cae muerto. Su única razón de ser ha sido satisfecha.

Así también algunas arañas que son tragadas por las hembras durante la cópula misma, como ocurre con una especie, la *Araneus pallidus*, que empieza por morder al pequeño macho. Ella, enorme, se lo va tragando mientras se columpia rabiosa sobre su red. Algunas especies sí pueden hundirse en el cuerpo de sus parejas, caníbales. El macho es tan pequeño que ni siquiera le sirve a la araña como alimento.

Los griegos estaban fascinados con estas cosas. Afrodita Urania, la diosa de mediados del verano, era como una ninfa que destruyó a su pareja arrancándole los genitales.

Nadie sabe el número exacto de las ninfas, se escribió hace tiempo, pero poco caso tiene contarlas. Eran deseadas, su nombre significa simplemente «casaderas». Los antiguos les ofrecían leche, aceite de oliva y miel, aunque nunca consiguieran ni su deseo ni su pasión.

Pero las ninfas siempre están huyendo y gritan a pesar de la flauta de Pan, a pesar de la música. Su grito nunca es tan fuerte como el de su perseguidor, que las sabe etéreas: «Oh, brisas, vamos, tengan, devuélvanle mi alma», vocifera él y siega todas las cañas. Escoge siete tubos de distintas longitudes para poder interpretar en ellas un himno, origen de toda forma de poesía. Se le canta a lo que no está, a lo que se ha ido. A lo que escapa y huye y nunca vuelve.

Tito Lucrecio Caro afirma que el amor es un escalofrío de los mamíferos cuya sola razón de ser es la procreación. Curioso para alguien que un día bebe un filtro de amor y se suicida al no ser correspondido. La forma en la que se dio muerte no está clara. Unos dicen que se mató de hambre, otros que se clavó sobre una espada. Curioso más aún para quien escribió uno de los libros más hermosos de la antigüedad, *De rerum natura.*

Curioso para quien sabía que solo somos átomos moviéndonos en el espacio vacío. Y dijo, certero, que el cerdo huye de la mejorana y esquiva todo perfume, ya que para los erizados marranos es un veneno lo que para nosotros, de vez en cuando, parece la porquería más repugnante.

XLVIII

—Muchas mañanas más el pintor del mundo flotante siguió su lucha contra mi cuerpo. Se habían terminado a un tiempo el placer y el deseo. Me animaba un extraño miedo a amanecer. Allí se repetía el rito para él sagrado. ¿Sabes que «sagrado» significa también «sacrificado»? —me pregunta mi amiga del cuello largo solo para hacer una pausa en su relato.

Sé que está por llegar al fin. Es como si masticara una raíz agria cada vez que la escucho. Mis mandíbulas se aprietan y no las controlo, tensas como las cuerdas de un arpa. Como una tercera disonante que alguna vez llamaron con razón *Diabolus in musica*. Mis mandíbulas suenan mi-fa con un dolor *in crescendo* mientras escucho a mi amiga, dulcísima y triste, tendida en su cama.

—«Me haces daño», le dije al pintor la última vez que nos amamos, después de que se alejó de mi cuerpo y fue a apagar su cámara. Yo no sabía que esa ocasión representaba el alivio de no sentir más su cuerpo torturando el mío. Amo a ese hombre. No tengo idea de cómo voy a lograr vivir sin él. Y no lo quiero por esas semanas de guerra, no. Lo deseo. Todo mi cuerpo lo añora. Necesito sus palabras, su olor. Su cuerpo hecho de papel de arroz sobre el mío, penetrándome con dulzura y lentitud. Sus manos como mariposas, sus besos, su humedad. Necesito sus palabras y sus poemas y sus pinceles y su necedad. ¿De qué me sirven los días, dime, si me siento muerta?

Guarda silencio. Uno de esos prolongados silencios que sabe yo no interrumpiré. Se ha sentado sobre el colchón y fuma. Ha vuelto a sus cigarros hace poco, me dijo, un mes quizá. No soporto el aroma impregnando la ropa, los cuartos, los ceniceros como urnas planas que me paso limpiando. Y es que con el frío cuesta trabajo abrir las ventanas de la casa de mi amiga del cuello largo.

Aspira el humo que le llena los pulmones y sigue:

—A la mañana siguiente me llamó al jardín. Se encontraba rastrillando la arena en formas caprichosas. Detuvo su trabajo y vino a mi lado.

»"Lo he conseguido, Kage. Todo ha terminado al fin."

»"¿Todo? ¿A qué te refieres?"

»"Debes marcharte hoy mismo."

»"No deseo irme. Quiero quedarme hasta el final. Acompañarte."

»"No digas tonterías. Adonde voy debo ir solo, lo sabes de sobra. Me iré deteriorando muy rápido. No necesito tu consuelo."

»"No es consuelo. Te amo."

»"Deja esas tonterías para los jóvenes, no para nosotros. Tú ya no eres una niña y yo me estoy muriendo. He terminado el cuadro. ¿Quieres verlo?"

No la interrumpo pero mis ojos contemplan a mi amiga del cuello largo con estupor. Me dice que acompañó al pintor del mundo flotante a su estudio y que él develó el cuadro.

—Era hermosísimo. Mi rostro, solo mi rostro, como si lo hubiese desprendido con fuerza del cuello. Como el rostro de la Medusa cortado por Perseo. El mismo espanto, el mismo dolor. Solo que en Caravaggio es estático y en el cuadro del pintor del mundo flotante hay algo de movimiento en la quietud.

»"He quemado todas las películas, Kage. No debes preocuparte."

»"Aun así no quiero irme, no puedes echarme de tu vida. No soy tu modelo, soy tu amante."

»"Cuando se está al borde de la muerte no se tiene nada, ni siquiera la ilusión del amor. Ya todo está arreglado, no insistas. Por la tarde te llevarán a la estación y de allí a Tokio. Lo que hagas después no me concierne."

»"¡Por favor, te lo suplico, déjame quedarme contigo!", le dije al pintor del mundo flotante, que se veía más cansado y pálido que nunca. Yo parecía una adolescente que se separa de su primer novio. Él ya no estaba entre los vivos.

»"No. Es mi última palabra."

»"Te necesito, te amo", le reclamé abrazándolo. Pero él me apartó, al fin y para siempre, con violencia.

»"Recoge tus cuadros y lo demás. Espero que te haya servido de algo el aprendizaje. De lo demás no te hagas ilusiones. ¿Quién te dijo que éramos iguales, Kage?"

Mi amiga del cuerpo de madera y los ojos de arce solloza, pero esta vez no la alcanza el llanto. Yo, ante su dolor, he perdido la elocuencia. Ella toma agua, pero el líquido no es un consuelo, es tan solo un espejismo. Me mira buscando mi comprensión, mis palabras. Ha dicho lo que tenía que decir y lo sabe. Nada puede agregar y por eso solo termina la anécdota, la parte banal de su viaje a Japón, a la casa antigua y silenciosa del pintor del mundo flotante.

Cierra los ojos, como si deseara ver lo que perdió al irse. Como si los árboles de cerezo no hubiesen florecido desde su ausencia, como si hubiese dejado de nevar en los montes hermosos que circundan Kioto y la cuidan de sus dioses. Como si la nieve también se hubiese derretido en su país frío. Su corazón, hecho de esa blanda consistencia, igual de frágil, deshaciéndose entre los dedos de su recuerdo.

—Tenía poco que empacar. Su criado me llevó en el viejo automóvil a tomar el tren rápido. La velocidad, lo único que no había tenido en esos meses, casi un año, me llevaría a Tokio, desprendiéndome para siempre del pintor del mundo flotante, de su presencia. No de su recuerdo. El criado bajó mis maletas y con infinita cortesía me tendió un antiguo tubo de bambú tallado, *Wabi*, marcado por el tiempo y las manos de los hombres y mujeres que lo tuvieron antes que yo.

»"Es un obsequio del maestro." Me pide que no lo abra hasta que llegue a casa —cuenta mi amiga del cuello largo ahora y vuelve por otro trago de agua antes de decirme:

»Se trataba de la caligrafía y el dibujo de Bashō que te

enseñé cuando llegaste. El pintor no contestó mis cartas, ni siquiera tomó ninguna de mis llamadas. Yo preguntaba sobre su salud y apenas conseguía un monosílabo del otro lado de la línea. El pintor del mundo flotante deseaba desaparecer de mi vida y de la suya sin dejar rastro, como el viento en el desierto que borra las huellas de los caminantes. Pero se había hundido en mis dunas, las había transformado para siempre.

Mi amiga entonces me lleva a su estudio, cubierta por un suéter que le queda grande. Las largas piernas desnudas, descalza como cuando la conocí hace ya tanto tiempo.

—Los japoneses dicen que la edad más peligrosa son los cuarenta y dos años —me insiste—, la edad que tú tenías cuando te conocí y que ahora tengo yo. ¿Qué crees que pueda pasarme a mí? Tú me encontraste entonces, pero yo apenas hoy los cumplo. Se te olvidó que es 29 de junio, ¿verdad?

Asiento apenadísimo. Las fechas han dejado de importarme, más en la ciudad enana, de juguete, del país frío de mi amiga de los ojos de arce y el cuerpo de oboe. Nada que no sea su historia y su cuerpo y sus labios me ha importado desde que llegué aquí.

—Te quiero enseñar algo —me dice, y su voz ha cambiado, como si la historia del pintor se hubiese quedado atrás una vez que ella terminó de contarla.

Entonces descubre el enorme lienzo que no quiso develar la primera vez que husmeé en su estudio, no bien había llegado a su casa, en la primera mañana después del encuentro. Es un rostro o una máscara, no lo sé. Solo puedo enmudecer con su belleza casi inexplicable. De un fondo oscurísimo, como todo lo que pinta ahora mi amiga del cuello largo, emerge —o más bien flota— esa máscara fantasmal, algo triste si se la mira fijamente a los ojos, pero que sonríe.

Contemplo el cuadro largo rato, en silencio, mientras ella me mira esperando mis palabras, que no llegan. La belleza, como la espera, son las únicas dos cosas que nos dan la oportunidad de comprender el tiempo. La primera lo hace como herida en el firmamento de la piel; la segunda es más hábil, lo logra con una artera cuchillada entre los ojos. La espera es una lobotomía aplazada por crueldad.

—¿Qué te parece?

—Es lo mejor que has pintado.

—Porque se trata de ella —afirma con esa contundencia *prestissimo* que la caracteriza, como la primera vez que Bach usa en toda la historia de la música una trompa, apta para la caza y, sin embargo, bellísima allí, en medio de las cuerdas. Aun así pregunto:

—¿Ella?

—Yang Kuei-fei, la favorita del emperador. O Yohiki, como terminó llamándose en Japón. Ningún título más adecuado que el de un poeta chino. Así se llama el cuadro en honor a su primer escritor, Po Chü-i: *La canción del dolor imperecedero.*

—Es tan hermoso como tu impresión de la obra el día en que el pintor del mundo flotante te llevó a verla. Por eso se equivocaba al querer llevarte al máximo del dolor para representarte. Toda pintura es la representación de una ausencia. La favorita del emperador no está en el cuadro.

—Si cerraras los ojos y te miraras muy adentro, quizá lo que verías no estaría ni muy lejos ni cerca, ¡no habría necesidad de perspectiva! Solo un artista oriental puede estar tan obsesionado por el fondo de las cosas como estoy yo después de haber conocido al pintor del mundo flotante. ¿Cómo trasladas al lienzo una nueva perspectiva?

Lo que en realidad mi amiga había logrado en ese cuadro era que el espectador percibiera, como yo entonces, con espasmo, un nivel del ser dentro del cuadro, logrado solo por la vía de la apariencia; como si en una sola obra se hubiese respondido qué hacer con el color, con el espacio, con todo lo que podemos llamar exterior cuando vemos una pintura que solo desea darle sentido a la presencia.

El mundo de las apariencias se me desgarró como un velo finísimo, como si todas las leyes del mundo físico se hubiesen terminado dentro del lienzo. No era la destrucción sino el reinicio, como si ese cuadro fuese su expiación verdadera. Se lo dije:

—Es la pintura del terror, la manifestación de la nada, y me deja atónito, sin palabras. Parece que pudieses pintar con muchos puntos de vista a la vez, o con muchas voces que combaten entre sí, como en un concierto. Recuerdo una experiencia con mi último grupo: construir con piezas sueltas de Jean-Philippe Rameau una sola sinfonía imaginaria. Igual que tu cuadro respecto de la ausencia de Yang Kuei-fei. La suplantación de su máscara.

—No está sola en el cuadro. La acompaño yo, que estoy muerta. Respondo al fin tu pregunta: así me veré en la eternidad. Las lágrimas secas. Después de la representación tiene que haber otra forma de representación, no el silencio como tú deseas. El silencio está hecho de copos.

—Tú pintas el silencio de la muerte, no te has dado cuenta. Así Giacometti cuando afirma que el hombre que camina por la calle no pesa nada, o que es menos pesado que un hombre muerto o desmayado. Tu rostro camina por la calle, liviano.

Recuerdo al poeta: «¡Su cuerpo! ¡El desprendimiento soñado, la ruptura de la gracia atravesada de violencia nueva!», mientras contemplo ya no el rostro o la máscara del cuadro, sino a mi amiga del cuello largo y el cuerpo de oboe, magnífica como solo puede serlo ella, quien me dice o declara:

—Pinto tan triste como la música que siempre te ha gustado. —Vuelve a tapar el cuadro, como si quisiera borrarlo de nuestra vida. Pero detrás de la tela que lo oculta está aún más presente, privilegio de la memoria, no de la vista—. Los seres vivos son frágiles y aspiro a que eso se note en lo que pinto ahora. Algún día la pintura podrá romper las ilusiones. Aspiro a estar allí, a contemplar esa cicatriz.

—Tristes y dulces son la música y la pintura que me gustan —le digo y la beso. Beso-sello. Un beso de lacre. Un beso fetiche, como si con su aliento y su saliva pudiese al fin quedarme con algo duradero de mi amiga del cuello largo.

Pero todos los besos son de arena o son de nieve. Y las palabras, su espejismo.

XLIX

Al día siguiente, no bien amanecemos, mi amiga del cuello largo me abraza y vuelve al llanto. Esta vez dura poco. La beso y la abrazo o la abrazo y la beso, da igual. Sé que empieza la despedida.

Deja de llorar, interrumpe ese *vibrato* que nunca la ha conmocionado del todo, no al menos en mi presencia. Ha terminado su relato. Su largo cuello sobresale incluso de un suéter negro de cuello de tortuga, inútil vestido para su cuerpo finísimo de madera, como de oboe, cuyas notas graves y dulces siempre tratan de recordarme un *adagio* de Albinoni.

Mi amiga ha dejado de llorar, no de sufrir; su historia es un *ritornello* que aquí y allá se ha ido desarrollando con desigual fuerza pero con idéntica partitura, como si se hubiese ejecutado caprichosamente.

Mi amiga, la hermosa, ha decidido irse por unos días a una bahía azulísima y densa. Una bahía que espera sea un refugio y su calor la acompañe. Me dice que saldrá esta misma tarde, pero que yo puedo quedarme cuanto desee en su casa, en su ciudad enana, de juguete, de su país helado y muerto.

—Necesito aire, me ahogo —sentencia mi amiga, que ha mutado en golondrina y que canta íntima tristeza inconsolable—. Por la mañana, antes de que te hablara hace ya tantos días para que vinieses, me telefonearon de Kioto y dijeron que el pintor del mundo flotante había muerto. Me dejó su antigua casa silenciosa, sus jardines de arena y su hermoso estudio de *shōji* traslúcidos en el que siempre parecía estar amaneciendo.

Pero ¿a mí de qué me sirve su casa? ¿Para qué quiero sus maderas relucientes como espejos y sus grandes aleros de sombras extrañas? Sin él yo no soy nadie ni tengo nada. Soy un hueco, un vacío. Un arroyo seco, pedregoso, por el que alguna vez caminó la vida. No tengo sentido, como un ciervo que ha perdido la vista y va dejando pedazos de su cornamenta enterrados entre los árboles de un bosque del que no saldrá nunca.

No le digo por supuesto nada, porque nada hay que decirle. El dolor es un glaciar solitario. Ya lo dijo alguna vez su pintor amado: los fenómenos son un sueño, una aparición, una burbuja, una sombra.

Amar es como una cascada, las cosas siempre se ven desde atrás.

—Es casi una herejía creer en el amor. Una fe, no un hechizo —le digo con estudiado y canino cinismo.

Es el silencio de Dido que contempla espantada a Eneas y que se niega a la vida. Mi amiga, la dulce, que me dice sin pronunciar las palabras mientras empaca las palabras de Dido:

—No probaré un amor sin delito como el de los animales salvajes.

Tiene la infinita gravedad de Henry Purcell al componer sobre Dido, cuando hace callar por un instante todos los instrumentos. Ella aguarda la muerte, igual que ahora; así sobran las palabras y la música en medio de las simas del alma. A nadie se le ocurriría entrar aquí con compases repletos de percusiones.

Mi amiga-golondrina sabe ya que la verdad es lo que nunca se olvida.

L

Esa tarde la acompaño al aeropuerto con una maleta pesadísima porque no quiere desembarazarse de sus cosas. Mi amiga se despide y me besa, pero en su beso no hay amor sino costumbre. Abre la gruta de su boca y me deja aspirar su aliento, su vida que se escapa sin quererlo.

Me ha dicho adiós y yo he acariciado su cuello largo. Se ha alejado y agita la mano mientras pasa el puesto de seguridad, se quita los zapatos, la gabardina negra, la bufanda. Casi desnuda, como sucede hoy en los aeropuertos, cruza un umbral de hierro que mide lo que queda de mineral en ella, pura madera sin sangre. Un umbral que suena y se enciende. Un umbral de acero.

Ahora ha vuelto a ser Kage, o Sombra, también para mí, mientras recupera el aliento en una bahía azulísima en donde quizá tampoco encuentre nada. Ningún alivio, porque uno no puede dejar de ser quien es. Yo también me siento solo, inútil. El abandono es un tambor roto. De nada sirve un tambor así. Tal vez amar sea olvidarse de uno mismo y ante la ausencia del otro uno regrese rotundo y odioso con su yo de siempre a habitar un cuerpo que le queda demasiado estrecho.

Al llegar a su casa le escribo un pequeño recado para que lea a su regreso:

¿Dónde estás ahora que no está tu cuerpo? ¿En qué lugar que no sea tu piel, ni la constelación firme de tus piernas, te busco? Tantos años con sus noches y sus días la imagina-

ción construyó un lugar, inventó unas coordenadas precisas, un sistema de navegación tal que siempre llegaba al puerto invisible de tus venas. Ahora he naufragado en tu puerto, como una de esas viejas ballenas que, hartas de ir y venir del Ártico, deciden colocar su tonelaje en una playa cualquiera de la que ni un huracán las mueve.

¿Por qué busqué la extinción, negué mi pertenencia absurda a la otra, siempre la otra orilla?

Lo sé de cierto porque del otro lado, amiga mía tan lejana, estaba muerto. Porque del otro lado era yo un cartógrafo idiota que trazaba el mapa de un territorio ajeno, vedado, tan inútil como imposible. Y cruzar las aguas significaba vivir. Vivir aunque se muera. Es preciso perderse para encontrarse.

¿En un lugar? No. En el tiempo. En un instante del tiempo en que no hubo tiempo y todos los relojes del mundo callaron al fin sus monótonos hocicos.

Marcial escribía sin cinismo: «Uno no da órdenes a su órgano como a un dedo». Uno no le da orden alguna al cuerpo. Pero ya no se trata del cuerpo. ¡Ya no se tratará nunca del cuerpo! Hay una palabra en desuso que por su vejez parece no decir nada: espíritu (o táchalo tú y escribe allí «pneuma», energía que permite respirar, oxígeno, yo qué sé). Ignoro lo que mi alma ha decidido, pero me hago cargo. Soy este que apresura su último día, temeroso de que a su memoria la trague la tierra.

Me has ofrecido la hospitalidad del silencio. Me la ofrecieron tus dedos y tus labios, me la ofrecieron tus ojos que se abrían y cerraban incrédulos. Me la ofreció tu respiración entrecortada y el momento aquel en que tu piel fue un terremoto o una cascada, o las dos.

Ocurrió algo más bello que lo bello y estuve allí mientras duró la dicha, dejando que mi alma habitara tu cuerpo.

Suficiente razón para estar vivo y, sin embargo, me pregunto: ¿dónde estoy ahora que ya no estoy en tu cuerpo? ¿Dónde ahora cuando no estás de nuevo?

Compro un boleto para regresar a mi ciudad y alquilo una impersonal habitación en un hotel dentro del aeropuerto. Mi maleta siempre es pequeña, aunque pese por las partituras. Una o dos mudas, la misma ropa siempre, sus mismos colores.

La repetición es un consuelo: lo saben los niños y lo conocemos de sobra los viejos.

LI

—El corazón es inalcanzable y helado como el monte Fuji —me dijo mi amiga que le decía el pintor del mundo flotante. Y sin embargo pienso que aun en el más cruel invierno hay un pequeño territorio que nunca es alcanzado por la nieve. Es el habitáculo de nuestra infinita fragilidad.

Desde el aire la ciudad enana, de juguete, del país frío de mi amiga del cuello largo, no existe. Desaparece como por un encantamiento. Es un trozo de tierra marrón y luego el mar, infinito y azul al que suplantan finalmente las nubes, tumultuosas, numerosísimas. Depósito de plumas sin ave, inútiles para la caricia o la contemplación.

Me parece entrever la razón de este viaje repentino y largo: constatar que mi dulce amiga del cuello largo haya podido comprender que la vida no proviene de la vida, sino de un lugar vacío y misterioso. Esa intuición vale el sacrificio de la alegría y el fracaso de los cuerpos.

Ella es ahora como una flor que ha sobrevivido al terremoto de la flor. Flor desprovista de fruto.

Una flor desnuda, silenciosa, liberada ya de la ardua tarea de ser flor.

ÍNDICE